梁衡作品

LIANGHENG
RENWEN SENLIN SANWEN

梁衡人文森林散文

梁衡 著

天津出版传媒集团
天津教育出版社

图书在版编目(CIP)数据

梁衡人文森林散文 / 梁衡著. -- 天津 : 天津教育出版社, 2021.7
ISBN 978-7-5309-8745-2

Ⅰ. ①梁… Ⅱ. ①梁… Ⅲ. ①散文集-中国-当代 Ⅳ. ①I267

中国版本图书馆CIP数据核字（2021）第118624号

梁衡人文森林散文
LIANGHENG RENWEN SENLIN SANWEN

出版人 黄 沛

作 者 梁 衡
封面绘画 梁 衡
内文插图 汤成难
选题策划 纪秀荣 黄 沛 杜 平
责任编辑 杜 平 董玲岑
装帧设计 郭亚非

出版发行 天津出版传媒集团
天津教育出版社
天津市和平区西康路 35 号 邮政编码 300051
http://www.tjeph.com.cn
经 销 新华书店
印 刷 北京雅昌艺术印刷有限公司
版 次 2021 年 7 月第 1 版
印 次 2021 年 7 月第 1 次印刷
规 格 16 开(787 毫米×1092 毫米)
字 数 220 千字
印 张 17.5

定 价 118.00元

序言

没有了古树
人类将会是怎样的寂寞

近几年我采写了不少有文化记忆的古树。树木，这是一个传统的散文题材，大概可以归在“山水文字”这个大类里吧。但我不写纯自然的树，而是像考古一样，去调查挖掘树上的历史记忆。后来积累得多了，渐渐觉得这是一个新的领域、一门新的学科，我称之为“人文森林学”。过去林业院校教的是“自然森林学”，只管树木本身，从育种直到木材的利用。现在我关注的是树与人的文化关系，这是以前没有人研究过的。

人对树的认识走过了三个阶段。物质认识阶段，砍树、烧木头、用木材；生态认识阶段，懂得了留下树木保护环境；还应该有一个人文认识阶段，研究人与树的文化关系。这些年我跋山涉水，调查了一棵棵具体的树、一片片具体的森林，一方面作为文学作品写成散文，一方面又归纳出学术思想，发表学术论文，并到处举办讲座。这是一个既美丽又专业的话题，果然引起同好们的关注。江苏、云南的林业院校也请我去讲课，就这样以文学的步子迈入了学术的殿堂。

随着研究的深入，我发现一棵活着的古树或一片森林，至少有四方面的意义。它是一本活的史书，是有生命的历史记录；它是我们生命的庇护，用自己的生命影响着人类的生存行为；它是一门活的艺术，是用生命构成的景观；另外，它还造就了一批森林人，那些与森林有关的专家、学者、艺术家等。因此，人文森林学至少应包括四个分支：人文森林历史学、人文森林行为学、人文森林艺术学和人文森林人物学。

这里我强调“有生命的”，是因为文字、文物也记录历史，如长城、金字塔，但它们不是活的生命体，而古树却与青史同绿，如几乎记录了一部中华通史的“华表之木老银杏”、记录了断代史的“死去活来七里槐”、记录了灾难史的“百年震柳”。另外，森林虽然无言，却用自己的生命影响着人类的行为，改变着他们的生存状态。如密林造就了狩猎民族，茶树造就了茶农，丛林为丛林战争提供了条件，枣、桑、茶等经济树木直接改变了人的饮食生活并催生相应的文化形态。甚至一棵树也会改写一段历史，如“一棵怀抱炸弹的老樟树”。自然中也有许多有审美价值的东西，如一块石头、一道山梁或一片沙漠也能构成景观，也有美感，但它们毕竟不是活的生命体。而经岁月的雕刻，那些鹤发童颜的古树，如“中华版图柏”“铁锅槐”“徽饶古道坚强树”，就是生命的造型。在地球上，能与我们人类这样密切地进行文化交流而又最长寿的生命体恐怕就只有古树了。可以设想，没有了古树，人类将会是怎样的寂寞。

为突出人文森林这个新概念、新学科，我按四个部分编成这本集子。文学的外衣，学术的内容，“文学为体，学术为用”。三十多年前，我曾出版过一套《数理化通俗演义》，那是用文学翻译科学；后来又写了不少政治题材的文章，是用文学翻译政治；这次是用文学来翻译学术，或者说是从学术中拎出一条文学的彩线，学术的天地居然也如此美丽。总之，读者可以见仁见智，从不同角度来读这些文章。这也是作者的初衷。

2020年3月5日

目录

contents

人文森林历史学——树木记录着历史

人文森林行为学——树与人的共处共生

人文森林人物学——人对树的尊敬与呵护

人文森林历史学

——树木记录着历史

记录历史有三种方式：文字、文物和古树，但其中只有树是活着的史书。每一棵古树都可能记载着一个时代、一段历史或一个人物。更难得的是，它们还能以青枝绿叶与我们进行隔着时空的对话。

华表之木老银杏

每次来浮来山，我总要抽一点时间，静静地依偎着这棵老银杏，仰望它遮天蔽日的枝叶，抚摸它青筋暴突的树身，或秋叶飘零，斜风细雨，或月上枝头，河汉茫茫，屏气凝神地听老树胸中发出的历史回声，教你如醉如痴回肠荡气。

一

天安门前的华表庄严华丽，其演变过程颇有深意。在古代，最早是公众场合的大立木，民众有什么意见都可刻之于上，称为“谤木”；后来立于通衢及邮驿有指路之意；再后来立于皇城外，上卧神兽，有监督王命和政事之意。总之，立一木而观天下，伸正义，明是非，鞭腐恶，公器在上，宏大庄严，关乎天下社稷，但这毕竟是一个静止的非生命之物。如果能在中国大地上找到一

个有生命的华表，一株活的巨木，千年不倒，风雨无阻，静静地记善恶、写青史，那该多好。很庆幸，我们找到了，这就是山东莒县浮来山上的春秋老银杏树。

银杏，又名白果，被称为植物的活化石，树中的熊猫。因生长缓慢，又名公孙树，意即爷爷种树孙子收获。树分雌雄，雄者无果，伟岸高大，身壮干直，如壮士擎天；雌者产果，树形肥硕，四枝收拢，如健妇在野。果可熟食，如银色的巧克力球；叶为扇形，深秋变黄，可入药。我小时这种树还很稀罕，难得一见，现在作为经济作物和美化树木，南北都有种植。

按照我自定的人文古树标准，纵向看，其事必为记录历史的里程碑；横向看，其貌必为本地区的一个地标。我在全国比较了不下一百棵银杏树之后，终于选定莒县这棵春秋老银杏。它有四奇。

一是树龄之老，已有三千多年。其最低的几根大横枝，离地一人多高。由于三千多年地心的引力，滚圆的枝干竟被引拉成扁平的带状，侧垂着像一个个伸长的骆驼脖子。这是在其他树上所从未见到过的。此树现已作为文物严加保护。一般古树树龄的推算主要靠相关记载和旁证。清《嘉庆吉州志》记载此树为春秋时所植，当时就已有十余围粗，从根到梢无一枯枝败叶。人行树下无不摩挲喜爱，不忍离去。《左传》记载公元前 715 年鲁莒两国曾在此会盟，现树下还有一碑专记此事，可证其古。

二是树形之大。树坐落在一座庙里。这个庙不大，顺山势分为三进，第一进是主院，老银杏独自占了整个院子，倒把佛殿挤到了一旁。要进庙先要爬几十级的台阶。当你站在坡下仰望庙门时，门里不见墙、不见殿、不见人。塞满一座山门的就是一棵树，不，只是树身的一截。等到拾级而上，渐入院中，树落平地，天哪，这哪里是一棵树，就是一座山，一座层峦叠嶂、沟壑纵横、上下奔走的山脉。这银杏因为年深日久，树身早已不是我们想象的一整棵躯干，它矗立于地已分化成数股或粗或细的身杆，被风雨打磨成铁石之色。横出左右，相互扭曲、交错、攀绕，成沟成崖，陡峭崎岖。多年来，雨水顺沟壕蜿蜒渗流，如河川经地。树上尘落土埋，鸟窝鼠洞，又生出许多杂草、小树等二代三代的生命，莽莽然一座十万大山。庙外存有一块刻石，上书“象山树”三个大字。意为树大如山，刻石的年代已不可考。这座“树山”上生树已是常事。1959年（中共召开庐山会议那年），工作人员从半空的老树杈上发现一株银杏落果后的自生小苗，便双手捧下来，栽到院东几十米处，现在也长得要两人合抱了。冥冥中这棵树倒记录了中共党史上的一件大事。而现在那棵挺拔的合抱之木也成了彭德怀元帅耿直为民的象征，常引来游客合影。在后院，还有两棵唐代的子树，至于庙前庙后风吹籽落而成的小苗，又不知几多。母树早已空心，我们已无法去探数它的年轮。民间传说树围有“七搂八拃”，后来实测树围十五点七米，树高二十六点七米，树冠遮盖八百多平方米。从高、大、老各方面来说，此树都是国内之最了。

三是色彩之美。我第一次慕名来看银杏，是在一个秋季。离山还有四五里[①]远，就望见远处的天空一片灿烂。黄透了的树叶层层叠叠，在风中像一座隐隐闪现的金山，又像夏收后打谷场上遍布的麦垛。夕阳晚照，流光溢彩。芝麻开门，我们有幸进入一个奇幻的世界。凡树木，不都是绿色的吗？即使到了秋季也不可能一夜秋风满树金呀！怎么能瞬间黄得这样没有一丝杂色？但这就是银杏，它是树中之妖、树中之神、树中的一绝。它不停地摇落片片金叶，随风吹送到院子的各个角落。我们的脚下是一层厚厚的黄绒地毯，实在不忍踩踏。我去时正有一部电影在

① 里，长度单位，一市里等于一百五十丈，合五百米。

那里拍外景。而最美的是红色的庙墙，依着山势形成长长短短的折线，树叶顺墙头镶成了一条金色带子，蜿蜒起伏，令人想起广东名曲《金蛇狂舞》。一年最是秋色好，满院皆带黄金甲。树和庙坐落在一座小山之上。山在庙后轻轻围了一个半圆，为之遮风御寒；又在南面的树根下暗藏一泉，日夜不歇地吟唱奔流。中国大地历朝都旱灾不断，而这棵银杏树几千年来竟没有一日口渴，美颜常驻。

四是名气之大，树上有说不完的故事，很多都和名人相关。毛泽东、蒋介石、陈毅都与树挂上了钩。在这一带生活过的古今名人有诸葛亮、王羲之、颜真卿、杨虎城等。晋代文学批评家刘勰就在这树下的小庙里出家，完成了他的名著《文心雕龙》。而最奇的是，这树常于夜深人静之时，发出浑厚深远的隆隆之声，传之数里，隐隐不绝，如山中狮吼或远处的雷声。科学家解释是树老中空，形成巨大的风洞，风回气旋，声如雷鸣。或许，那正是老银杏赶时逢世，遇有心事，或悲或喜的一声声倾诉。因这声音并不定时，许多庙上的香客、外地的游人为能听一次来自远古的回声，常在后半夜时分披衣守候树下。于是庙门前，就黑压压、静寂寂，一片望不尽的人群。如同岱顶观日，这银杏发声也成一景。我前后三次造访老银杏其实都是为了访这树上的故事。

二

老树讲的第一个故事是“毋忘在莒”。这个成语知道的人不多，其意，类似“卧薪尝胆”。

“毋忘在莒”恐怕是中国最老的成语之一。莒国存在于公元前 1000 年左右，那时还没有纸张，秦始皇也还没有统一文字，当时人们要写这四个字还得用刀刻在木片上。可想而知这个故事，连同这讲故事的老银杏的辈分有多老了。

公元前1046年周武王得天下后，首先分封他的两个得力功臣。分姜子牙的家族到齐国，国都临淄；分自己家的人周公到鲁国，国都曲阜。齐、鲁之前这一带已有一个小国莒国，国都在现在的莒县。这三国基本占据了现在的山东，比汉末的魏、蜀、吴还早八百多年，就演了一部春秋版的“三国演义”。开初，齐、鲁仍按臣子之礼事周，后来对外用兵争霸，对内阴谋夺权，早不把天子权威放在眼里。什么丑事、坏事都干了出来。公元前686年，齐国正是荒唐无道的襄公掌权，他随意杀戮，臣又反过来弑君，襄公身亡，国内一团混乱。

当时襄公有两个弟弟正避乱在外，二弟公子纠，由他的老师管仲监护着流亡鲁国；三弟公子小白，由老师鲍叔牙监护着流亡莒国。襄公去世的消息传来，两个人就争着回国去抢班夺权。这鲍叔牙与管仲本来也是好友，但这时都各为其主算尽机关。管仲对纠说，莒国离齐近，鲁国离齐远，这样赶路我们一定会落在后头，不如我率轻骑先行去截杀小白，公子随后赶来。纠点头称是。管仲说罢翻身上马，带数骑急行，约行一日，来到莒国的银杏树下。他知这是通往齐都的必经大道，先派人打问是否有大队人马走过，又细察沿途马迹车痕，判断小白还未经过，便偃旗息鼓，弯弓搭箭设伏于大银杏树下。果然，第二天，日上三竿之时一小队人马急急赶来。为首坐于高头大马上的正是小白。管仲忙将弓背于身后上前搭话：“许久不见，公子可好？这样匆忙，赶往何处？”小白答礼说：“长兄去世，回国奔丧。”管仲说：“国丧之事，有兄长操办。何劳你做弟弟的远行？”小白一听口气不对，变色道：“此话何讲？”管仲虽是文弱书生，但六艺必修的箭法还是娴熟的，乘对方稍一分心，翻身抽弓，白光一闪，一箭早已射向小白的胸膛。只听对方

“哇”的一声，口吐鲜血，落下马来。管仲眼见得手，一声呼啸，撤回去复命。公子纠听得高兴，知政敌已去，一路商议继位之事，向都城慢慢而行。

其实双方在树下斗法时，虽各怀心事，却没有瞒过高高在上的老银杏。时老银杏看管仲弯弓搭箭，正想，你怎么能干这种伤天害理的事？那管仲却对树祷告：“今，事急矣！流浪数年，天降良机，成败全在此一举。”谁知老银杏扶正祛邪，不帮管仲却佑小白，那箭“当啷”一声，正好射在小白胸前的带钩上，未伤皮肉。小白何等聪明，顺势咬破舌头，口吐鲜血，装作落马而死。见管仲撤走后，立即吩咐部下加速赶路。

六天后当公子纠一路行到齐国边境之时，临淄城头已经变换成小白的大王旗。向来政治斗争亲骨肉也不半点手软。就像李世民玄武门之变，瞬间杀掉两个兄弟，血腥登位。小白哪能忘了这一箭之仇，又仗着自己是大国，便向鲁国发去命令：“纠为我的亲兄，不忍相残。着你们就地代我处死。那个管仲押回齐国，由我来亲自收拾。”管仲一听这话，心里就明白自己不会死了，定是鲍叔牙向小白举荐了他。果然囚车一到齐境，小白就在国门等候，立拜他为相，并尊称相父。

这管仲是春秋时的第一政治家，兴农业、举渔业，特别是重商业。不消几年齐国就成了春秋一霸，小白也成了史上大名鼎鼎的齐桓公。这时，便是天子也要让他三分了。一次诸侯大会，天子还派使者专门送来了干肉，并且特免他不必下跪受礼。亏了管仲老成，怕遭人忌，在王身后小心提醒：“君虽谦，臣不可不敬。”齐王才款步下阶拜受。总之，这时齐国对外俨然是诸侯们的领袖了。齐桓公又最喜听人吹捧，时国内歌颂之声四起，他也更加飘飘然。

一天，桓公与鲍叔牙、管仲几位亲近的老臣在一起饮酒。桓公已微熏，便说，我们这么干喝酒，难道你们就不想对寡人祝贺点什么？这时鲍叔牙忙起身拜道："愿我王毋忘在莒。"这一句话，让小白酒醒了一半。他在莒国流浪几年，国内政局不稳，无日不担惊受怕。作为王储的命运，向来是不知死活。他的哥哥不是已经死于他手了吗？至于生活温饱不济，饿时马料也是吃过的。听到这里，桓公起身正色道，齐国能有今天，全赖两位师父辅佐之功，在莒的日子当永志不忘，寡人将如履薄冰，不忘旧苦，再励图强。

又过了些日子，王见管仲年高体衰，便召问："相父之后谁可助我相国？"管仲知他心有所属，便低头不语。王说："当下，我身边有四人最忠。当年逃难的时候，我无意中只说了一句想喝口肉汤，易牙就把自己的孩子烹煮了给我做汤；竖刁为了表示忠心侍奉我，就自阉而当太监；而那个常之巫会测生死祸福，常为我预言未来；还有一个公子开方，虽是卫国的公子却常年追随我，连父亲病故，都没有回去奔丧。这四个人对我可谓忠心耿耿了。"管仲叹了一口气，解释说："大王可以仔细想想：如果一个人连自己的亲骨肉都可以杀害的话，那么他还害怕杀别人吗？一个人连自己的身体都可以残害，他难道就不敢去残害大王您吗？人自有吉凶祸福，只要好好修炼自己，自然会善始善终，还用得着别人来测算吗？至于公子开方，父亲死了，都不回去奔丧，这样不孝的人能为国家效忠吗？为齐国计，我请求大王速将这四个人驱逐出去，永不再用。"

齐桓公闻言，果然将易牙、竖刁、常之巫、公子开方打发出宫。但这四个人平常最会拍马屁、抬轿子，总是把桓公伺候得舒舒服服。桓公一天吃不到他们送的美味，看不到他们送来的美女，特别是听不到他们的颂言，就觉得心里空落落的，饭也吃不香，觉也睡不好，这样苦熬了三年。等到管仲死后，他将这四人又招了回来，相伴左右。

四个人回来的第二年，桓公就卧病在床。易牙、竖刁等见他大势已去，便凶相毕露，堵塞宫门，传令不许任何人进宫，要将他饿死。桓公有气无力，求宫女打开一扇窗户，仰望浮来山方向。他说：“当年我逃亡莒国，颠沛流离之苦能忍；管仲在银杏树下射我一箭，我仍拜他为相，为大业，忘私仇，能忍；在位四十二年，南北征战，伤痛累累，能忍。想不到今天四个小人设下的陷阱，让我忍无可忍，又只好咽下这个苦果。枉我英雄一世，阅人无数，现在才明白，能当面说得出最肉麻话的人，必有最奸诈之心、最伪善之术，是在为自己谋最大之私利。我还有什么面目见管仲于九泉呢?”他就这样遥望着那棵已果实累累的老银杏，在自责自悔中，被活活饿死了。他死后几个儿子忙着争王位，互相残杀。桓公的尸体在床上停放了六七十天，也没有人收殓，生的蛆都爬出了宫门。

三

我听老银杏讲的第二个故事是“庆父不除，鲁难未已”。其实，只要树老就有故事。但难得的是，一棵树能原地不动地守着一个故事，一等两千年，等来一个伟人旧典新用，又恰合其意。很多人知道这句话，是从毛泽东 1949 年 4 月 4 日为新华社写的时评《南京政府向何处去？》里读到的。当时古老而又苦难的中国大地已经被战争揉搓得破烂不堪，亟待和平。但蒋介石就是不肯罢手，还要打下去。毛泽东说：“庆父不死，鲁难未已。战犯不除，国无宁日。”蒋政府必须倒台。但谁亲眼见过那个该死的庆父？现在还在世的人当然不可能了，就是在世的树也只有浮来山的这棵老银杏是唯一“证树”了。这条古老的格言被它收入年轮、挂在了树梢上已两千多年，正好让毛泽东用来解释时局，迎接新时代的到来。

故事是这样的。春秋后期，礼乐崩坏，无论各诸侯国之间还是王室内部，你争我夺，已经没有什么规矩，寡廉鲜耻，什么丑事、坏事都能干得出来。尤其是齐、鲁两国，折腾得最凶。老银杏站在莒国的浮来山上，看着这些人间罪恶，有时不免一阵恶心。

先说这个鲁国，国姓姬，与天子同姓，周公后代。因为是与齐国同日封的大国，两国渊源很深，而齐又多美女，所以鲁国国君多娶齐国公主为妇。而齐国，姜子牙后代，国姓姜，就是我们现在常说的“美女姜”的“姜”。不想这些“美女姜”重色轻德，多不守“妇道”，嫁到鲁国后常弄出点风流事来。作为王室，家事即国事，风流事常常演化为政治事件甚至国家灾难。齐僖公有个女儿名文姜，出嫁之前即长期与自己的异母兄（后为齐襄公）私通，国人皆知。后来嫁给鲁桓公，还是藕断丝连，舍不得这个情哥哥。齐襄公登位后借邀请鲁桓公与文姜来齐访问，居然在宴席上灌醉鲁桓公，派人暗杀了这个妹夫。对外说是饮酒过量身亡。你看这成什么体统。

鲁桓公的继位者是鲁庄公，即桓公与文姜亲生的儿子，他明知道自己的父亲是被老妈和舅舅联合谋杀的，但忌惮齐国的国力，也无可奈何。奇怪的是鲁国王室就是走不出娶齐国美女的魔咒，在他即位二十四年之后，又娶了一个“美女姜”。这女子名哀姜，比她的婆婆文姜更加不安分。来鲁不久，就看上了一个风流公子哥，正是鲁庄公的长弟庆父。庆父在鲁国也是出了名的坏人，政治上勾结各种势力积攒夺权资本，暗中收买武士为他效命，生活上则声色犬马，腐化至极。哀姜爱其风流，两人打得火热。高层政治的男女之情多是政治交易，浪漫的桃色事件，最终可能会演化成残酷的血色黄昏。鲁国的大难就要临头了。

转眼到了公元前 662 年，鲁庄公病重，开始讨论继承人的问题。鲁庄公和哀姜没有生子，无嫡长子可选，这就给庆父与哀姜夺权留下了极大的活动空间。哀姜提出一个方案，她虽不生育，但她陪嫁过来的妹妹为庄公生有一子名启，可扶之为君。庆父支持。可是，鲁庄公不同意。他想让另一个名姬般的公子接班。这里面就又藏着一段故事。

在未娶哀姜之前，鲁庄公看上了他的邻居党氏的女儿孟任，便去勾引人家。孟任是大家闺秀，讲究礼仪，要求鲁庄公许诺娶她为正夫人。她又怕鲁庄公说话不算数，还特地互相割臂刺血，歃血为盟。孟任嫁给鲁庄公之后，生了一子名姬般。鲁庄公因未兑现当初的承诺，对孟任始终怀有愧心，又不放心哀姜与庆父的勾结，遂想立姬般为继承人。这既是夫妻感情上的平衡也是政治上的平衡。他知庆父不可靠，于是就立储大事去征求其他两个弟弟的意见。不想三弟叔牙已经受贿，便力挺庆父接位。四弟季友正直，说："父传子位，历来如此，有子在何能传弟？"坚决拥护姬般接位。庄公说眼下叔牙、庆父已联为一体，可奈何？季友很坚决，说："我会以死力挺姬般继位。"遂派人用药酒毒死了三哥叔牙。

果然，鲁庄公去世之后，季友奉姬般为君，保新君暂住在其母亲娘家党氏家中。庆父哪能罢休，就派人刺杀了姬般，发动政变，扶启为君，是为鲁闵公，做他的傀儡。季友就领着鲁庄公的另一个儿子姬申出逃，在国外建立流亡政府。身为邻国，齐很关心鲁的局势走向。齐桓公就派大夫仲孙湫借出使之名到鲁国去了解情况。仲孙湫回国后向齐桓公报告："鲁国的问题全在庆父一人，如果不除去庆父，鲁国的灾难是永不会终止的！"这就是那句传于后世的名言"庆父不死，鲁难未已"。果然，一年后庆父得寸进尺，又杀死了鲁闵公，自立为君，与哀姜完全把持了国政。两年之内，鲁国的两个国君连续死于庆父之手，国家已经到了崩溃的边缘。百姓人人恨不能食庆父之肉以解其恨。

庆父渐渐不能控制政局，就在公元前660年的一个早晨带着哀姜溜出国门，悄悄地向莒国逃去。正是秋季，寒风乍起，只见远处一团黄叶压山，半山之上正是那棵老银杏孤守路旁。他们一同爬上山来，累得气喘吁吁，靠在树上商议。庆父说：“我自知罪重，仇人太多，不管跑多远也会被人追杀。你跟着我反受其害，还是另觅一小国隐姓埋名去吧。我就在这棵老银杏树下做一个扫院看庙人。”说罢，两人抱头痛哭，洒泪而别。哀姜带着数人投奔郏国而去。

这时季友已返回鲁国，奉鲁庄公另一庶子姬申即位，是为鲁僖公，政局才算稍稍安定下来。这鲁国本是周天子最早封的姬姓大国，礼仪之邦，这几年让庆父连弑两君，折腾得国无纲纪，道德崩坏，一片败亡气象。新君上台后哪能咽下这口恶气，便派使臣与莒国交涉，愿出重金将庆父引渡回国。这莒国本不想得罪齐、鲁，今又能收一笔重金，便痛快答应下来。谁知，这事走漏了风声。那天晚上月白风清，庆父一人扫罢院子，便搬了一块石头，坐在银杏树下，自斟一壶浊酒，对树兴叹。想我庆父，王室贵胄，曾呼风唤雨，弑君杀臣如同换马，不想今天到了这步田地。真要回到鲁国，怕连个全尸都不保了。于是起身先向老银杏敬酒一杯，反泼于地，口中念念有词：“老银杏呀，看在这一两个月洒水扫叶的份上，就求你收我归去吧。”说罢怀中抽出一条三尺[①]白绫，甩向高枝之上。老银杏将银绫一收，庆父悬在半空。凄冷的月光筛过纵横的枝叶，隐隐约约在白绫上画出一行字：庆父不除，鲁难未已，恶有恶报，终死今日。

庆父虽死，鲁国上下民心难平，还是要清算哀姜的旧账。她与庆父私通，玩弄权谋，是连弑两君的从犯，有人命在身。此时，齐国正是公子小白齐桓公主政，他打出“尊王攘夷”的旗号，要延续周礼，主持正义。哀姜是齐国王室女子，出国去联姻是政治任务，本该搞好两国关

① 尺，长度单位，十寸等于一尺，十尺等于一丈。一市尺合三分之一米。

系，留下一段外交佳话，不想她在鲁国做出这种坏事，让齐国感觉很没面子。桓公为了表示他的大义灭亲和重振周礼的决心，也为了修复与鲁国的关系，责令邾国将哀姜引渡回齐国，然后处死，“以尸归鲁”。这段政治丑闻总算翻过一页。

四

一般老树上负载的故事多是些狐精鬼怪、八卦传奇，而这棵老银杏却是在实实在在地说当时人、身边事，从公元前一直说到20世纪。它讲的第三个故事，是陈毅怎样在树下惩治背信弃义的奸猾之徒。

人心难免有一念之变，但总是来回反复便为不义。正当民族危亡之时，有一个人叛来变去，五次倒戈，实为史上之罕见。此人名郝鹏举，本为冯玉祥的旧部，他从传令兵干起，一直升到少将旅长。1924年春，冯送他到苏联深造。不想郝回国之时正赶上蒋、冯、阎大战，冯军失利，郝立即背叛了恩重如山的老首长投向蒋介石。这是他第一次倒戈。

1940年3月，汪精卫在南京成立伪国民政府。郝觉自己不是黄埔系，不受重用，又去投靠汪伪政府，任伪“淮海省省长”。他一下网罗了四个军七万多人的汉奸兵力，表示对日本“肝脑涂地，死而后已”。这是他的第二次倒戈。

1944年11月10日汪精卫病死，日本败势已现，郝鹏举又给蒋介石写信“效忠”，愿为反共马前卒，又由一个汉奸成为“国军”的高级将领。这是他的第三次倒戈。

但蒋介石很有心计，他把郝的部队放在我鲁南解放区前线，欲借刀杀人。郝前面是士气旺盛的新四军，后面是装备精良的国民党军，他这支杂牌军随时会被吞噬。郝又设法托人与我军前线最高指挥陈毅取得联系，投向共产党。这是郝的第四次倒戈。

郝鹏举起义后，给毛泽东发去致敬电，中央也回了贺电。他又拜见了陈毅，请求派人帮助他改造部队。陈毅让郝军开进莒县休整，并数次与郝鹏举交谈。陈知道郝是读过书、留过学的人，对他很尊重。便邀他同游浮来山，在老银杏树下，历数盛衰兴亡之事，借古论今，晓以大义。郝鹏举听得激动，面对古树残碑，也口若悬河，侃侃而谈，并指银杏为誓，愿效当年鲁莒两国树下结盟，与共产党永结同心。郝鹏举知道陈毅是诗人，又吟诗一首，以表忠心，同时也为求陈毅唱和："策马浮来展大荒，齐桓刘勰两茫茫。千年古树应知我，一片忠心照夕阳。"那老银杏听郝直呼它的名字，并引为知己，如梦中惊醒，不由打了一个寒噤，树叶纷纷抖落。心想，三千年来我在此阅人无数，这树下不知多少人好话说尽，坏事做绝，对你还要静观细察。陈毅当时虽没有和诗，也着实鼓励了他一番。事情至此，应该已是一个圆满的结局。

不想 1946 年年中，国民党军队开始向解放区大举进攻，郝错判形势，又暗生叛心。这年 6 月，郝鹏举向陈毅提出要到前线"去打蒋介石"，陈毅便知他有投蒋的企图。陈毅劝他三思后行，选择好自己的前途。这样，郝部便离莒南下，暗中向国民党军队靠近。陈毅也做好郝部有变的准备。他对郝说，我们有过君子协定的，来则欢迎，去则欢送，但有一条，你必须将我们派去的同志安全地交还我们，我们还是朋友。1947 年 1 月 26 日，郝鹏举召集营以上军官开会，下达了深夜出动的命令，重新投靠了蒋介石。作为投蒋的礼物，郝连夜抓捕我工作人员，包括将他当年在苏联的老同学、陈毅派去的政委及家属全部捕杀。这是郝鹏举的第五次倒戈。

陈毅闻讯深为震惊，没料到郝鹏举竟这样丧尽良心，迅即发起攻击，将郝部全歼，活捉了郝鹏举。毛泽东随即发电：“庆祝你们歼灭郝部及俘虏郝逆之大胜利，有功将士予以嘉奖。”

郝鹏举就擒后要求见陈毅。陈说，我对于你要拖走部队是料定了的，但竟敢捕杀我派去的联络人员，则大出我意料。人之无良心竟到了这种地步！你刚投诚时向我求诗，现在可以回你一首：“教尔做人不做人，教尔不苟竟狗苟。而今俯首尔就擒，仍自教尔分人狗。”从诗意看，还是要改造他的。但不久国民党重兵来袭，郝作为战俘随我军转移。路上过一河时敌机轰炸，郝趁乱逃跑，我押解战士抬手举枪，郝扑通倒地，一嘴啃在泥滩里，连同他一生的耻辱，永远被钉在这古老莒国的田野上。山上的老银杏远远听见枪响，长叹一声：说什么“千年古树应知我”，当时我就知你心不善，果然今天有此恶报。

五

中华文明五千年，有说不完的故事。可以读正史如《左传》《史记》，可以读小说如《三国演义》，也可以听人说书。但我们还有另一种方式，就是去读一棵活着的老树。每次来浮来山，我总要抽一点时间，静静地依偎着这棵老银杏，仰望它遮天蔽日的枝叶，抚摸它青筋暴突的树身，或秋叶飘零，斜风细雨，或月上枝头，河汉茫茫，屏气凝神地听老树胸中发出的历史回声，教你如醉如痴回肠荡气。历史这个东西很有意思，像一条地下河流，时隐时现。有时丢了，就到书上去找，正史没有，可找野史；有时丢了，就到地下去找，专门有一行叫考古；有时丢了，还可到树上去找，因为连我们人类自己都是从树上走下来的，那古树下，总会雁过留声，人过留名，事过留痕。

我总觉得，树与人是平等的，它和我们一起创造历史，记录历史。所不同的是，它远比我们长寿，在文字、文物之外可以为我们存留一部活的人文史。像这棵老银杏，能在三千年的时间跨度内，活生生地为我们展示一幕幕的善恶人生、复杂人性。莒县在春秋时名莒国，它立国八百年，在正史上留下的痕迹并不太多。但是，国不怕小，有树则灵；史不怕绝，树在则存。一树可以传国，可以记史，可以延续国脉。莒国在公元前343年被齐国灭掉，所幸有这棵老银杏在，至今还用它那三千年前的鲜活根系，输送着古代文明的新鲜乳汁。听说当地发展旅游正要恢复莒国古城，最好的坐标就是这棵春秋老银杏。

国外当然有古树，但没有我们中华民族这样完整的不断线的历史可记；国内某一个地区当然也有完整的人文历史，但要找一棵足够长寿的树静候一旁，不讳不藏，不漏不欺，直书历史，真不容易。其他长寿树也是有的，如松、柏、槐就是。但松多藏于崇山峻岭，避世自养，不问烟火；柏多在庙宇陵园之中，记些神鬼之事；槐则立于村头路旁，耳中多是些爱情男女的故事。只有银杏，长寿古老，号称树中化石。它生于民间，长于庙堂，身挺如旗，叶灿若金，华贵巍峨，飘飘云端。这是一种天生的记功树、荣辱榜，是林中之华表，树中之《史记》，是典型的"人文古树"，几乎成了中华民族的图腾。在春秋战国的无数个国家中，这莒国本是一个湮灭已久的小国，尤其是夹在齐鲁两国间，不上大国之席。而莒国山上的一株老树却能始终自尽义务，替它的邻居齐鲁两国，替整个春秋，保存一段远去的历史，这是我们应该向它致敬的。

赞曰：

大哉银杏，华表之木。
雄枝接天，盘根通古。

叶灿如金，果垂银珠。
天眼长开，俯察万物。
善恶有报，以身直书。
民族图腾，国之谤木。

《北京文学》2018年第3期

秋风桐槐说项羽

两千年的风雨，手植槐修成了黄河槐，黄河槐又炼成了雷公槐。这摄取了天地之精、大河之灵的古槐，日修月炼，水淹不没，沙淤不死，雷劈不倒，壮哉项羽！

10月里的一天，我在洪泽湖畔继续我的寻访古树之旅。在一家小酒店用早餐时，无意间听到百里外的项羽故里有两棵古树，下午即驱车前往。这里今属江苏省宿迁市，我原本以为故里者，一古朴草房，或一农家小院，不想竟是一座新修的旅游城，而城中真正与项羽有关的旧物也只有这两棵树了，一棵青桐和一棵古槐。

中国人知道项羽是因为司马迁的《史记》，一篇《项羽本纪》在中华民族的文明史上树起了一个英雄，从此国人心中就有了一个永远抹不去的楚霸王。斯人远去，旧物难寻，今天要想感受一下他的体温，体会一下他的情感，就只有来凭吊这两棵树了。那棵青桐，树上专门挂了牌，名“项里桐”。据说，项羽出生后，家人将他的胞衣（胎盘）

埋于这棵树下，这桐树就长得特别茂盛，青枝绿叶，直冲云天。项羽是公元前 232 年出生的，到现在已有两千二百多年了。梧桐这个树种不可能有这么长的寿命。但是，这棵“项里桐”却怪，每当将要老死之时，树根处就又生出一株小桐，这样接续不断，代代相传。现在我们看到的已是第九代了。桐树是一个大家族，常见的有青桐、泡桐、法国梧桐等，而青桐又名中国梧桐，是桐树中的美君子，其树身笔直溜圆，一年四季都苍翠青绿。如果是雨后，那树皮绿得能渗出水来，光亮得能照见人影。它的叶子大如蒲扇，交互层叠，浓荫蔽日。在中国神话中梧桐是凤凰的栖身之地。有桐有凤的人家贵不可言，项羽在此树下出生盖有天意。现在这棵九代“项里桐”正少年得志，蓬勃向上，挺拔的树身带着一团翠绿的披挂，轻扫着蓝天白云。

桐树之东不远处，有一棵巨大的中国槐，据说是项羽手植。槐树家族有中国槐、洋槐、紫穗槐、龙爪槐、红花槐等，而以中国槐为正宗，俗称国槐。它体型庞大，巍然如山，又寿命极长。此地是黄河故道，历史上黄河几次决口，像一条黄龙一样滚来滚去。这故里曾被淹没、推平、淤盖，但这棵槐树不死。其树身已被淤没六米多深，我们现在看到的其实是它探出淤泥的树头，而这树头又已长出一房之高，翠枝披拂，二人才能合抱。岁月沧桑，英雄多难，这个从淤泥中挣扎而出的树头某年又遭雷电劈为两半，一枝向北，一枝向南，撕肝裂肺，狂呼疾喊，身上还有电火烧过的焦痕。向北的那枝，略挺起身子，斗大的树洞，怒目圆睁，青筋暴突，如霸王扛鼎；向南的一枝木质部分已朽掉了，只剩下半圆形的黑色树皮，活像霸王刚刚卸落的铠甲。但不管南枝还是北枝都绿叶如云，浓荫泼地。两千年的风雨，手植槐修成了黄河槐，黄河槐又炼成了雷公槐。这摄取了天地之精、大河之灵的古槐，日修月炼，水淹不没，沙淤不死，雷劈不倒，壮哉项羽！

项羽是个失败的英雄。但中国史学有个好传统，不以成败论英雄，这是历史唯物主义。项羽的对立面是刘邦。刘项之争是中国历史上第一出争为帝王的大戏。司马迁为他们两人都写了本纪，而在整部《史记》里给未成帝者立本纪的就只有项羽一人，可见他在太史公心中的地位。项羽是个悲剧人物，他的失败缘于他人性的弱点。他学而无恒，不肯读书，学兵法又浅尝辄止；他性格残忍，动不动就坑（活埋）俘虏几十万；他优柔寡断，鸿门宴放走刘邦，铸成大错；他崇尚个人英雄主义，常单骑杀敌，陶醉于自己的武功。这些都是他失败的因素。但他却在最后失败的一刹那，擦出了人性的火花，成就了另一个自我。垓下受困，他毫无惧色，再发虎威，连斩数将。当他知道已不可能突围时，便对敌阵中的一个熟人喊道，你过来，拿我的头去领赏吧，说罢拔剑自刎。他轻生死，知耻辱，重人格，宁肯去见阎王，也羞于再见江东父老。他与刘邦长期争斗，看到生灵涂炭，就说百姓何罪，请与刘邦单独决斗。狡猾的刘邦当然不干。这也看出他纯朴天真的一面。项羽本是秦末农民大起义中一支普通的反秦力量，后渐成主力，成了诸侯的首领。灭秦后他封这个为王，那个为王，一口气封了近二十个，他却不称帝，而只给自己封了一个“西楚霸王”，他有心称霸扬威，却无意治国安邦，乏帝王之术。

项羽的家乡在苏北平原，两千年来不知几经战火，文物留存极少，而他的故里却一直没有被人忘记。清康熙四十年（1701），时任县令在原地树了一块碑，上书“项王故里”四个大字。这恐怕是第一次正式为项羽立碑，由是这里就香火不绝，直到现在有了这个旅游城。城内遍置各种与项羽有关的游乐设施，其中有一种可在架子上翻转的木牌，正面是项羽、虞姬等各种画像，翻过来就是一条条因项羽而生的成语，如破釜沉舟、取而代之、一决雌雄、所向披靡、拔山扛鼎、分我杯羹、沐猴而冠、锦衣夜行、霸王别姬……讲解员说她统计过，有一百多条。现在我们常用到的成语总共也就一千来条，一般的成语辞典收三四千条，大型辞典收到上万条，项羽一人就占到百条。要知道他才活了三十一岁呀，政治、军事生涯也只有五年。后人多欣赏他的武功，却忽略了他的这一份文化贡献。项羽少年时不爱读书，说“书足以记名姓而已”。未想他自己倒成了一本后人读不完的书。汉代是中国文化的源头之一，司马迁写了这样一个人物，塑造了这样一个英雄，就影响了我们民族的历史两千年，而且还将影响下去。

汉之后，项羽成了中国人说不尽的话题。史家说，小说家写，戏剧家演，诗人咏，画家画，民间传。直到现在，他的故里又出现了这个5A级的旅游城，城门、大殿、雕像、车马、演出、射箭、投壶、立体电影、仿古一条街，人声鼎沸，游客如云。项羽是民间筛选出来的体现了平民价值观和生活旨趣的人物，人们喜欢他的勇敢刚烈、纯朴真实，就如喜欢三国时关羽的忠义。历史上的“两羽”一勇一忠，成了中国人的偶像。这是民间的海选，与政治无关，与成败无关，是与岳飞的精忠报国、文天祥的青史丹心并存的两个价值体系。一个是做人，一个是爱国。

项羽是个多色彩的人物。刚烈坚强又优柔寡断，雄心勃勃又谦谦君子，欲雄霸天下又留恋家乡，八尺男子却儿女情长。他少不读书，临终之时却填了一首感天动地、流传千古的好歌词，“力拔山兮气盖世。时不利兮骓不逝。骓不逝兮可奈何！虞兮虞兮奈若何！”他杀人如麻，却爱得缠绵，在身陷重围、生死存亡之际还与虞姬弹剑而歌，然后两人从容自刎，真堪比现代“刑场上的婚礼”。这种沙场上的王者之爱比起唐明皇与杨贵妃宫闱中的靡靡之爱不知要高出多少倍。他是一个性情中人，艺术境界中的人物，有巨大的悲剧之美，后人不能不爱他。他身上有矛盾，有冲突，有故事；而其又壮如山，声如雷，貌如天神，是艺术创作的好原型，民间说唱的好话题。连国粹京剧都专为他设了一个脸谱，而民间以霸王命名的“霸王花”“霸王鞭”等不知几多。全国北至河北南到台湾，“项王祠”“项王庙”又不知有多少，百姓自觉地封他为神。南迁到福建的王姓奉霸王为自家的保护神，台湾许姓从大陆请去项羽塑像建庙供养，以保佑他们平安、幸福。

但项羽毕竟是曾活动于政治舞台上的人物，于是他又成了一面历史的镜子。可以看出来，太史公是以热情的笔触、带着惋惜的心情刻画了这个人物。后人也纷纷从不同角度褒贬他，评点他，抒发自己的感慨。鲁迅说，一部《红楼梦》有的见淫，有的见《易》。一个历史人物，就如一部古典名著，能给人以充分的解读空间才够得上是个大人物。唐代诗人杜牧抱怨项羽脸皮太薄，说你怎么就不能再忍一回呢：“胜败兵家事不期，包羞忍耻是男儿。江东子弟多才俊，卷土重来未可知。”宋代的李清照却推崇他的这种刚烈：“生当作人杰，死亦为鬼雄。至今思项羽，不肯过江东。”毛泽东则借他来诠释政治：“宜将剩勇追穷寇，不可沽名学霸王。”项羽是一面历史的多棱镜，能折射出不同的光谱，引发人们多方面的思考。而就在这个园子里，在秋风梧桐与黄河古槐的树荫下，我看见几个姑娘对着虞姬的塑像正若有所思，而一个小男孩已经爬到乌骓马的背上，做扬鞭驰骋状。

这个旅游城的设计是以游乐为主，所以强调互动，游人可以乘车骑马，可以与雕像拥抱照相，可以投壶射箭，可以登上城楼，可以出入项羽的卧房、大帐。但是有两个地方不能去，那就是青桐树下和古槐树旁。两棵树周都围了齐腰的栏杆，只可远观而不可亵玩。再嬉闹的游人到了树下也立即肃穆而立，礼敬有加。他们轻手轻脚，给围栏系上红色的绸带，表达对项王的敬仰并为自己祈福。于是这两个系满红色绸带的围栏便成了园子里最显眼的地方，在绿地上与楼阁殿宇间漂动着的方舟。秋风乍起，红色的方舟上托着两棵苍翠的古树。

站在项羽城里，我想，我们现在还能知道项羽，甚至还可以开发项羽，第一要感谢司马迁，第二要感谢这青桐和古槐。环顾全城，房是新的，墙是新的，碑廊是新的，人物、车马全是新的。唯有这两棵树是古的，是与项羽关联最紧的原物。因为有了这两棵树，人们才顺藤摸瓜，慢慢地发掘、整理出其他的物什。1985 年在这附近出土了一个硕大的石马槽，据说是项羽的马用过的，于是就移来园中，并于槽边拴了一匹高大的乌骓石马。青桐既是项羽埋胞衣之处，桐树后便盖起了数进深的院子，内有项羽父母房、项羽房、客厅等，院中有项羽练功的石锁、象征力量的八吨重的大铜鼎。项宅的入口处是那块清康熙年间立的石碑，而大槐树前则有展现项羽生平的大殿及广场。一切，皆因这两棵树而再生，而存在。梁实秋说 20 世纪 30 年代的北平，人们讥笑暴发户是“树小墙新画不古”。你有钱可以盖院子，却不能再造一棵古树。幸亏有这青桐、古愧为项羽故里存了一脉魂，为我们存了一条秦汉文化的根。一棵古树就是一种文化的标志。我以为要记录历史有三种形式。一种是文字，如《史记》；一种是文物，如长城、金字塔，又如这院子里的石马槽；第三种就是古树。林学界认为一百年以上的树为古树，五百年以上的古树就是国宝了。世间比人的寿命更长，又与人类长相厮守的活着的生命就只有树木了。它可以超出人寿命十倍、二十倍地存活，它的年轮在默默地帮人类记录历史。就算它死去，埋于地下硅化为石为玉，仍然在用碳 14 等各种自然信息，为我们留存着那个时代的风云。

秋风梧桐，黄河古槐，塑造了一个触手可及的项羽。

《人民日报》2015 年 1 月 21 日

济渎柏

岁月演变，一条大河消失了，而这棵柏树却还在。当我们怀念已经永远逝去的济水时，可以来济水的源头摸一摸这棵柏树，仿佛还能听到从历史的隧道里传来的流水声。

去过河南济源济渎庙已有十多年，别的都已经淡忘，只有那棵柏树还时时会浮现在眼前。那是我们民族的一张沧桑的脸。

济源，即济水之源。这里曾经发源了一条大河——与长江、黄河齐名的济水。它们都是中华民族的母亲河，各自成水系，源于群山，越过平原，奔流入海。但是，北方的黄河太强势了，它进入黄淮大平原后不断决口，有记载的大改道就有九次，较大的二十六次，小的泛滥不计其数。这条黄龙在南北两千公里范围内来回翻滚、冲决。济水最终在金代被黄河夺去了入海河道，从地图上永远地消失了。至今还留下一批沿河的地名：济源、济南、济宁等。

济水虽然已经消失了一千多年，但在它的源头还完好地保存了一座济渎庙，庙起汉代，香火代代不绝。渎者，直流入海的河。但是现在还奔腾不息，直入大海的长江、黄河却没有这个待遇。朱元璋当皇帝后，专门有一道圣旨规范天下享受皇家祭祀的名单，济水之神赫然列于其中。济水流域曾造就灿烂的中原文化，其河虽没，其功实不敢忘。

济渎庙里的屋宇、墙壁、道路已不知翻修了多少次，唯独未动的就是庙里的这棵柏树。它从汉代走来，早已成了一座岁月的雕塑。我见到它的第一面就联想到那张著名的油画——《父亲》。父亲端着一只粗瓷碗，手上青筋暴突，脸上堆满皱纹。几十年的岁月刻在一个老人的脸上，而两千年的岁月却刻在一棵古树上。在所有的树种中柏树寿命最长、木质最硬、最耐得风雨、最经得旱涝。于是天地就拿它来做一根写人记事的木棒，好比太史公写《史记》用的竹简,或者上古时用来记事的麻绳。柏树立于庙中，静观天地之变，凡大事内印于年轮，外现于树干。换一朝，肌肤鼓出一道棱；经一劫，树纹盘出一团麻。雷声霹雳，山河改道，树身一个激灵，成痛苦扭曲之状；天下太平，风和日丽，得以喘息数年，树纹又渐渐顺畅。如此，天灾人祸，天道轮回，昨日电劈一刀，今日雨抽一鞭，明日又春风洗面。一日一日，树干伤痕压着伤痕；一年一年，树纹麻团绞着麻团。树已非树，皮已非皮，如一块顽石，一块女娲补天的落地之石，刻着我们民族的一张饱经风霜的脸。

岁月演变，一条大河消失了，而这棵柏树却还在。当我们怀念已经永远逝去的济水时，可以来济水的源头摸一摸这棵柏树，仿佛还能听到从历史的隧道里传来的流水声。济渎临终时将它的后事一起托给这棵老柏树。这树不停地进行光合作用，吐故纳新，暗记流年。济渎庙里年年神鸦社鼓，但真正能感知人间烟火的还是这棵负载着济渎之魂的老柏树。

《国家人文历史》2020 年第 17 期，此篇为《天边物语》中一则，
原题《一条大河消失了，一棵树却还在》

死去活来七里槐

当我们心浮气躁时，踌躇满志时，或者将要受临大任之际，请找一棵起伏不平、遒劲桀骜、伤痕累累的古树来读一读吧，面对它沉思默想一会儿，你会顿然脚踏实地，心静如水。

中华民族五千年文明史是一部英雄史也是一部苦难史。如果要找一个记录了中华民族苦难的活的物证，那就一定要说一说河南三门峡七里村的古槐。

2014 年 11 月，我到三门峡市出差，顺便问及当地有无可看的古迹。他们说，去看“七里古槐”，我却听成“奇离古怪”。我说：“怎么个怪法?”答曰：“不知何年生，也不知几回死，活得死去活来。”树坐落在陕县观音堂镇的七里村，以地得名。

一

槐树在北方农村无处不有，是村民乘凉、下棋、集会和夏天吃饭的好地方，已成民俗文化的一部分。在我的记忆中，那是一把绿色的大伞，是一个温馨的摇篮。小时院门外有大小两棵槐树，爬树、掏鸟、采槐花，是我们每天的乐趣。每当傍晚，炊烟袅袅，小村子里弥漫起柴火香时，大人们就此一声彼一声地呼喊着孩子们回家吃饭。这时我们就在高高的树枝上透过浓密的树叶，大声回答："在这儿呢!"然后像猴子一样滑下树来。可以说我的童年是在槐树上度过的。印象中槐树的树身平整光滑，不糙不凹，每爬时必得以身贴树，搂紧臂，夹紧腿，快倒脚，才不会滑落。树枝是黛绿色的，光润可爱，表皮上星布着些细小的白点，像旧时秤杆上的金星。树性柔韧，农民常取其枝，以火煨弯，制扁担钩、镰刀把、筐子提手等物件，孩子们则用来制弹弓。

可是眼前的这棵槐树，我怎么也不敢相信它还是槐，这是一棵成精的树。它身重如山，干硬如铁，整棵树变形、扭曲、开裂、空洞、臃肿，无论如何，再也找不到我脑海里槐树的影子。它真是一怪，"奇离古怪"。

先说这树的大。古槐坐落在长安到洛阳古驿道旁的一处高坡上，树身遮住了半个蓝天，未进村先见树。据说当年唐开国大将尉迟恭在七里之外就看到了这棵树。当你向树走去时，它就像一座大山正向你慢慢压来。等到爬上土坡，靠近树，你又觉得这不是树，而是一堵墙，一座城堡，直逼得你喘不过气来。要像小时候那样，再搂着它爬是绝对不可能了。你倒是可以踩着不平的树身攀上去。为了测量树围，我们五个男人手拉着手，才勉强将它合抱。准确地说，这树围也是无法测量的，因为它的表面起起伏伏，如瀑布泻地，如山川纵横，早已不成树形，无法合围，只能大概地比画一下。这时你仰观树冠如乌云压顶，再退后几十米看，那主干在蓝天的背景下又成龙成凤，如狮如虎，张牙舞爪，尽人想象。四五里之外就是陇海铁路，每有客车过时就特别广播，请大家注意看窗外的古槐。它已成中州大地上的一个地标。

奇怪之二，这树浑身上下布满了大大小小的疙瘩和深深浅浅的空洞。古树身上有几个疙瘩和洞不足为怪，这是它的骄傲，是年迈德高的标志。如老人手臂上的青筋，脸上的皱纹，是岁月的积累，时光的磨痕。但树生疙瘩如人生肿块，毕竟不是好事。况且这树也不是只有几处凸凹，而是全身堆满了疙瘩，根本看不出原来的树纹。我想试着数一下树身上到底有多少个疙瘩，大中套小，小又压大，似断又连，此起彼伏。你盯不到半分钟就眼花缭乱，面前是一片连绵的山峰，来去的云朵。你一时又像掉进了波涛翻滚的大海，或者乱石穿空的天坑。都说卢沟桥的狮子数不清，这槐树身上的疙瘩根本就无法数。而且树身是圆形的，你边走边数，转一圈回来，已经找不到起点，扑朔迷离，如在雾中。我们已坠入一个“奇离古怪”的方阵，一个从未见过的时空系统。

二

这棵树所在的陕县，属中国最古老的地名。现在我们常说的陕，是指陕西省。就像豫指河南，晋指山西。其实，陕的源头是现在河南三门峡市的陕县，古称陕塬，也就是现在这棵古槐的扎根之处。周成王登位之后，周、召二公帮他治理天下，两人分工以陕塬为界，周治陕之东，召治陕之西，并立石为界。现在陕县还存有这块“分陕石”。算来，这已是三千年前的事了。今天偌大的一个陕西省，二十万平方公里，却是因为坐落在一块小石之西而得名。陕塬之西的西安是十三朝古都，之东的洛阳是九朝古都。一部中国古代史几乎就是在这两个古都的连线上来回搬演。你看，这棵老槐一肩挑着两个古都，背靠三晋，左牵豫，右牵陕，老树聊发少年狂。它像一根定海神针，扎在了中国历史地理的关键穴位上。天下大事合久必分，分久必合，在这块古老的土地上，多少次的朝代更替，多少代的人来人去，黄河奔流东逝水，沧桑之变知几回。但是这株老槐不死。上天把它留下来，就是要向后人叙说那些不该忘记的苦难。

老槐无言，但它自有记事的办法，这就是以疙瘩为记。古人在没有文字之前，最原始的办法是结绳记事。这棵古槐与中华民族共患难，不知经过了多少风雨，熬过了多少干旱，穿过了多少战乱。它每遭一次难就蹙一次眉，揪一下心，身上就努出一块疙瘩。

三

古槐生在唐朝，它遭的第一大难是安史之乱。

中国古代农民所受之苦，大致有两类。一是服兵役。不管哪个人上台，哪一次朝代更替，都是用刀枪说话。“一将功成万骨枯”，一朝更替血漂杵。兵者，杀也。只要战事一起，就玉石俱焚。百姓或者被驱使杀人，或者被人杀。二是赋税徭役。统治者是靠人民供养的，农民要无偿地缴纳实物，无偿地贡献劳力。唐朝有“租庸调制”，“租”即田租，“庸”即力役，“调”即户调。而战事频繁无疑加剧了赋税的征收与劳役的征召。兵役与赋税徭役就像两扇磨盘，不停地碾磨着无辜的生命。

中国人以汉唐为自豪。唐强盛的顶点是开元盛世，但接着就发生了天宝之乱，即安史之乱。有趣的是，这个大转折发生在同一个皇帝，即唐玄宗身上。开元、天宝都是唐玄宗的年号。他前期小心翼翼，励精图治，后期贪图安逸，纵容腐败，重用奸臣。中国封建社会两千年，是君主专权的家天下，各朝由治到乱几乎都是同一个模式，祸乱先从掌权者自身开始，从他们的私事、家事甚至是婚事开始。唐玄宗鬼使神差地爱上了自己的儿媳妇杨玉环，先让她出家，然后又命其还俗，再纳为妃，就是史上著名的杨贵妃。玄宗终日与贵妃饮宴作乐，不理政事。白居易有诗为证："春宵苦短日高起，从此君王不早朝。承欢侍宴无闲暇，春从春游夜专夜。"这时，地方上已藩镇割据，军阀坐大。其中最有势力有野心的是安禄山，杨贵妃又认安为干儿子，里勾外连，姑息养奸。这等下伤人伦、上毁朝纲、外乱吏治的胡作非为，让在长安以东刚刚长成不久的这棵槐树不觉皱眉咋舌，当时就起了一身鸡皮疙瘩。这恐怕就是这棵古槐最初长疙瘩的缘起。后来安禄山公开扯起反旗，唐至德元年（756）在洛阳称帝，国号大燕。然后就顺着这条驿道从老槐树下一直打到长安。今陕县一带是当时叛军和政府军反复拉锯的主战场。什么叫"祸国殃民"，当政者以国事为儿戏，以私乱国，招来横祸，又祸及百姓。内战一起，驿道上、黄河边就人头落地，血流成河。只西塬一战，二十万唐军就全军覆没。而百姓，不是死于乱军中，就是被抓丁拉夫，家破人亡，痛不欲生。

诗人杜甫亲历了这场大乱。离老槐树不远，有一个石壕村，杜甫在这里过夜，正遇上抓壮丁。房东老妇人出来说，连年打仗，家里早无男丁，要抓就把我抓去吧，别的不会，可以到军营里帮你们做做饭。来人就将老妇带走了。可见战争中人口锐减，民生凋敝到何种程度。虽已千年，这石壕村现在仍然沿用旧名，那天我去时，村口迎面的大墙正书着那首《石壕吏》。杜甫夜宿的窑洞还在，只是已坍塌过半。巧合的是这个千户大村，有一半人姓杜。村外的石壕古驿道在埋没多年后，最近又被发现，旅游部门正在维修，准备对外开放。我们试走了一回，那坚石上磨出的车辙，足有一尺之深，可见岁月的沧桑。当年杜甫就是从洛阳出发踏着这条驿道过新安县、陕县、潼关回长安的，沿路所见，心酸不已。他边走边吟，为我们留下了著名的“三吏”(《新安吏》《石壕吏》《潼关吏》)和“三别”(《新婚别》《无家别》《垂老别》)。“客行新安道，喧呼闻点兵”，“暮投石壕村，有吏夜捉人”，“哀哉桃林战，百万化为鱼”。这连年的战乱，百姓何以生存！杜甫曾被叛军困在长安，战乱过后，他又目睹了这座当时世界名都的颓废荒凉：“国破山河在，城春草木深。感时花溅泪，恨别鸟惊心。”与杜甫同被困在长安的还有写了著名的《吊古战场文》的文学家李华，他这样描写当时战争的残酷和百姓的从军之苦：“万里奔走，连年暴露”，“无贵无贱，同为枯骨”。唐朝自安史之乱就开始走下坡路，政治日渐腐败，吏治更加黑暗，社会贫富差距日益扩大。老槐之西靠近长安城，有一个阌乡县（今属灵宝市），缴不起租税的农民被关入大牢，不少人在牢中冻饿而死。白居易愤而向上写了一封《奏阌乡县禁囚状》,又写诗感叹道：“朱轮车马客，红烛歌舞楼。欢酣促密坐，醉暖脱重裘……岂知阌乡狱，中有冻死囚。”面对这种腐败，这槐树俯首驿道，西望长安，只能以泪洗面了。日复一日，泪水冲刷，树身皴裂开一道道的细缝，又浸蚀出一个个的空洞。它浑身的疙瘩高高低低又增加了不少。

唐之后，经过五代十国几个短命王朝的更替，直到960年赵匡胤重又统一天下，建立大宋。宋朝的首都还是定在河南。这中间有金人的入侵，又乱了两百多年，再后是元、明、清的更替，社会动荡，兵连祸结，民不聊生。官道上：“车辚辚，马萧萧，行人弓箭各在腰。耶娘妻子走相送，尘埃不见咸阳桥。”狼烟四起，尘埃滚滚，再加上兵匪在树下勒绳拴马，埋锅造饭，砍树斫枝，老槐树被折磨得喘不过气来，又不知几死几活。

四

历史进入近代，封建王朝终于结束，迎来了民国。但这又是一个乱世。自 1911 年推翻皇帝到 1949 年中华人民共和国成立，这段时间里，外族入侵，兵连祸结，虽有一个国民政府，但全国从来没有真正统一过。河南这块中州大地，又成了逐鹿中原的战场，黄河泛滥的滩涂，水、旱、蝗灾肆虐的舞台，最是我民族苦海中的一个荒岛。老槐树又经历了一个最痛苦的时期。史学家李文海撰写的《中国近代十大灾害·万里赤地》中记载，1929 年北方大旱以河南为最，全省一百一十八个县，受灾一百一十二个，灾民三千五百万。而河南又以这棵老槐所在的豫西为最。连续两年颗粒不收，杨、柳、椿、榆、槐等树，叶被捋光，皮被剥尽。将树叶吃完后，灾民只好去吃细土，人即滞塞而死。大灾接连瘟疫，天灾引发匪患，民不聊生。陕县一带“僵尸盈路，死亡载道”。是年，上海《申报》载文《豫灾惨状之一斑》：“一男子担两筐，内卧赤体小儿两个，污垢积体，不辨肤色，辗转筐内，咿呀求食。其男子见人即呼，愿以二十串钱卖此二子，言之声泪俱下。”时任河南省民政厅长、省赈务会主席的张钫（中华人民共和国成立后为全国政协委员）到南京向蒋介石面陈灾情。1930 年到 1931 年间以张的名义发出的求救电文达五十多封。1930 年天津《益世报》载《中原风声鹤唳，张钫为民请命》。在这场大饥荒中古槐与饥民同为乱世所扰，烈日所烤，疫气所困。兵匪过其下，乌鸦噪其上，尘垢裹其身。灾民无奈，只得对老树捋叶剥皮。唐槐又一次地死去活来。

1938年，蒋介石为阻日军南侵，在花园口炸开了黄河，虽暂挫日军，但中州大地也顿成一片汪洋，年年旱灾、蝗灾不断。1942年又现史上少见之大灾。但这并没有引起蒋介石政府对河南灾情的重视，还一味掩饰。2月月初重庆《大公报》刊登了该报记者从河南灾区发回的关于大饥荒的报道，却遭到国民政府勒令停刊三天的严厉处罚。美国《时代周刊》驻华记者白修德闻讯后，冲破阻力在当地传教士的帮助下到灾区采访。路旁、田野中一具具尸体随处可见，野狗任意啃咬。他拍了多幅照片，将这场大饥荒公布于世。这次大饥荒更甚于1929年那次，死亡人数达三百万之多！这一切都发生在老槐树的脚下。树与人同难，已被捋叶剥皮的老槐，眼看树下死尸横陈、远方哀鸿遍野，再一次地痛彻骨髓，死去活来。人活脸，树活皮，树木全靠表皮输送水分养分。天大旱地无水，水分何来？人饿疯又剥其皮，它还怎得生存？于是树内慢慢朽出大大小小的空洞，而主干上也只剩下了些横七竖八的枯枝。

更可怕的是在这老树下发生的不仅是天灾，更有人祸。1937年卢沟桥事变后，日军向中国腹地步步侵入，并且实行灭绝人性的“三光”政策，制造了无数惨案。近来纪念抗战胜利七十周年，许多史料又被重新发现。1944年春，日寇集中侵华战争以来的最大兵力，在中国战场发动了代号为“一号作战”的对中国豫湘桂正面战场的战略进攻，河南首当其冲。而这老槐树下的灵宝战役又是河南战役中规模最大、最为残酷之战。河南文史资料载，1944年5月25日，日军截获大批逃难民众，便将河南大学、各中学女生及军队女眷五百多人，赶到卢氏县城外的洛河河滩上，在光天化日之下，强剥衣裤，裸卧沙滩，恣意蹂躏，然后又割乳、剖腹，全部杀死。凄厉哭号之声，惨不忍闻。史称“卢氏惨案”。这年夏天，日军又将中条山战役中俘虏的两千多名中国军人押到三门峡市北的会兴镇山西会馆内，给其取名为“豫西俘虏营”。日军不顾国际公约，肆无忌惮地折磨俘虏。每天每人只配给四两[1]发霉的小米，强迫进行重体力劳动。如有伤病，就用刺刀捅死，扔进沟壑。只一次就逼迫四百名丧失劳动力的俘虏，每人挖坑一个，然后推入坑内活埋。这次战役中国军队进行了英勇抵抗，第三十六集团军总司令兼第四十七军军长李家钰、第五十七军第八师副师长王剑岳将军阵亡（2014 年 9 月 1 日，民政部第三百二十七号公告，公布了第一批三百名著名抗日英烈名录，他们荣列其中）。老槐目睹了这一幕幕，青筋暴突，两眼冒火，恨不能拔拳相助，可无奈它这时也已极度衰弱，有心无力。不禁老泪横流，痛不欲生。

五

这老槐经历的最后一难是“文化大革命”。“文化大革命”中最响的口号是“打倒刘、邓”。这两人又都与老槐有缘。

1938 年 11 月，当这株唐槐经历了千年的风雨，身心交瘁，孤守驿道时，眼前突然一亮，路上从西向东走过一个瘦高个的人，还有几个随从，都穿着过去从未见过的八路军的服装。这人就是刘少奇，他从延安过来，要传达中共六届六中全会的精神，指导中共和八路军在河南的工作。他从树下走过，踏着这条千年古道，一直走进渑池八路军兵站，在这里召开了中共豫西特委扩大干部会。更值得一提的是，他在这里写成了名著《论共产党员的修养》，并办了两期特训班，进行讲授。当年这一带属卫立煌管辖的一战区，作为八路军副总司令的彭德怀常来往于途，

① 两，质量或重量单位，一两合三十一点二五克，后改为一两合五十克。

与卫共商抗日大事。《彭德怀自述》里说，“从西安乘车到洛阳，见了卫立煌，拜访了一些民主人士”，说的正是这一段路。那时正是国共合作时期，大家同仇敌忾打鬼子，老槐树也心有所慰，精神了许多。后来盼到了中华人民共和国成立，刘少奇当了国家主席，它十分欣喜。但是好景不长，“文化大革命”风云一起，刘少奇就被打倒、批斗，百般受辱，永远开除党籍，最后又送回河南囚禁而死。1995 年老槐又见证了王光美重访此地，含着泪在一方红布上写下了刘少奇生前的最后一句话：“好在历史是人民写的。”

老槐虽然没有见过邓小平，但“文化大革命”中“批邓”的鼓噪声震耳欲聋，在它浑身大大小小的树洞里嗡嗡回响，让它心烦意乱。1975 年，曙光一现，邓小平复出，大抓整顿，全国气象为之一新。但不到一年又掀起了“批邓、反击右倾翻案风”，邓小平再次被打倒。“四人帮”决定拍一部“批邓”电影《反击》，外景地就选在这棵老槐树下。那天，老槐见一群红男绿女，扛着些“长枪短炮”类的家什，拿着些奇奇怪怪的道具，粉墨登场。他们围在树下，高喊“批邓”。突然，咔嚓一声，一根大腿粗的老枝，从空断裂，一个扒在树上看热闹的人，随之落地，不省人事。眼看要出人命，拍摄也就草草收场。不久“四人帮”垮台，这电影当然也就没有放映。这是那天下午现场采访时，几个老人比画着，给我讲的他们亲历的老槐树发怒的故事。据村民回忆，十年“文化大革命”，老槐总是打不起精神，奄奄一息。自从这次发怒之后，“文化大革命”就很快结束，老树又焕发了生机，如一只烈火中再生的凤凰。这就是我在文章开头讲到的那郁郁葱葱的样子。

这树下可考的名人，除前面说到的杜甫、白居易、刘少奇、彭德怀外，还有罗章龙、冯玉祥、鲁迅。20 世纪二三十年代，这观音堂是豫西重镇。陇海铁路只修到此为止，再往西无论人货运输，都要换为公路或黄河水路。人与物的滞留集散成就了这里的繁华。1921 年 11 月陇海铁路工人大罢工，李大钊曾派罗章龙来这里组织领导。1924 年 7 月，鲁迅到西安讲学，在观音堂下车，改乘船走黄河水道，一周后才到达西安。1927 年冯玉祥治豫，发誓要扫荡黑暗，7 月曾亲临树下讲演。现在树下还存有刻着他讲演内容的一块石碑，上面刻着五条："我们是一定要将贪官污吏土豪劣绅打倒；我们是要建设极清廉的政府；我们要为人民除水害，兴水利，修道路；我们要教育人民，使人民能读书，能写字；我们要训练为人民利益的军队。"

六

胜利使人骄傲，苦难让人清醒。无论是对一个民族还是一个人，苦难永是一剂良药。一个没有经历过苦难的民族是不成熟的民族；一个经历过苦难而又不知道保存这份记忆的民族是短视的民族；只有经历了苦难而又能时时不忘，以史为镜，知耻后勇的民族才是有希望的。

由于地理气候的关系和人为的原因，历史上中国大陆，特别是中原地区一向多灾。水、旱、蝗、黄、兵、疫、匪，七灾俱全。人和树都生活在这片黄土地上，一次次地战胜苦难，死中求生，化险为夷。可惜，人的记忆常常是选择性的，在英雄与苦难、经验与教训、胜利与牺牲、光荣与屈辱之间，常记住了前者而忘记了后者，甚而是有意地回避。幸亏在这片国土上还有古树与我们同在，树不欺人亦不自欺。它与我们扎根在同一片土地上，同呼吸共命运。天灾，灾树亦灾人；人祸，祸人也祸树。树木在默默地记录着一切，而且远比人的记忆悠长。它有自己的语言，用宽窄不同的年轮、扭曲变化的形体、或枯或润的皮肤、高高低低的疙瘩、深深浅浅的树洞来表达它的喜悦与愤怒，录下它所经历过的自然和人文的变迁。以铜为镜可正衣冠，以人为镜可知得失，以树为镜可还原历史。当我们心浮气躁时，踌躇满志时，或者将要受临大任之际，请找一棵起伏不平、遒劲桀骜、伤痕累累的古树来读一读吧，面对它沉思默想一会儿，你会顿然脚踏实地，心静如水。

那天采访结束正是日暮时分，夕阳压山，红霞满天，风停云住，宿鸟归林。我终于能静下心来，以手抚树，一点一点地来研读一下这棵老槐。它五围之长、数丈之高的树干表面，展开后就是一幅巨大的历史画卷。中国传统文人的画多表现闲适题材。而写现实生活中苦难的几乎没有，只有近代蒋兆和的一幅《流民图》。人工不逮天工补，现在好了，我们有了这幅《老槐说难图》。这是一幅老辣的焦墨山水人物画，那凝重枯涩的线条欲断还连，欲哭无泪；这是一幅毕加索的《格尔尼卡》，那立体图形的拼接，似像非像，似有似无，诉说着被撕裂、被蹂躏后的悲惨和痛苦；这又是一幅发愤图，树身上的疙瘩如拳如脚，如枪如戟，我耳边又响起在这树下殉国的李家钰将军的誓言："男儿持剑出乡关，不灭倭寇誓不还。"这里面有历史，安史之乱、民国之乱等一个不少；有故事，战争、冤狱、天灾，应有尽有。这画中有人物，你看大团的线条组合，有雍容富态的杨贵妃、风流倜傥的唐明皇、高大肥胖的安禄山，有瘦弱多病的杜甫、才思奔涌的李华、忧国忧民的白居易，还有鲁迅、冯玉祥、刘少奇、彭德怀。在这个世界上，树和人是相通的。要不，毛泽东怎会在晚年反复阅读庾信的《枯树赋》，有时禁不住老泪纵横呢？

往事越千年，满树疙瘩记苦难。树木有灵，这千年古驿道旁的一棵老槐，为我中华民族分担了苦难。

《中国作家》2015年第10期

左公柳，西北天际的一抹绿云

柳湖公园正在扩建，岸边补栽的新柳柔枝嫩叶随风摇曳，如儿孙绕膝。而在柳湖之外，已是绿满西北，绿满天涯了。我以手抚树，读着左公柳这本岁月的天书，端详着这座生命的雕塑。古往今来，于战火中不忘栽树且卓有建树的将军恐怕只有左宗棠一人了。

清代的左宗棠是以平定太平天国、捻军，收复新疆的武功而彰显于后世的。但是，他万万没有想到，自己死后谥号“文襄”，而人们对他最没有争议的纪念竟是一种树，并不约而同地呼之为“左公柳”。可见和平重于战争，生态高于政治。环境第一，生存至上。

一、带棺西行

十年前我就去过一次甘肃平凉，专门去柳湖凭吊那里的柳树。平凉是当年左宗棠西征，收复新疆的跳板，他的署衙就设在柳湖。左虽是个带兵的人，但骨子里是中国传统文化中耕读修身的知识分子。未出山以前他像诸葛亮那样躬耕于湖南湘阴，潜心治兵法、农林、地理之学，后来虽半生都在带兵打仗，但所到之处总不忘讲农、治水、栽树。他驻兵平凉时，于马嘶镝鸣之中还颇有兴致地集资修复了柳湖，并手题“柳湖”二字。现在这遗墨仍立于水旁。那年来时，我的印象是湖水泱泱，柳丝绵绵，老柳环岸，一派古风，内心只是泛起了一点岁月的沧桑，并未有更深的触动。直到近年读了几本关于左公的书，才又引起对他的注意，去年秋天又专门重访了一次柳湖。

由西安出发西行，车子驶入甘肃境内，公路两边就是又浓又密的柳树。在北方的各种树木中，柳树是发芽最早的。当春寒寂寂之时，它总是最先透出一抹绿色，为我们报春。柳树的生命力又是最顽强的，它随遇而安，无处不长，且品种极多，形态各异。我在青藏高原的风雪中见过形似古柏、遒劲如铁的藏柳；在江南的春风细雨中见过婀娜多姿的垂柳。只我的家乡山西，就有两种截然不同的柳。北部的山坡下生长着一种树形高大、树冠浑圆的“馒头柳”，其树头的分枝修长柔韧，常用来制作草原上牧民用的套马杆。而南部平原上的小河流水旁，却生长着一种矮小的成灌木状的白条柳，褪去绿皮，雪白的柳条是编制簸箕、笸箩、油篓等农家用具的绝好材料。现在我眼前的这种柳是西北高原常见的旱柳，它树身高大，树干挺直，如松如杨，而枝叶却柔密浓厚。每一棵树就像一个突然从地心涌出的绿色喷泉，茂盛的枝叶冲出地面，射向天空，然后再四散垂落，泼洒到路的两边。远远望去连绵不断，又像是两道结实的堤坝，我们的车子夹行其中，好像永远也逃不出这绿的围堵。

左宗棠是 1869 年 5 月沿着我们今天走的这条路进入甘肃的。在这之前的十一年，马克思在《鸦片贸易史》中分析中国，“一个人口几乎占人类三分之一的大帝国，不顾时势，安于现状，人为地隔绝于世并因此竭力以天朝尽善尽美的幻想自欺。这样一个帝国注定最后要在一场殊死的决斗中被打垮”。不幸被言中，十年间，大清帝国在和西方列强及国内起义农民的搏斗中已经精疲力竭，到了垮台的边缘。虽有曾国藩、李鸿章这些晚清重臣垂死支撑，但局面还是每况愈下。李说，他就是一个帝国的裱糊匠。就在这时左宗棠横空出世，为日落时分的帝国又争得耀眼的一亮。

左算得上是中国官僚史上的一个奇人。按照古代中国的官制，先得读书，考中进士后先授一小官，然后一步一步地往上熬。他三考不中便无心再去读枯涩的经书，索性在乡下边种地边研究农桑、水利等实用之学，后因太平天国兴起，就随曾国藩办湘军。1866 年甘肃出现局势不稳时，左正在福建办船政，建海军，对付东南的外敌。朝中无人，同治皇帝只好拆东墙补西墙，急召他赴西北。但这时的政局已千疮百孔，哪里只是一个甘肃。甘肃之西，新疆外来的阿古柏政权已形成割据，而甘肃之东继太平军之后兴起的东、西捻军，纵横陕西、河南、山东，如入无人之境。左受命时皇太后问西事几年可定。他答：五年。他还提出了具体的战略构想，一开口就擘画出半个中国的未来形势图，其雄心和眼光超过当年诸葛亮的隆中对。而这时清政府捉襟见肘，哪有这个实力。朝中以李鸿章为代表的主流派主张干脆放弃新疆这块荒远之地。他力排众议终于说动朝廷用兵西北。

左宗棠受命之后，先驻汉口指挥平捻，到进驻平凉时已年将花甲。如果历史可以回放的话，这是一个十分悲壮的镜头：一队从遥远的湖南长途跋涉而来的士兵，穿着南国的服装，说着北方人听不懂的语言，艰难地行进在黄风、沙尘之中。队伍前面的高头大马上坐着一位目光炯炯、须发皆白的老者，他就是左宗棠。最奇的是，他的身后十多个士兵抬着一副黑漆发亮的棺材，在刀枪、军旗的辉映下十分醒目。左宗棠发誓，不收复新疆，平定西北，决不回京。人们熟知“力拔山兮气盖世”的项羽破釜沉舟的故事，可有多少人知道这个手无缚鸡之力的南国老翁，带棺出征过天山呢？

二、绿染戈壁

左宗棠在西北的政治、军事建树历史自有公论，我们这里要说的是他怎样首创西北的绿化和生态建设。左到西北后发现这里的危机不只是政治腐败、军事瘫痪，还有生态的恶劣和耕作习惯的落后。大军所过之处全是不毛的荒山、无垠的沙漠、裸露的戈壁、洪水冲刷过后的沟壑。这与江南的青山绿水、稻丰鱼肥形成强烈的反差。左宗棠隐居乡间时曾躬耕农亩，他是抱着儒家“穷则独善其身”的思想，准备种田教书，终老乡下的。但是命运却把他推向西北，让他“达则兼济天下”。“兼济”西北，除了让他施展胸中的兵学、地学外，还要挖掘他腹中的农林水利之学。

面对赤地千里，他干的第一件事就是栽树，这当然是结合战争的需要。(但古往今来西北不知几多战事，而栽树将军又有几人？)用兵西北先要修路，左宗棠修的路宽三到十丈，东起陕西的潼关，横穿甘肃的河西走廊，旁出宁夏、青海，到新疆哈密，再分别延至南疆北疆。穿戈壁，翻天山，全长三四千里，后人尊称为“左公大道”。左下令栽树，有路必有树，路旁最少栽一行，多者四五行。这是为巩固路基，“限戎马之足”，为路人提供阴凉。左对种树是真有兴趣，真去研究，躬身参与，强力推行。他先选树种，认为西北植树应以杨、榆、柳为主。河西天寒，多种杨；陇东温和，多种柳；凡军队扎营之处都要栽树。他还把种树的好处编印成册，广为宣传，又颁布了各种规章保护树木。史载左宗棠“严令以种树为急务”，“相檄各防军夹道植树，意为居民取材，用庇行人，以复承平景象”。我特别想找到这个“檄”和“令”，即他下达的栽树命令的原文，史海茫茫，文牍泱泱，可惜没有找到。好在其他奏稿、文告、书信中常有涉及。他的《楚军营制》(楚军即湘军）规定，“长夫人等（后勤人员）不得在外砍柴。但（只要是）屋边、庙边、祠堂边、坟边、园内竹林及果木树，概不准砍”，“马夫宜看守马匹，切不可践食百姓生芽。如践食百姓生芽，无论何营人见，即将马匹牵至该营禀报，该营营官即将马夫口粮钱拿出四百立赏送马之人，再查明践食若干，值钱若干，亦拿马夫之钱赔偿。如下次再犯将马夫重责二百，加倍处罚”。你看，他实行的是严格的责任制。左每到一地必视察营旁是否种树。在他的带领下，各营军官竞先种树，一时成为风气。现在平凉仍存有一块《武威军各营频年种树记》碑，详细记录了当时各营种树的情况。

由于这样顽强地坚持，左宗棠在取得西北战事胜利的同时，生态建设也卓有成效。左 1866 年奉调陕甘总督，次年入陕，到 1880 年奉旨离开，在西北干了十多年。他刚到西北时当地的情景是“土地芜废，人民稀少，弥望黄沙白骨，不似人间光景”。到他离开时，中国这片最干旱、贫瘠的土地上奇迹般地出现了一条绿色长廊。他在奏稿中向皇上报告返京途中所见，“道旁所种榆柳业已成林，自嘉峪关至省，除碱地沙碛外，拱把之树接续不断”，“兰州东路所种之树，密如木城，行列整齐”。这对夕阳中的大清帝国来说真是难得的安慰。左宗棠力排众议，带榇出关，又排除种种刁难，自筹军费，自募新兵，不但收复了新疆，平定了西北，而且还将她绿化打扮了一番。曾经的焦土、荒漠，现在绿风荡漾，树城连绵，怎么能不让人高兴呢？左宗棠在西北到底种了多少树，很难有确切的数字。他在 1880 年的奏折中称，只“自陕西长武到甘肃会宁县东门六百里……种活树二十六万四千多棵”。其中柳湖有一千二百多棵，再加上甘肃其余各州约有四十万棵，还有在河西走廊和新疆种的树，总数有一二百万棵之多。而当时左指挥的部队大约是十二万人，合每人种树十多棵。中国西北自秦至清共有三条著名的大道。一是秦始皇统一中国后修的驰道；二是唐代的丝绸之路；三就是左宗棠开辟的这条“左公绿柳之路”，民国时期和中华人民共和国成立后的西北公路建设基本上是沿用这个路基。三千里大道，百万棵绿柳，这在荒凉的西北是何等壮观的景色，它注定要成为西北开发史上的丰碑。

左宗棠的绿色情结还远不只是沿路栽树。他不但要三千里路绿一线，还要让万里河山绿一片。至少还有两点值得一说。

一是种桑养蚕，引进南方的先进耕作。他自言：“家世寒素，耕读相承，少小从事农亩，于北农南农诸书性喜研求，躬验而有得。”他考证，西北历史上即有养蚕，《诗经》采桑之咏，说的就是陕西邠州和甘肃泾州的事。他大声疾呼改变当地保守、懒惰的恶习，要养蚕植棉，不要“坐失美利，甘为冻鬼”。又从浙江引来桑苗并工匠六十人，还亲自在酒泉驻地栽了几百株桑示范。蚕桑随之在西北逐渐推广。“向之衣不蔽体者亦免号寒之苦。”他又严禁烧荒，保护植被：“况冬令严寒，虫类蜷伏，任意焚烧，生机尽矣，是仁人君子所宜为?”左宗棠的远景目标是就地取材，靠养羊、纺毛、种桑、种棉，解决西北的穿衣问题。

二是美化城镇，改善环境。虽战事紧张，但左每收复或进驻一地，都要美化环境，倡导文明生活。他驻兰州后开凿了饮和池、挹清池两个市民饮水工程。听说国外有“公园”，左就将总督府的后花园修治整理，定期向社会开放。他驻节肃州时，捐出俸银二百两，将酒泉疏浚成湖，湖心筑三岛，建楼阁，环湖种花树。左在给友人的信中高兴地说，“白波万叠，沙鸟水禽飞翔游泳水边，亭子上有层楼，下有扁舟。时闻笛声，悠扬断续”，“近城士女及远近数十里间父老幼稚，挈伴载酒往来堤干，恣其游览，连日络绎”。这在荒凉的西北简直就是仙境下凡，可以想见世代居住在这里的人们是怎样的惊喜。以至于左怕人们“肆志游冶，或致废业”，不得不将酒泉湖限期开放。左宗棠是在西北建设城市公园的第一人。

兵者，杀气也。向来手握兵权的人多以杀人为功、毁城为乐，项羽烧阿房宫，黄巢烧长安，前朝文明尽毁于一旦。他们能掀起造反的万丈狂澜，却迈不过政权建设这道门槛。只有少数有远见的政治家才会在战火弥漫的同时就播撒建设的种子，随着硝烟的散去生命的绿色便会显现。

三、春风玉门

在清代以前古人写西北的诗词中最常见的词句是：大漠孤烟、平沙无垠、白骨在野、春风不度等。左宗棠和他的湘军改写了西北风物志，也改写了西北文学史。三千里大道，数百万棵左公柳及陌上桑、沙中湖、江南景的出现为西北灰黄的天际抹上一笔重重的新绿，也给沉闷枯寂的西北诗坛带来了生机。一时以左公柳为题材的诗歌传唱不休。最流行的一首是左宗棠的部下杨昌浚真实的感叹：“大将筹边尚未还，湖湘子弟满天山。新栽杨柳三千里，引得春风度玉关。”杨并不是诗人，也未见其再有其他的诗作行世，但只这一首便足以让他跻身诗坛，流芳百世。自左宗棠之后，在文学作品中，春风终于度过了玉门关。

文学反映现实，生活造就文学，这真是颠扑不破的真理。清代之后，左公柳成了开发西北的标志，也成了历代文人竞相唱和的主题。史家对左宗棠或贬或缄，民间对左公柳的歌颂却从未间断。如果以杨昌浚的诗打头，顺流而下足可以编出一部蔚为壮观的《左公柳诗文集》。这里面不乏名家之作。

1934年春小说家张恨水游西北，是年正遇大旱，无奈之下百姓以柳树皮充饥。张有感写了一首《竹枝词》：“大旱要谢左宗棠，种下垂柳绿两行。剥下树皮和草煮，又充饭菜又充汤。”1935年7月名记者范长江到西北采访，左公柳也被写入他的《中国的西北角》：“庄浪河东西两岸的冲积平原上杨柳相望，水渠交通……道旁尚间有左宗棠征新疆时所植柳树，古老苍劲，令人对左氏雄才大略不胜其企慕之思。”民国期间，清华大学首任校长、诗人罗家伦出国途经西北，见左公柳大为感动，写词一首，经赵元任作曲成为传唱一时的校园歌曲：“左公柳拂玉门晓，塞上春光好，天山融雪灌田畴，大漠飞沙旋落照，沙中水草堆，好似仙人岛。过瓜田碧玉丛丛，望马群白浪滔滔……

至于民间传说和一般文人笔下的诗画就更见真情。西北一直有左宗棠杀驴护树的传说。左最恨毁树，严令不许牲口啃食。一次，左处理完军务从新疆返回酒泉，发现柳树皮被剥，便微服私访，见农民进城都将驴拴于树上。左大怒，立将驴带回衙门杀掉，并出告示，若有再犯，格杀勿论。左去世后不久，当时很有名的《点石斋画报》曾刊载一幅《甘棠遗泽图》，再现左公大道的真实情景：山川逶迤，大道向天，绿柳浓荫中行人正在赶路。画上题字曰，“种树十余年来，浓荫蔽日，翠幄连云，六月徂暑者，阴赐于下，无不感文襄公之德”，“手泽在途，口碑载道，千年遗爱”。

一个人和他栽的树能经得起民间一百多年的传唱而不衰，其中必有道理。文学形象所意象化了的春风实际上就是左公精神。春风何能度玉门，为有振臂呼风人。左是在清末政治腐败、国危民穷、环境恶劣的大背景下去西北的。按说他只有军事之命，并无建设之责。但儒家的担当精神和胸中的才学让他觉得应该为整顿、开发西北尽一点力。左宗棠挟军事胜利之威，掀起了一股新政的狂飙，扫荡着那经年累月的污泥浊水。西北严酷的现实与一个南国饱学的儒生，碰撞出一串精神的火花，闪耀在中国近代史的开篇之上，绽放出一丝回暖的春意。

左宗棠在西北开创的政治新风有这样几个特点。一是强化国家主权，力主新疆建省。他痛斥朝中那些放弃西北的谬论，“周、秦、汉、唐之盛，奄有西北。及其衰也先捐西北，以保东南，国势浸弱，以底灭亡”。捐出西北，最后必定是国家的灭亡。从汉至清，新疆只设军事机构而无行省郡县。左前后五次上书吁请建省，终得批准。二是反贪倡廉。清晚期的政治已成糜烂之局，何况西北，鞭长莫及。地方官为所欲为，贪腐成性。他严查了几个地方和军队贪污、吃空额的典型，严立新规。而他自己高风亮节，以身作则，陕甘军费，每年过手一千二百四十万两白银，无一毫不清。左宗棠在西北十余年，没有安排一个亲朋，有家乡远来投靠者都自费招待，又贴路费送回。1879 年左宗棠的儿子带四五人从湖南到西北来看他。他训示：“不可沾染官场习气、少爷排场，一切简约为主。署中大厨房，只准改两灶，一煮饭，一熬菜。厨子一、打杂一、水火夫一，此外不宜多用人。尔宜三、八日作诗文，不准在外应酬。”你看，不但戒奢，还要像小学生一样做作业。教子、束亲之严，令我们想起中华人民共和国成立之初，中南海里毛、周的家风。欲要忠先要孝，欲肃政风先严家风。不管哪朝哪代，哪个阶级，一切有为的政治家无不如此。三是惩治不作为。他一针见血地指出，“甘肃官场恶习，惟以徇庇弥缝，见好属吏为事，不复以国家民事为念”，“官场控案只讲和息事”，对贪污、失职、营私等事官官相护。里面已经腐烂，外面还在和稀泥，维护表面的稳定。他最恨那些身居要位却怕事、躲事、不干事的懒官、庸官，常驳回其文，令其重办，“如有一字含糊，定惟该道是问！”其严厉作风无人不怕。四是亲民恤下。战乱之后十室九空，左细心安排移民，村庄选址、沿途护送无不想到，又计算到牲畜、种子、口粮。1877年大旱，一亩[①]地只值三百文[②]。他命在西安开粥厂，路人都可来喝，多时一天七万人。他身为钦差、总督，又年过六旬，带兵时仍住帐篷。地方官劝他住馆舍，他说“斗帐虽寒，犹愈于士卒之苦也”。五是务实，不喜虚荣。他人还未到兰州，当地乡绅已为他修了一座歌功颂德的生祠，他最看不惯这种拍马屁的作风，立令拆毁。下面凡有送礼一律退回。地方官员或前方将领有写信来问安者，他说百废待举，军务、政务这么忙，哪有时间听这些空话、套话，一律不看，“一切称颂贺候套禀，概置不览，且拉杂烧之”。他又大抓文风，所有公文“毋得照绿营恶习，摭拾浮词……尽可据实直陈，如写家信，不必装点隐饰”。他还兴办实业，引进洋人的技术修桥、开渠、办厂……

中国历史上多是来自北方的入侵，造成北人南渡，无意中将先进文化带到南方。而左宗棠这次是南人北伐，主动将先进的江南文化推广到了西北。历来的战争都是一次生态大破坏，而左宗棠这次是未打仗先栽树，硝烟中植桑棉，惊人地实现了一次与战争同步的生态大修复，恐怕史上也仅此一例。

左宗棠性格决绝，办事认真，绝不做李鸿章那样的裱糊匠，虽不能回天救世，也要除一时、一地之弊。他抬棺西进，收失地，振颓政，救民生，这在晚清的落日残照中，在西北寒冷孤寂的大漠上，真不啻为一阵东来的春风悄然度玉门。而那三千里绿柳正是他春风中飘扬的旗帜。

西学东渐，湘人北上，春风玉门，西北之幸！

---

① 亩，地积单位。一市亩等于六十平方丈，合六百六十六点七平方米。

② 文，用于旧时的铜钱（铜钱的一面铸有文字）。

四、柳色长青

柳树是一种易活好栽、适应性很强的树种，但也有一个缺点，不像松柏那样耐年头。我们要找千年的古柏很容易，千年的古柳几不可能，甚至百年以上的也不多见。所以对左公柳的保护、补栽，成了西北人民的一个情结，也是官方的一种责任，历代出台的保护文告接连不断。这一半是为了保护生态，一半是为了延续左公精神。我们现在能看到的最早的保护文件是晚清官府在古驿道旁贴的一张告谕："昆仑之阴，积雪皑皑，杯酒阳关，马嘶人泣，谁引春风，千里一碧。勿剪勿伐，左公所植。"可以看出，此告谕的重点不在树而在人，是保护树但更看重左公精神的传承。进入民国时期，甘肃省政府两次行文保护左公柳。1935 年的《保护左公柳办法》规定更为详细：一、全省普查编号；二、分段保护，落实到人；三、树如枯死，亦不许伐；四、已砍伐者，按原位补齐；五、树旁不得采掘草土、引火、拴牲口等；六、违规者处以相当的罚金或工役；七、保护不力唯县长是问。现存档案也记录了多起对盗伐事件的处理。1946 年，隆德县建设科长等人借处理枯树，伙同乡里人员盗卖柳树四百棵，县政府给予处罚后还要求"补植新苗，保护成活，以重先贤遗爱"，并就此对境内的左公柳进行了普查，还剩三千六百一十棵，都一一编号建档。我们发现在清朝和民国的政府文告中总少不了这样的词语：左公、先贤、遗爱、遗泽等，要知道这是官方的公文啊，但是仍掩盖不住对左宗棠的尊敬之情。民国时还将左宗棠修缮过的兰州城门改名"宗棠门"，由省长亲笔题写。在众多研究左宗棠在西北的著作中权威性较强的一本是 1945 年初版于重庆，后经王震将军提议又在

1984年重印的《左文襄公在西北》。此书从书名到内文，凡说到左宗棠时概不直呼其名，都是尊称“文襄公”，可见于清朝和民国，左宗棠在人们心目中的地位。只是进入当代后因极左政治影响才有了一个小的反复。但随着人们对生态的再认识，又不觉想起了这位在西北栽树的湖南人。于是我又联想到一个著名的典故。当年左宗棠在湖南初露头角，他恃才傲物得罪了人，有人告了御状，眼看就要掉脑袋。大臣潘祖荫惜才，上书疾呼：“天下不可一日无湖南，湖南不可一日无左宗棠。”这一句话救了他的一条命。假使当年左不明不白地死去，哪有新疆的收复、西北的开发？真是中国不可一日无西北，西北不可一日无左宗棠。左一人而系湖湘，系陕、甘、宁、青、新，系大清天下。解危救难，力挽狂澜，这样的名臣史上能有几人？不知为什么，在西北采访，我眼前总是浮现着苍凉的大漠、浩荡的队伍、一副黑色的棺材、须发皆白的左公和伸向天边的绿柳。若哪一个画家能画一张左公西行图，或哪一个导演能拍一部片子，那将是何等动人。

岁月无情，从1871年左宗棠下令植树到现在已有一百四十多年，要想拜谒一下左公亲植的柳树已经是一件很难的事了。档案记载，1935年时的统计，平凉境内还有左公柳七千九百七十八棵，而1998年出版的《甘肃森林》记载，全省境内的左公柳只剩二百零二棵，其中大部分存于柳湖公园，有一百八十七棵（左当年栽了一千二百棵）。看来我十年间两到柳湖还是来对了，这里确是左公遗泽最多处。但1998年到如今又过了十五年啊，斗转星移，左公柳还在锐减。那天，我到柳湖去，想穿越时空一会左公。只见湖边星星点点，隔不远处就会现出几株古柳，躯干总是昂然向上的，但树身实在是老了，表皮皴裂着，满是纵横的纹路，如布满山川戈壁的西北地图；齐腰处敞开黑黑的树洞，像是在撕心裂肺地呼喊；而它的根，有的悄无声息地抓地入土，吸吮着岸边的湖水，有的则青筋暴突抱定青石，如西北风霜中老人的手臂。但不论哪一棵，一律于枝端发出翠绿的新枝，浓密如发，披拂若裾，在秋日的暖阳中绽出恬静的微笑。柳湖公园正在扩建，岸边补栽的新柳柔枝嫩叶随风摇曳，如儿孙绕膝。而在柳湖之外，已是绿满西北，绿满天涯了。我以手抚树，读着左公柳这本岁月的天书，端详着这座生命的雕塑。古往今来，于战火中不忘栽树且卓有建树的将军恐怕只有左宗棠一人了。

《人民日报》2014 年 7 月 23 日

沈公榕，眺望大海一百五十年

每当沈葆桢坐在船政衙门大堂上办公，看着窗外日渐繁茂，已覆盖了山脚海滩的榕树林时，特别是看着那些气根落地又生出的第二代、第三代榕树时，心里就有了一些宽慰。

世人多知左公柳，而很少有人知道沈公榕。

历史竟是这样的浪漫。在祖国的西北大漠和东南沿海，各用一棵树来标志中国近代史的进程。左公柳见证了新疆的收复，沈公榕见证了中国近代海军的诞生。

一、栽树明志，从一篑之土筑新基

2016 年岁尾 2017 年年初，辽宁舰穿过宫古海峡进入西太平洋。虽然中国航母编队的首次远航刚跨过第一个年头，但中国海军却已整整走过了一百五十年。一百五十年了，中国海军才迈出家门走向深蓝。这个时刻，我

们不应该忘记一个人。

一百五十年前的12月23日，福州马尾船厂破土动工，中国人要建造军舰。2016年年底，马尾船厂正在筹备大庆，有一个熟人知道我在全国到处找有人文价值的古树，就来电话说："马尾有船政大臣沈葆桢手植的一棵古榕树，见证了中国海军史，你不来看一看？而且，船厂马上要乔迁新址。将来这树被丢在那里，还不知会是什么样子。"我连忙于12月19日赶到马尾。

马尾船厂是1866年12月开工的。当时请法国人日意格任总监督，一切管理遵从法式。我走在旧厂的大院里，像是回到了19世纪的法国。西边是一座法式的红砖办公楼和一个现存的中国最古老的车间——船政轮机厂；南边是当年的"绘事院"，即绘图设计室；东边是一座五层的尖顶法式钟楼。当年拖着长辫子的中国员工，就是在这钟声里上下班的。他们好奇地听金发碧眼、高鼻梁的洋师傅讲各种原理，学车、铆、电焊。我要找的沈公榕就在钟楼的侧前方。一百五十年了，它已是一棵参天巨木，浓荫覆地，大约有多半个篮球场那么大，郁郁乎如一座绿城。树根处立有一块石头，被绿苔紧紧包裹。我贴近树身，蹲下身子，用一根细树枝一点一点地小心清理，渐渐露出了"沈公榕"三个大字。这榕一出土就分为三股，现已各有牛腰之粗。一枝向左，浓荫遮住了厂区的大路；一枝向后，如一扇大屏风贴在一座四层小楼上；还有一枝往右探向钟楼。可是，正当它伸到一半时却在空中齐齐折断，突兀地停在半空，枝上垂挂的气根随风舞动，像是一个长须老人在与钟楼隔空对话。我一时被这个场面惊呆，有一种莫名的惆怅，静静地仰望着这一百五十年前的历史天空。

别小看我现在脚下的这一小块土地，它是中国近代最早的舰船基地，中国制造业的发端处，中国飞机制造的发祥地，中国海军的摇篮，中国近代教育的第一个学堂，中西文化大交流的第一个平台。有学者研究过，这里竟创造了十多个中国第一。现在我们来凭吊它，就只有几座红砖房子、一座钟楼和一棵古榕树了。

鸦片战争后，清帝国被列强敲开了国门，国势日弱。老祖宗传下来的大刀长矛，在洋枪洋炮面前是那样的无奈。镇压太平军起家的湘军名将彭玉麟，看到江面上飞驰的洋人炮艇，被惊得目瞪口呆，大呼："将来亡我者洋人也。"洋务派深切地感到必须学习西方先进技术，"师夷制夷"。

1866 年 6 月左宗棠上书，请求在福建马尾开办船厂，立被批准。但 10 月西北烽烟突起，左宗棠被任为陕甘总督，西去稳定局势，收复新疆。他不放心刚起步的船政大事，遍选接替之人，最后力保时任江西巡抚，正因母丧在福州家中守孝的沈葆桢出任船政大臣。历史有时就是这样的匆忙。沈守孝在家，被逼担当大任，而成大功。当年曾国藩也是守孝在家，太平军起，政府命他就地组建湘军，而成为晚清名臣。

沈葆桢是林则徐的女婿。从小受过严格的儒家思想教育，忠君报国，一身正气。但他也看到了世界潮流，力主"师夷制夷"，变革图强。在晚清睁眼看世界的先进分子中，他是晚于林则徐、魏源，早于康有为、梁启超的过渡人物。当时政局，一团乱麻。帝国主义势力插手中国，多国角逐；朝野保守与开放的思想激烈冲突。经镇压太平军、捻军而兴起的湘军、淮军等地方实力派，各封疆大吏互相掣肘。在这一团乱麻中要理出个头绪，师夷制夷，造船强军，谈何容易。况且在家乡办事，关系更复杂。本来，沈葆桢是不想接这个摊子的，但左宗棠三顾茅庐力请出山，并亲自为他配好各种助手，请"红顶商人"胡雪岩帮他筹钱，又一再上书朝廷，催其就职。忠孝不能两全，孝期未满的沈葆桢就走马上任了。

马尾，地处闽江入海口，形同马的尾巴，地低而土软，要建厂就得清理地基，类似现在的“三通一平”。他们先打入五千根木桩，加固岸基，填高近两米的土层，然后遍植榕树以固定厂房、船坞的周边。沈葆桢带头栽下了第一棵榕树，然后挥笔写下一副对联，悬于船政衙门的大柱上：

以一篑为始基，从古天下无难事
致九译之新法，于今中国有圣人

他要引进新法，以“精卫”精神，一筐一筐地填海筑基，开创近代中国的造船大业，不信事情办不成。

二、“权自我操”，逆流而上，沈葆桢快刀斩乱麻

沈葆桢坐在船政衙门的大堂上，看着外面工地上熙熙攘攘的人流，堆积如山的物资，特别是门外榕树上那些七长八短、随风舞动的气根，心乱如麻。

“船政”是一个洋务新词，是指海防及与船舰有关的一切事务，包括建厂、造船、办船校、买船，延请外国专家，制定相关政策，办理对外交涉，等等。总之，都是过去没有过的新事，所以专设一个“船政衙门”，直属中央。

1866 年的世界，西方工业革命已经走过了一百年，西班牙、荷兰、英国、法国都有了横行世界的蒸汽机舰队，而中国还在海上摇橹划桨或借风行船。思想开放的左宗棠，曾在杭州西湖里仿造了一条小洋船，但

行之无力。遂决定引进洋技师、洋工匠开船厂、办船校。

新事物一开始就遭到保守势力的顽固阻挠。还没有造船，就先是一场思想大论战，这有点像中国改革开放之初的“真理大讨论”。许多朝中和地方的大员说，只要“以忠信为甲胄，礼义为干櫓”就能战无不胜，“何必师事夷人”。左宗棠痛斥这帮迂腐之臣，他上书说：“臣愚以为，欲防海之害而收其利，非整理水师不可。泰西巧，而中国不必安于拙也；泰西有，而中国不能傲以无也。”“安于拙、傲以无”，左宗棠尖锐地画出了保守当权者的嘴脸。

当时的福建地方官吴棠愚顽不化，沈葆桢来马尾办船政，他在经费、人力、材料、土地等方面，事事为难，处处拆台，几乎是“逢沈必反”。此人有一个特殊的背景。他早先在苏北运河边任一小知县。某日，一位曾有恩于他的官员扶柩南下，停于河上。吴遣差人送去银子三百两。正巧，有一位在旗少女扶父亲的灵柩北上，也停于河边。阴差阳错，差人将银子误送到旗女的船上。吴明知送错，也不好追回。谁知，这位少女就是后来的慈禧太后。天上掉馅饼，吴后半生有了一个大靠山，不断被提拔，处处受保护。现在他与沈不合，上面虽知船政重要，但总是和稀泥，劝沈与他和衷共济。有时一个重大历史的结点，就“结”在一个人身上，一个人可以绑架历史，影响国运。沈愤怒地上书，“船政之事，非诸臣之事，国家之事也”，“非不知和衷共济”，而“大局攸关，安忍、顾虑、瞻徇，负朝廷委任”。表示“惟有毁誉听之人，祸福听之天，竭尽愚诚”。

沈葆桢是本地人，工厂一开工，亲朋故旧都上门来找饭碗。他平生最恨劣幕奸胥，裙带相缠。为洗刷旧衙陈腐之风，他以法治厂，半军事化管理，甚至不惜开杀戒。一官员买铜不报，他批“阻挠国是，侮慢大臣”，就地立斩。他有一姻亲，触犯厂规，批军法从事，杀！布政使知是沈家亲戚，请求缓办，他坚持立即开堂问审。这时他父亲送来一信。他知必是求情，便说："家父的信是私事，等我办完公事再拆不迟。"喝令立斩。然后拆阅，果然是求情信，但已无用。一些劣绅还借助迷信煽动地痞与不明真相的群众闹事，阻挠开工。他一边做说服工作，一边捕杀两个为首之徒，事态当即平息。

开山用大斧，乱世用重典。向来成大事者必用铁腕。沈葆桢、左宗棠、李鸿章、曾国藩，这一帮晚清名臣，本都是手无缚鸡之力的读书人，但他们都遇事不乱，刚毅过人，竟也杀人如麻。曾国藩的外号就是"曾剃头"。晚清的回光返照，全赖他们支撑。马尾船厂，这个中国近代工业的序幕，终于被沈葆桢的铁手腕轻轻拉开。

办洋务，最难把握的是与洋人的关系。沈的原则是："优赏洋员，权自我操。"经济上给予高酬重奖，政治上一寸不让。船政是个复杂的联合体，其所属的工厂、学校、设计、绘图、管理等部门，洋人技师、领班、教师、工匠、翻译、医生等常年有六七十人。所以，船政衙门，也可以说是中国最早的"外国专家局"。沈给他们高薪。十年下来，雇用洋人共用银九十三万两，占船厂支出的百分之十八。法国人日意格为总监督，从头到尾参与了船政活动，尽职尽责，起了极大的作用。沈给他月薪一千两，而他自己的月薪才六百两。洋技师月薪二百两至二百五十两，而中国工人的月薪最低四两，最高二十一两。这样的高薪买技术，沈认为值得。

但是在管理权上，沈葆桢绝不松手。当时清政府与列强定有屈辱的领事公约，通商中凡涉洋人之事由领事馆裁决，所谓"领事裁判权"。福州不是通商口岸，也未设领事馆。但法国驻宁波的领事却老远跑到福州来干涉船政。沈义正词严地说："根据万国外交惯例，领事是为通商而设。船厂非商务机构，与贵领事何干？"左宗棠还逼法外交部正式表态，再不干预中国的船政。

沈与洋人订有严格、细密的合同。最终目标是对方必须教会中国人自主造船。前三年，洋人手把手地教；后两年只在一旁指导，让中国工人自己动手干。直到造出船，又能驾船出海，这样才算履行了合同，可兑现薪酬。对不遵厂规，不听指挥，不尽职守者开除、解聘。1869 年，新造的第一艘轮船下水。总监工达士博要求用洋人引港。沈说，在中国的闽江口试航，我们熟悉水道，为什么要用洋人？不能开此先例。达士博以总监工身份相要挟，不答应就不上船，还煽动工人怠工。沈再三相劝，并因之推迟试航日期。达士博仍不让步。沈当即将其开除。而对尽职尽责的总监督日意格，沈除给予他重奖外，还奏请朝廷赏加提督衔并顶戴花翎，这是洋人在华获得的最高荣誉。正是有了高薪和沈的灵活把握，总体上中外合作是愉快的。

那天采访船政旧址时，我意外地碰到一个正在筹备的日意格个人回顾展，这是船政纪念活动的一部分。一位法国友人提供了日意格在华工作时的一百多幅照片，还有他在法国工程师协会介绍中国船政的一个法文讲稿。这是一批极珍贵的航政资料。日意格是这样评价他的两个中国合作者的。关于左宗棠，他说："因循守旧的北京政府，仅知道满足于在别人呈递的奏折上批文签字。左宗棠不得不为此计划独自担负全责。此项创举若是失败，他在中国官僚机构中所能达到的最为辉煌的职业生涯将毁于一旦。左宗棠决心无论如何要孤注一掷了，他不再听任其他官员对他将要进行的大业指手画脚，他的眼中只有一件事，就是迅速地将中国推上发展道路。他知道要迈出这至关重要的第一步需要有人勇挑重担。我真希望手边拥有这份左宗棠呈送皇帝的理由充分、勇气十足的奏折，你们若是读了这份奏折，一定会惊叹于他的观点。你们将会看到这些通常被我们认为滑稽可笑的人，品德是多么高尚，见识是多么深远。"

他评价沈葆桢："中国政府特派一名钦差大臣来到此地担任总理船政大臣。这位官员名字叫沈葆桢，是一位出类拔萃、精明强干、意志坚定、善于指挥的将才。"

到 1874 年福州船政共建成十五艘轮船，包括十一艘军舰。左宗棠的计划，在沈葆桢手上已全部实现。近代中国的造船工业进入了世界十强，技术水平与西方国家已相当接近。最大的"扬武"号已相当于国际上的二等巡洋舰。

三、洋为中用，落地生根，开放接纳促变革

沈葆桢栽榕时，也许没有想到他的洋务事业如这榕树一样，枝垂气根，根又生树，蔚然成林。

榕树生长于热带、亚热带，树形特别庞大。它有一个特殊功能，就是可以从枝上垂下细如毛发的丝绦，密密麻麻如帘如幕。当这细丝飘在空中时有如一团乱麻，随风来去，看不出有什么用途。但是，它有点像希腊神话里的安泰。只要柔软的须尖一落到地面，就见土生根，再难撼动，根又成树，树又吐根。就这样连绵不断地延展开去，一树成林。国内大的榕树家族如梁启超的家乡广东兴会县的"小鸟天堂"，一树成林占地六亩。我见过海南岛昌江县的一棵榕树成林，占地竟达九亩。福建是盛产榕树的地方，福州就简称榕城。马尾建厂之时，沈葆桢带头植榕，一时闽江口内外郁郁葱葱，蔚为壮观。每当沈葆桢坐在船政衙门大堂上办公，看着窗外日渐繁茂，已覆盖了山脚海滩的榕树林时，特别是看着那些气根落地又生出的第二代、第三代榕树时，心里就有了一些宽慰。

办厂之初，最缺的是人才。中国从汉到清独尊儒学，以文章选人立国。好的一面是礼义廉耻，修炼人的品德；琴棋书画，修养人的心性。不好的一面是重文，轻工、轻商，更不研究自然之理，在唯心和自我陶醉中生活。个人自我感觉顶天立地，国家自封为天朝，闭关锁国。1866年左宗棠上书办船厂，其时上溯二百年，即1666年，牛顿已经发现万有引力，而中国却还没有物理学这个词；上溯一百年，1765年瓦特已发明了蒸汽机，而中国的主要动力还是人力、畜力。在中国的教育体系里只有文科，没有工科。知识体系里只有经、史、子、集，没有自然科学知识。明代刘伯温有一句名言，“半部论语治天下”，论语里只有礼义廉耻，而没有物理化学。“安于拙、傲以无”，盲人骑瞎马，再用人类的一半知识来治国，这怎么能立于世界民族之林呢？

在这种教育和选官体制中，左宗棠屡试不第，他就愤而不再应试，在家里自学农桑、水利、地理等有用之学。沈葆桢倒是按科举制度中了进士，点了翰林，走入仕途。但是他一与西方人打交道，发现自己简直就是一个文盲。他痛感一个国家的落后是文化落后、人才落后。当时要造船，牵一发而动全身、动全国，动了老祖宗。首先动到了中国的教育体系。千百年来科举制培养的秀才、举人、进士，一个也用不上。他们决定边办船厂，边办学校。从西方引进造船业像栽下了一棵大榕树，但这树如果只有树干，而没有气根，永远只是一棵树，不能繁衍，不能成林。左宗棠上书说，花上几百万两银子，只造出十几条船，这不是目的。最终是要培养出自己的人才，能造船，会开船。他请办一所“求是堂艺局”，他要让洋人给他“下仔”。一听这个学校的名字就很有意思。既不是传统的“书院”，也不是后来叫的“学堂”“大学”。而取名“局”，在“局”中求自然之“是”（规律），学习具体的技艺。“艺”是从传统的六艺而来，当时中国还没有“技术”这个词语。它生动地反映了中国教育机构的进化过程，就像一条进化中的美人鱼，已有人头，却还留着鱼身。

沈葆桢决心要让洋务这棵大榕树多生下一些气根，接入中国的土壤，完成由洋到土的转化。船厂一开办，他就同时办了两所学堂：前学堂与后学堂。前学堂用法文授课，教造船，培养技工；后学堂用英文授课，教驾船，培养海员。沈亲自出题，招考最优秀的学生。学校实行“宽进严出”制度。每两个月考试一次，依考分划为三等。一等赏银十元。如三次一等，另赏衣料；如三次三等则除名。开办之初共收生三百余人，只有一多半的人读到了毕业。现在看当时的办学章程，实为在中国近代教育史上打下的第一根界桩，兹录如下：

求是堂艺局章程

第一条　各子弟到局学习后，每逢端午、中秋给假三日，度岁时于封印日回家，开印日到局。凡遇外国礼拜日，亦不给假。每日晨起、夜眠，听教习洋员训课，不准在外嬉游，致荒学业；不准侮谩教师，欺凌同学。

第二条　各子弟到局后，饭食及患病医药之费，均由局中给发。患病较重者，监督验其病果沈重，送回本家调理，病痊后即行销假。

第三条　各子弟饭食既由艺局供给，仍每名月给银四两，俾赡其家，以昭体恤。

第四条　开艺局之日起，每三个月考试一次，由教习洋员分别等第。其学有进境考列一等者，赏洋银十元，二等者，无赏无罚，三等者，记惰一次，两次连考三等者，戒责，三次连考三等者，斥出。其三次连考一等者，于照章奖赏外，另赏衣料，以示鼓舞。

第五条　子弟入局肄习，总以五年为限。于入局时，取具其父兄及本人甘结，限内不得告请长假，不得改习别业，以取专精。

第六条　艺局内宜拣派明干正绅常川住局，稽察师、徒勤惰，亦便剿学艺事，以扩见闻。其委绅等应由总理船政大臣遴选给委。

第七条　各子弟学成后，准以水师员弁擢用。惟学习监工、船主等事，非资性颖敏之人不能。其有由文职、文生入局者，亦未便概保武职，应准照军功人员例议奖。

第八条　各子弟之学成监造者，学成船主者，即令作监工、作船主，每月薪水照外国监工、船主薪工银数发给，仍特加优擢以奖异能。

沈葆桢是为了造船才培养人才的，却无意中成了中国工科教育和职业教育第一人。中国的第一所工业专科学校，也是中国的第一所职业教育学校诞生了，这是一个伟大的创举，一块历史的里程碑。

过去儒家教育强调义理一面，遇强敌入侵幻想“忠信为甲胄”，这种唯心论有如义和团“刀枪不入”的魔咒。结果无论疆土还是肉体都被洋炮炸得粉碎。可见这种唯心论是因为不明自然科学。沈开办船政学堂之初，中国的孩子还没有一点科学基础。他只能选品德好、天资聪颖的少年从头打造。他先以儒家观点考其品学，为首期考生出的题目是“大孝终生慕父母”，考得第一名的是后来的大思想家严复。但学生一入学，就再不要这块敲门砖，金蝉脱壳，甩掉“之乎者也”，立即钻进科技书堆中。沈自己也恶补科学。学堂开的课有代数、几何、物理、微积分、机械，还有船体和蒸汽机制造两门实习课。他又选十五岁至十八岁，力大、聪明的孩子办了一个“艺徒班”，这是中国最早的技工学校。他又发现，只跟着师傅照葫芦画瓢学造船还不行，还要能自己画图设计，于是又开设了“绘事院”，这又是中国最早的工业设计院。总之，沈葆桢借船政，牵一发而动全身，牵出了近代教育，催生了近代先进思想和科学技术人才，牵动了历史，这也是他始料不及的。

中国文化人的发展成长大致有五个阶段。第一阶段是古代传统文化人物，读经书，过科举，守儒教；第二阶段是近代文化人物，虽出身科举，但开始吸收西学，如张之洞、梁启超；第三阶段是现代文化人物，上过私塾，后又上了西式新学堂，如鲁迅、胡适；第四阶段是有旧学底子，后又接受马克思主义，如陈独秀、毛泽东；第五阶段是当代文化人，在中华人民共和国成长起来，先接受马克思主义教育，改革开放后又学习西方文化。在这个文化传承的链条中，船政学校正当古代文化到近代文化的过渡，是第一类文化人与第二类文化人之间的桥梁，是一次文化大变革。它培养的人才，填补了新式实用科技人才的空缺。而且他们在接触西方科技的同时，又必然接触西方的思想文化。于是这批人又成了东西方文化的桥梁。他们中间出了翻译《天演论》的严复、翻译《茶花女》的林纾、修了中国第一条铁路的詹天佑。而船校几乎培养了中国海军初期的全部骨干。

1871 年，三十余名船校学生，驾船进行了第一次航海训练。南至新加坡，北至辽东湾，这是中国近代海军的第一次远航。而在二十多年后的甲午海战中，中方参战的十二艘舰的舰长（管带）十四人，其中有十人是马尾船校第一期的同班同学。美籍历史学家唐德刚在《晚清七十年》一书中说，这是“一校一级之生而对一国”之大战。辛亥革命后，大总统孙中山到马尾视察，他说：“船政缔造之艰，经营之善，成船不少，足为海军根基。”民国时期的海军军官，绝大多数都是马尾船校出身。中华人民共和国成立前夕，张爱萍受命组建中国人民解放军海军部队，他一个一个上门拜访的海军宿将，还是马尾旧人。毛泽东曾在接见国民党海军起义将领时说，1866年，船政开办起来，中国算是有了近代海军、现代海军。民国海军部长萨镇冰活了九十五岁，见证了三个时代的海军事业。

在马尾闽江口，沈葆桢亲手栽下的这棵巨榕，子子孙孙，绵延海疆，荫蔽华夏。要论其大，远超兴会和海南的大榕。榕树的生命力极强。我们在老厂区采访时，随便在办公楼的走廊上、窗户下，都能看到墙缝里钻出的榕树苗。而院子里，更是大榕蔽日。福州身为榕城，以榕树为骄傲，现从马江口到罗星塔，已建成了一座大型榕树公园。漫山的榕树攀山附石，层层叠叠，绿云压城。气根从天而降，密如天幕，有的竟穿透石块，石上生根，直如弦，挺如柱。它们都是沈公榕的后代。现在路旁、草地上的树下，因地取势，遍立了严复、詹天佑、林纾、邓世昌等几十个船政人物的雕像，他们都是沈葆桢的学生，或坐或立，仰望大海，还在关心着中国的海疆、中国的命运。

四、最遗憾，未能狠揍日人一棒，历史随成糜烂之局

正当沈葆桢全力以赴造船强军，希冀为病弱的大清帝国快快生肌长肉、补气壮骨之时，列强也加快了对中国的挑衅蚕食。

与马尾一水之隔的台湾，历经荷兰人侵占，郑成功收复，后又归于清朝。岛上只有薄弱的清兵守备，管理松散。日本早就对台湾垂涎三尺。

1871 年冬，时属中国藩国的琉球派六十九人往广东中山府纳贡。返途遇风暴漂至台湾，淹死三人。余六十六人误入当地高山族的一支“牡丹社”住地。时高山族还未开化，有杀人取头之习，多者愈受尊敬，推为酋长，又有五十四人被追杀，余十二人被知县保护，送至省城福州。修养一段时间后，送回琉球。此事与日本毫无干系。1873 年日派员到华交换通商条约，借机质询两年前的杀人之事。清政府答：“台、琉二岛皆属我土。杀人之事，裁决在我，与贵国何干?”但日人已铁心要侵台，

继续再做文章。1874年3月，日照会清政府："前年冬，我国人漂流其地，被杀戮者数十名，我政府将出师问罪。"这种强找借口，占你一地，甚至灭你一国，向来是帝国主义的本性。即使没有借口，它也可以随便制造一个。1937年的卢沟桥事变，就是日军假说其在训练中走失一个士兵，要强入宛平城寻人。接着就开枪开炮，占北京，占华北。

1874年4月，日本判断清政府不敢抵抗，正式宣布组织远征军侵台。5月17日，日军三千五百人在台湾南部登陆。清政府反应迟钝，到5月月底才下旨："沈葆桢著授为钦差，办理台湾等处海防兼理各国事务大臣。"沈接任后提出，一边办外交，以理屈敌；一边"储利器"积极战备。要求速购两艘铁甲舰，并召回马尾船厂经年所造的，已在天津、山东、浙江、广东等沿海服役的各舰备用，又建议速铺厦门到台湾的海底电缆，以通军情。他摆出决战之势，以震慑日本之野心。随后沈于6月19日到达台湾，坐镇指挥。而这时日军已控制了台南的地盘。所到之处一如后来侵华时的"三光"政策，奸淫烧杀。我高山族同胞一面以原始刀矛奋起抵抗，一面请求沈葆桢保护，愿协同官军一致抗日。

沈一面练兵、备战，一面抚民、修路。"结民心，通番情，审地利"，"全台屹著长城"。他始终以软硬两手对敌。先派人谈判，以理屈兵。他在照会中说"琉球虽弱，亦俨然一国，尽可自鸣不平"，"即贵国专意恤怜，亦可照会总理衙门商办"，为何要出兵？再说，当时只"牡丹社"一社杀人，而今天日军报复，却在整个台湾南部杀人掠土，波及无辜。严正声明"无论中国版图，尺寸不敢与人"，并指出你军后勤补给已出现困难，粮运已为我控制，就不想想后路？"本大臣心有所危，何敢不开诚布公，以效愚者之一得"，我真替你捏一把汗呀。这义正词严、软中带硬的照会，使敌一时不敢妄动。

他深知日本人是在讹诈，一再吁请朝廷切不可退让。他说：

倭奴虽有悔心，然窥我军械之不精，营头之不厚，贪赞之心，积久难消。退后不甘，因求贴费，贴费不允，必求通商。此皆不可开之端，且有不可胜穷之弊。非益严儆备，断难望转圜。

他积极调兵，又请日意格雇来洋匠在台湾安平修筑了巨大炮台，基隆、澎湖等地也加筑炮台。马尾船厂这几年建造的“扬武”“飞云”“万年清”等十多艘兵舰全部调来台海。又请日意格出面租借外轮，从大陆运来当时中国最精锐的陆军——淮军。清军渐成绝对优势。而这时日军后勤补给困难，师老兵疲，士兵思乡厌战。到 7 月疾病开始流行，每天运来之兵不抵送回之病号。侵台高峰时士兵、民夫四千六百人，病死者达五百六十人。随着时间的推移，形势对日方愈加不利。沈又托日意格物色到一艘丹麦铁甲船，并交了定金，清军更如虎添翼。

当时中日的军力对比，日并不比我强多少。日本是 1867 年开始明治维新的，到 1877 年内战结束，前后十年才正式完成。它也曾经历了闭关锁国，被西方欺侮，订立不平等条约等和中国一样的过程。而这十年也正是中国觉醒，大办洋务自强的十年。历史巧合，1867 年日本颁布维新令，这年中国马尾船厂开工、洋学堂开学。中日两国同时睁开眼向西方学习，在图强路上赛跑。但是，双方文化背景不同，一个是谦谦君子，学习是为了自卫；一个是侵略本性，学习是为了扩张。而明治维新除了发展工业外，在体制上还埋下了天皇制和军国主义的种子。李鸿章评价日人“其外貌恭谨，性情狡诈深险，变幻百端，与西洋迥异”，“日人情同无赖，武勇自矜，深知中国虚实，乃敢下此险着”。日本看准了中国官场的腐败、偷安、避战，如狼伺羊，不咬一口，总觉吃亏。

这时候沈葆桢的头脑最清醒。他认为，最好的办法是当其未成气候之时，猛击一棒，打断脊梁，灭其野心，以除后患。他的计划是，在台湾一举歼灭侵台日军，然后我舰队在琉球登陆，挥师长畸港，聚歼鹿儿岛舰队，迫敌订城下之盟。一战慑敌，使之数十年之内再不敢妄动。自古凡有战事，总会有投降派跳出来，这时“各路劝勿开仗之信，纷至沓来”。沈一边应付日本人的侵略，一边还得应付国内投降派的掣肘。枪杆子、笔杆子，他一手提枪对日备战，一手握笔与投降派论战。他说，“倭备日顿，倭情渐怯”，“倭营貌为整暇，实有不可终日之势”，“虽勉强支持，决不能持久也”，“若欲速了而迁就之，恐愈迁就，愈葛藤矣”，“臣等汲汲于备战，非为台湾一战计，实为海疆全局计。愿国家勿惜目前之巨费，以杜后患于未形”，否则“急欲销兵，转成滋蔓”。正当沈葆桢秣马厉兵，要直捣黄龙之时，北京传来议和消息。清政府赔银五十万两，换取日本撤兵。侵略者未得到惩罚，志得意满，体面收兵。

从 1866 年沈葆桢接手办船政，到 1874 年 10 月日侵台罢兵，八年间，沈从无到有，打造了一支中国海军，其在当时的世界上已进入十强之列。正因为有了这支海军，才镇住了日本的侵台野心。但正当他要挥起这把利剑，剁敌魔爪时，清政府议和了。1875 年 7 月，他遗憾地从台湾返回。

八年洋务，八年蓄势。功亏一篑，一朝放弃。臣子恨，恨难平。

沈葆桢郁郁不乐，回到了他的马尾船政衙门，猛抬头看到了柱子上手书的对联：

以一篑为始基，从古天下无难事
致九译之新法，于今中国有圣人

新法已学到手，圣人却寸步难行。没有技术不行，只靠技术，政治不强也不行。日本是一个搬不走的坏邻居，中国失去了一次震慑恶邻的机会。而从此，日本渐渐坐大，野心更加膨胀，日后给中华民族造成的麻烦，如沈所言，“愈迁就，愈葛藤”，“急欲销兵，转成滋蔓”，一直葛藤不断。先是二十年后，1894 年的甲午海战，中国大败。日本不忘在台败于沈的旧恨，立逼清政府割让台湾。1931 年日又发动“九一八”事变，侵占了大半个中国，我艰苦抗战十四年，牺牲军民三千万。时至今日还在东海寻衅、南海挑事。

五、壮士断臂，华丽转身求再生

现在我们再回到文章的开头，当年马尾厂区的那棵老榕树，横空断枝，留下了一个秃兀的树身。这断下的一枝哪里去了？

老榕断枝，是马尾厂史上的一件奇事、大事。

到了 21 世纪初，马尾船厂早已不是一百五十年前跟着洋人学造船了，而已是订单遍五洲，洋人上门来买大船了。船厂已扩大成集团公司，老厂区再装不下这个大摊子。近年来，他们在海边选址，建起了更大的船坞、码头和办公楼，只等一百五十年庆典一过就搬新家。搬厂房、搬船坞、搬设备，这些都好说。就连那个法式的老钟楼，也都已按原样在新厂区复建了一座。但是，那棵巨大的沈公榕怎么办？它连着马尾人的心，难割舍，却移不走。

还有一年了，搬家工作开始倒计时。正当大家苦无良策，一筹莫展之时，7 月的一个晚上雷声大作，风狂雨骤。一道闪电划破夜空，轰隆一声，有如陨石落地，震得厂区都轻轻一动。第二天起来一看，沈公榕之一枝齐齐地断裂于地，青枝绿叶，团团气根，盖满了半个院子。而树梢在地上伸展开去，直抚着老钟楼的墙根。雨停了，榕树的叶片被洗得洁净油绿，在橘红色的晨辉中愈发光彩照人。平时如一团乱麻的气根，也被雨水漂洗得干干净净，梳理得齐齐整整，就像船甲板上一盘备用的新缆绳。正是上班时分，人愈聚愈多，大家围过来看着断枝，都不说话，像是在肃穆地行着注目礼。谁都知道沈公榕是马尾厂的魂。当此船厂更新换代之际，老榕有灵，高呼出门。壮士断臂，要华丽转身！

这意外的事件倒给厂领导带来了灵感，虽说榕树靠气根繁殖，但我们能不能试一试整枝栽培呢？他们请来园林专家，把这枝合抱粗的断榕小心清理，扶上卡车，护送到新区，一年后居然成活，为我们纪念沈葆桢留下了一件活着的念想之物。

沈葆桢是一位很低调的人物，他的历史贡献与他的知名度很不相称。他从左宗棠手中接办船政，晚年又与李鸿章分管南北洋海军，为朝廷重臣。他一生不忘强军固海，1879 年在生命垂危之时，仍口授奏折，要朝廷加强海军，警惕日本，一雪旧恨。“倭人夷我属国，虎视眈眈，凡有血气者，咸思灭此朝食。”“臣每饭不忘者，在购买铁甲船一事……倭人万不可轻视……倘船械未备，兵势一交，必成不可收拾之势。”可惜天不假命，他只活了六十岁，灭倭而后朝食的壮志未能实现。

沈葆桢是林则徐的外甥兼女婿，很得林的家风。“苟利国家生死以，岂因祸福避趋之”，他只求报国，不求闻达，一生清贫。甚至在世时身为高官，常要借债度日。临终也没有给孩子留下一间房、一亩地，反而留下一份这样的遗嘱：“身后，如行状、年谱、墓志铭、神道碑之类，切勿举办。”有点鲁迅说的只求速朽。他本人的著作也不多。只是随着时间的推移，中国海军和造船事业的发展，以及国际形势似曾相识般的循环归来，人们才又想起这位开拓者、预言者，近年才有了些对他的研究。

2016年12月20日，在一百五十年庆典的前三日，我来到马尾船厂新区。沿海的几个大型船坞里停着十几层楼高的在建大船。岸上滑动的巨型龙门吊，就像一道移动的彩虹。李厂长手指海边，讲解说，那一艘是在建的地质采矿船，可直接从一千五百米的深海下采矿、粉碎、装船；那一艘是科考船的生活船，本身就是一座七层楼的活动大旅店。我们头戴红色安全帽，在机器的轰鸣声中要大声喊话。人行走在这如山的大船旁和悬在半空的龙门吊下，就像几只正在蠕动的小甲虫。

新区已建成了一座十二层高的办公大楼。楼前广场上刻意保留了有当年船政记忆的三件标志物：沈葆桢像、沈公榕和法式钟楼。沈的雕像，背靠大楼，面向大门，雄伟高大。雕像高1.866米，寓意1866年，船政也即是近代中国海军的开创年份。底座高4.7米，寓意他在47岁那年接此重任，捎动了中国近代海军史的历史车轮。雕像的底座上有这样一段铭文：

> 沈葆桢（1820—1879），字翰宇，号幼丹，福建侯官人，清道光二十七年进士。1866年得闽浙总督左宗棠力荐，出任总理船政钦差大臣。在福州马尾设厂制造轮船，开办新式学堂，不惮艰辛，为国图强，开拓了中国造船工业，并组建我国近代第一支海军舰队。
>
> 1874年临危受命，率船政轮船水师赴台抗御日军入侵，保卫了宝岛台湾。1875年调任两江总督，广有惠政业绩，公忠体国，尽瘁于任上。清廷追赠太子太保，入祀贤良祠，谥文肃。

感谢马尾人，恐怕这是中国大地上唯一的一座沈葆桢雕像了。

只见他顶戴花翎，身披长袍，手执一卷文书，许是新船的设计图或者将要上奏的船政方案。海风拂动他的长袍，他挺身眺望着碧浪滔滔的大海。他看见了什么？看见了一百五十年来海面上滚滚不停的巨浪，看到了头上的天空中诡谲多变的风云。他还在翘首瞭望，他放不下这颗赤子心。而在他的右后方，就是那棵新栽的“壮士断臂榕”，主干有一抱之粗，上面的细枝已吐出翠绿的叶片和团团的气根。正是：东海波涛涛不平，英雄抱恨恨难宁。化作巨榕根千条，吸尽海水缚苍龙。整个树形，昂首向东，指向古钟楼，如一匹老马，随时准备飞腾上阵。

沈葆桢雕像的面部和沈公榕的树梢都还蒙着一块薄薄的红色纱巾，在微风中如一团火苗。厂长说，要等到三天后，大庆正日子的那天早晨，才会在锣鼓和鞭炮声中揭去这红盖头，为的是要给沈公一个惊喜，让他看看一百五十年后，今天中国的新船政。

《北京文学》2017 年第 6 期

百年震柳

人老看脸，树老看皮。经过百年岁月的煎熬，这树皮已如老人的皮肤，粗糙、多皱，青筋暴突。纹路宽得可容进一指，东奔西突，似去又回，一如黄土高原上的千沟万壑。

地震能摧毁一座山，却不能折断一株柳。

约在百年前，1920 年 12 月 16 日晚 8 时，在宁夏海原县发生了一场震惊世界的特大地震，震级八点五级，裂度十二度，死二十八万人，震波绕地球两圈，余震三年不绝，史称“环球大地震”。这远远大于后来我国 1976 年的唐山大地震和 2008 年的汶川大地震。虽已过去近百年，海原大地震仍然是全球地震界说不完的话题。

1920 年的中国，军阀混战，天下大乱。贫穷落后的西北忽又遭此奇祸。是年秋，海原的小气候突然变好。田野丰收，谷物满仓，梨子硕大无比，直把枝条压得喘不过气来。而树上秋果未落，春花又开，灿若白雪。当人们惊异于天降祥瑞之时，进到 12 月却怪象频频。群狼夜嚎，畜不归圈。平日里温顺服帖的家狗瞪眼、炸毛，疯狂地咬人。天边黑烟滚滚，地心雷声隐隐。深夜里山民静卧窑洞，望见远山红光罩顶，又闻炕下的土层深处，有如撕布裂木之声，令人毛骨悚然，惊为魔鬼作祟。

到16日晚8时左右，忽风暴大起，四野尘霾，大地开始颤动，如有巨怪在土下钻行。霎时山移、地裂、河断、城陷。黄土高原经这一抖，如骨牌倒地，土块横飞。老百姓惊呼："山走了！"有整座山滑行三四公里者，最大滑坡面积竟毗连三县，达两千平方公里。山一倒就瞬间塞河成湖，形成无数的大小"海子"。地震中心原有一大盐湖，为西北重要之产盐地。湖底突然鼓起一道滚动的陡坎，如有人在湖下推行，竟滴水不漏地将整个湖面向北移了一公里，被称为"滚湖"。至于道路断裂、田埂错位、村庄塌陷等，随处可见。所有的地标都被扭曲、翻腾得面目全非。

这些被破坏的还都是些非生命之物，而受灾最重的是人，有生命的人。当地百姓一向生活苦寒，平日居住全靠依山挖洞为窑。这种既无梁木支撑，又无砖石为基的土窑，大地轻轻一抖就轰然垮塌，整村、整寨、一沟、一坡的人，瞬间就被深埋黄土之中，如意大利庞贝古城之灾。水灾之患，还可见尸；火灾之患，还可寻骨；而地震之灾，人影全无。所谓"死者伏尸于黄土之中，无骨可葬；生者蛉居于露天之下，无家可归"。震中的海原县有人口十二三万，粗略统计就死了七万余人。有一户人家正在为过世老人做周年祭，请来亲朋三十多人，全数被捂在土中。震后常有孑遗者指某处说:"这里埋我全家。"整个震区在多少年后才大略统计出死亡人数约二十八万人。至今，这仍是中国历史上波及范围最广的地震。

海原大地震实是因地球的印度洋板块与太平洋板块相互挤压所致，与汶川大地震同出一因。在这条地震带上有两个巨人一直在扛着膀子，艰难地较劲。这种相持，大约千年左右就会被打破一次平衡，两身相错，大地轻轻一抖。有案可查，国家地震局曾在当地开深槽验土，探得六千年来，在海原地区这两个板块就有六次因较劲失手而引发地震。第一、二次大约在五千年前，第三次在两千六百年前，第四次在一千九百多年前，第五次在一千年前，第六次即海原大地震，在一百年前。两个板块轻轻一擦，世界就几死几活，如同末日降临。

远的没有记载，就说百年前的这一次，大地瞬间裂开一条二百三十七公里长的大缝，横贯甘肃、陕西、宁夏。裂缝如闪电过野，利刃破竹，见山裂山，见水断水，将城池村庄一劈两半，庄禾田畴撕为碎片。当这条闪电穿过海原县的一条山谷时，谷中正有一片旺盛的柳树，它照样噼噼啪啪，一路撕了下去。但是没有想到，这些柔枝弱柳，虽被摇得东倒西歪，断枝拔根，却没有气绝身死。狂震之后，有一棵虽被撕为两半，但又挺起身子，顽强地活了下来，至今仍屹立在空谷之中。

为了寻找这棵树，我从北京飞到银川，又坐汽车颠簸了四个多小时，终于在一个深山沟里找到了它。这条沟名哨马营，一听这个名字，就知道是古代的屯兵之所。宋夏时，这里是两国的边界。明代时，因沟里有水，士兵在这里饮马，又栽了许多柳树供拴马藏兵。后几经更迭，这里成了一个小山庄，住着五户人家，过着被外界遗忘的桃源生活。直到 1981 年由中国、美国、加拿大、法国组成的联合考察队，沿着二百三十七公里长的地震裂缝徒步考察时才发现了它。我们从县城出发，车子在大山的肚子里翻上翻下，左拐右折，沿途几乎没有看到人家，偶有几座扶贫搬迁后留下的废院子，散落在梁峁沟坎之中。坡上大多是退耕后的林地，树苗很小还遮不住黄土。可想百年之前，这里更是怎样的荒凉寂寞。正当我心头一片落寞之时，身下的沟里闪出一团翠绿，车头一拐，驶入谷底。行到路尽之处，眼前的一棵大柳树挡住了去路。原来这

条路就是专为它修的。

这就是那棵有名的震柳。它身高膀阔，蹲在那里足有一座小楼那么大。枝叶茂盛繁密，纵横交错，遮住了半道山沟。难怪我们在山顶上时就看见这里有一团绿云。沟的尽头依稀还有几棵古柳。脚下有一股清泉静静地淌过，湿润着这道沟。几头黄牛正低头吃草，看见来人，好奇地摆动尾巴，瞪大眼睛。这真是一个世外桃源。欲问百年事，深山访古柳。但我不知道这株柳，该称它是一棵还是两棵。它同根、同干，同样的树纹，头上还枝叶连理。但地震已经将它从下一撕为二，现裂为两半的树身中间可穿行一人。而每一半，也都有合抱之粗了。人老看脸，树老看皮。经过百年岁月的煎熬，这树皮已如老人的皮肤，粗糙、多皱，青筋暴突。纹路宽得可容进一指，东奔西突，似去又回，一如黄土高原上的千沟万壑。这棵树已经有五百年，就是说地震之时它已是四百岁的高龄，而大难后至今又过了一百年。

看过树皮，再看树干的开裂部分，真让你心惊肉跳。平常，一根木头的断开是用锯子来锯，无论横、竖、斜，从哪个方向切入，那剖面上的年轮图案都幻化无穷，美不胜收，以至于木纹装饰成了我们生活中不可或缺的风景，木纹之美也成了生命之美的象征。但是现在，面对树心我找不到一丝的年轮。如同五马分尸，地裂闪过，先是将树的老根嘎嘎嘣嘣地扯断，又从下往上扭裂、撕剥树皮，然后再将树心的木质部分撕肝裂肺，横扯竖揪，惨不忍睹。正如鲁迅所说，悲剧就是将人生有价值的东西撕裂给人看。你看，这一棵曾在明代拴过战马，清代为商旅送行，民国时相伴农夫耕作的德高望重的古柳，瞬间就被撕得枝断叶残。天灾无情，世界末日。

但是这棵树并没有死。地震揪断了它的根，却拔不尽它的须；撕裂了它的躯干，却扯不断它的连理枝。灾难过后，它又慢慢地挺了过来。

百年来，在这人迹罕至的桃源深处，阳光暖暖地抚慰着它的身子，细雨轻轻地冲洗着它的伤口，它自身分泌着汁液，小心地自疗自养，生骨长肉。百年的疤痕，早已演化成许多起伏不平的条、块、洞、沟、瘤，像一块凝固的岩石，为我们定格了一段难忘的岁月。我稍一闭目，还能感到雷鸣电闪，山摇地动。

柳树这个树种很怪。论性格，它是偏于柔弱一面的，枝条柔韧，婀娜多姿，多生水边。所以柳树常被人作为多情的象征。唐人有折柳相送的习俗，取意情如柳丝，依依不舍。贺知章把柳比作窈窕的美人："碧玉妆成一树高，万条垂下绿丝绦。不知细叶谁裁出，二月春风似剪刀。"但在关键时刻，这个弱女子却能以柔克刚，表现出特别的顽强。西北的气候寒冷干旱，是足够恶劣的了，它却能常年扎根于此。在北国的黄土地上，柳树是春天发芽最早，秋天落叶最迟的树，它尽力给大地最多的绿色。当年左宗棠进军西北，别的树不要，却单选中这弱柳与大军同行。"新栽杨柳三千里，引得春风度玉关。"柳树有一种特殊的本领，遇土生根，有水就长，干旱时就休息，苦熬着等待天雨，但绝不会轻生。它的根系特别发达，能在地下给自己铺造一个庞大的供水系统，远远地延伸开去，捕捉哪怕一丝丝的水汽。它木性软，常用来做案板，刀剁而不裂；枝性柔，立于行道旁，风吹而不折。它有极强的适应性，适于各种水土、气候，也能适应突如其来的灾难。美哉大柳，在人如女，至坚至柔；伟哉大柳，在地如水，无处不有。唯我大柳，大难不死，百代千秋。

我想，那海原大地震，震波绕地球两圈，移山填河，夺去二十八万人的生命，为什么单单留下这株裂而不死的古柳？肯定是要对后人说点什么。地震最常见的遗址是倒塌的房屋、错裂的山体和沉默的堰塞湖。但那都是些无生命之物，只能苦着脸向人们展示过去的灾难。而这株灾后之柳却不同，它是一个活着的生命，以过来者的身份向我们宣示，战胜灾难唯有坚守。一百年了，它站在这里，敞开胸怀袒露着伤痕；又举起双臂，摇动着青枝。它在说，活着多么美好，这个世界上没有什么能够扼杀生命。地球还照样转动。

我出了沟口翻上山头，再回望那株百年震柳，已看不清它那被裂为两半的树身，只见一团浓浓的绿云。一百年前，在这里地震撕裂了一棵树；一百年后，这棵树化作一团绿色的云，缝合了地缝，抚平了地球的伤口。我知道县里已经建了地震博物馆，有文字，有图片，但是最生动的，莫如就在这里建一座“震柳人文森林公园”，再种它一沟的新柳。震柳不倒，精神绵长，塞上江南，绿风浩荡。这不只是一幅风景画，更是一座活着的博物馆，一本历史教科书。

《人民日报》2016 年 8 月 10 日

附

感恩西北 敬畏生命

(2020年西北文学奖获奖感言)

我这次的得奖作品是《百年震柳》。1920年，中国西北发生了一次世界级大地震，山崩地裂，死二十八万人。地震将一株四百年的古柳一撕两半，但它却顽强地活了下来，现在已五百岁，仍青枝绿叶。我作为一个老记者走遍全国甚至全球各地，但没有哪一个地方比中国西北更让我动心。中国地形西高东低，是西部将冰雪化水，输送东南，滋润国土，繁衍子民。而它却把高寒、荒漠、风沙留给自己。生长在西北的生命，无论是树木、灌草还是人，都有一种顽强、坚忍的牺牲精神。我的人文森林散文系列写了新疆戈壁榆、甘肃左公柳、陕北版图柏，还有宁夏震柳，它们都是中华大地上生命的极点。我从一参加工作就与西北结下了不解之缘。在我的作品中无处不有西北的影子。我由衷地感恩西北，敬畏那些顽强的至高无上的生命。

2020年9月28日

周恩来手植腊梅赋

念神州大地，有何物曾与总理同长，却仍在生命绽放？又有何物经总理手泽，却依然长此留香？唯此手植腊梅，玉树临风，山高水长！

中国人爱松、爱菊、爱竹、爱兰，而爱梅尤甚。松耐寒而无花，竹青翠而无香，菊经霜而不受雪，兰多香而少坚。唯梅有色有味，经霜耐寒，寿比松柏，香胜幽兰。而梅中之极品犹数腊梅。

淮安周恩来少年读书处有其手植腊梅一株，现已愈百年，枝叶满院，高比屋肩。其一树六股，遒劲曲折，上下翻飞，如绳缠龙盘。每当盛夏之时，枝探墙外，四壁难禁勃勃生机；浓荫覆地，满院都是盈盈之情。晨风轻摇，碧叶向天奏有声之曲；皓月初上，疏影在墙写无字之诗。而当寒凝大地，北风过野，雪盖平原，这青瓦老宅中腊梅怒放，忽如一座金山横空出世，灿若朝阳，满树黄花无一丝杂色，方圆数里，暗香浮动，荡气回肠。此总理手植腊梅之大观也。

总理在时，此腊梅静生默长，人们亦不觉有奇。墙外风雨墙内树，落叶飘飘送华年。花开花落，无论冬夏短长。自1976年总理大去，举国同悲，万家悼伤，怀念之情与日俱长。今年是总理诞辰一百一十五周年，念神州大地，有何物曾与总理同长，却仍在生命绽放？又有何物经总理手泽，却依然长此留香？唯此手植腊梅，玉树临风，山高水长！于是望树怀人，对梅神伤，游人如织，默念忠良。念总理当代宰相，官居一品，却党而不私，官而不显，劳而无怨；念总理德高一品，却生而无后，死不留灰，去不留言。噫，大道无形，大德无声。其大智、大勇、大德、大才、大貌，齐化作这株一品腊梅遗爱在人间。君不见这腊梅铁杆铜枝，曲结回环，伤痕斑斑，曾经多少辛酸仍挺身向天；君不见这故居青砖小院，每当大雪漫天，上下皆白，一梅出墙香清益远。

呜呼，人去梅开，总理归来。叶落归根，香飘江淮。民族之魂，国之一脉。大无大有，周公恩来。

《人民日报》2013年2月18日

燕山有棵沧桑树

树是一棵奇怪的大松树，根基部十分壮大，盘根错节与山石一体，已分不清彼此。原树已经枯死，而在侧根处又长出一棵新树，有合抱之粗，浑身的鳞片层层相叠，青枝挑着绿叶在秋阳下闪闪发光。

北京之北一百多公里处就是河北的兴隆县，境内有燕山主峰雾灵山。正是秋高季节，几个好友乘兴登山，一路黄花红叶，蓝天白云。松鼠横穿于路，野雀飞旋在树，鸟鸣泉响，好不快活。正走着，忽见路边有一指路牌：沧桑树与见证桩。不觉好奇，就下路拐入荒径，攀荆附葛，爬上一高坡，顿现一树一桩。

树是一棵奇怪的大松树，根基部十分壮大，盘根错节与山石一体，已分不清彼此。原树已经枯死，而在侧根处又长出一棵新树，有合抱之粗，浑身的鳞片层层相叠，青枝挑着绿叶在秋阳下闪闪发光。树身成“7”状，斜出石缝向山外探去，蜿蜒遒劲，如一条苍龙欲腾空而去。大家正说这树像龙，当地的朋友说，这树还真就与龙有关。

原来，历代皇帝都自比真龙天子。清朝入关后的第一位皇帝是顺治帝，他即位后即在遵化选定了自己的龙寝之地，后人称东陵。为使陵寝安宁，东陵以北兴隆境内这两千五百平方公里的山林，就全部划为“后龙风水”禁地。原住民全部迁走，不许耕种、伐木、采药、打猎，不许闲人进入。又配备了专门的护陵部队，隔不远就设一哨卡，满语称“拨”，现当地还留有不少有关的地名：“一拨子”“二拨子”。森林郁闭后，又清出若干防火通道，现有“北火道”等地名。一次士兵巡逻，忽然阵阵山风送来黄酒的甜香。深山禁地何来酒馆？细寻之，是深秋季节梨果落地，自然发酵，一沟酒香，于是这里就名“黄酒馆”。封建专制，普天之下莫非王土，皇帝伸手一指，这两千五百平方公里的土地一占就是二百五十四年，直到民国后的 1915 年才解禁。山之禁，树之福。这棵龙形松，四季有人护，年年有酒喝，过了二百多年平静舒心的好日子，笑看冬去春来，静听花开花落。

1931 年日本人侵占东北，1933 年南下侵占兴隆，直逼北京，当年的这一片皇家禁地又成了敌我双方争夺的战略要地。在日本一方是南下的跳板，又是一处重要的战略物资地；在我方，山高林密，正是开展游击战争的好地方。一场残酷的侵略与反侵略战争在这里反复拉锯。这期间数不清出了多少民族英雄。最著名的一个是孙永勤。孙本出身于富裕农民家庭，小时曾读私塾，粗通文字，又习得一身好武艺，双手过膝，行侠仗义，人称“黑面门神”。他耻为亡国奴，便召集村里的十六位弟兄宣誓“为国为民，永无二心，抗暴杀敌，有死无降”，拉起一支“民众军”，自任军长。后接受中国共产党的领导，改称“抗日救国军”，发展到五千多人。孙带领部队一年半间，与敌交战两百多次，拔掉据点一百多个，给了日军沉重打击。1935 年 8 月，正在长征途中的党中央为抗日发表著名的《八一宣言》，将孙永勤与吉鸿昌、瞿秋白并列，说他“表现我民族救亡图存的伟大精神”。孙在最后一次战斗中，寡不敌众，腿部负伤，被团团包围。他对参谋长关元有说：“当年我们空手起家，誓杀尽敌寇，有死无降。今天弹尽粮绝，我来吸引敌人，你带部队冲出去，以图再起。”关说：“杀敌第一，愿与军长同生死。”结果孙与七百名壮士全部壮烈牺牲。这棵树目睹了一个英雄的诞生。

“沧桑树”下还有一截二尺多高有水桶之粗的树桩，旁立木牌，上书“见证桩”三字。这是当年日寇掠夺当地资源的见证。我俯下身去想辨认一下树桩的年轮，只是经年的风吹雨打，横截面上的木质已经朽去，用手一捏，即成碎末。但整个桩子的大体形状还在，短粗挺直，身带焦痕，挺立于荒草乱石之中，似有所言。当年日寇为了铲除抗日武装的群众基础，便东起山海关，西到沽源县，制造了一个千里无人区，兴隆正当其中心。日寇反复扫荡、搜剿，屠杀百姓，活埋、刀挑、挖心、狗咬，惨不忍睹。全县载入史册的大惨案就有九起之多，毁掉了两千个村庄，十一万人被赶入所谓的“部落”过集中营生活。战后全县人口从十六万人降至十万人。同时又大肆劫掠资源，共掠走黄金九千六百公斤，白银数万两，原煤数百万吨。压迫愈深，反抗愈烈，我抗日军民为保护资源，经常夜袭据点，烧敌仓库，阻断交通。游击队穿行于深山老林，神出鬼没。敌人气急败坏，便放火烧山，方圆两百公里火光接天，烟罩四野，五个月不灭。这块曾经的皇封禁地化为一片焦土。现在我们看到的这棵“沧桑树”就是劫后重生的火中凤凰，而那截“见证桩”则是被砍后留下的树桩，后又被烧，是日寇“三光”政策的见证。我抗日军民就在这样恶劣的环境下与敌周旋，直到最后胜利。现在山下的烈士陵园里还长眠着一千二百余位烈士。

看完“沧桑树”我们又重回登山主道，继续上山。秋阳照在身上暖洋洋的，刚才脑子里的硝烟渐渐散去。正是果熟季节，路两边赤、橙、黄、绿，摆满销售和等待外运的核桃、柿子、苹果、山楂，排起两道长长的水果墙，农民的笑意都挂在脸上。近年来为致富老区，这里浅山处大力发展经济林，林果成了农民的主要收入来源；深山处开辟成国家森林公园，封山育林，涵养水源。来到这里才知道，北京人吃的栗子、冰糖葫芦的原料多取自此地，兴隆已是全国第一板栗大县、山楂大县；北京人喝的水，也来自这里，全县的高山密林间有大小径流八百条，昔日的“后龙风水”地已经成了今日北京城旁的风水宝地。

顺着山路上行，两边的树木愈来愈密，栎树、楸树、枫树、桦树、杉树等遮住了头上的太阳和山外的蓝天，我们在林木的隧道里穿行，约一小时后终于穿出树海爬上燕山最高处的雾灵山峰。这燕山是一座历史名山，也是中国政治史的一个大舞台。其成名很早，《诗经》中即提到燕山、燕水。李白之“燕山雪花大如席”，韩愈说的“燕赵古称多感慨悲歌之士”都是指这里。元灭宋后在这一带建都。朱元璋灭元后将他的第四子朱棣分封到这里，名为燕王，住藩北京。燕王深谋远略，在此整军备武，朱元璋死后便南下夺了帝位，将大明迁都北京，就是史上有名的永乐大帝，是他奠定了北京作为历史名都的规模气象。之后这里又上演了李自成进京、清军入关、长城抗战、平津战役等几场大戏。我登上燕山之巅，遥望群峰从山海关一路奔来，长城起伏其间，脚下是一片树的汪洋，胸中荡起一幅历史的长卷。这时只见远处绿波中现出一团飘动着的火苗，那是刚才上山时路过的一片花楸树林。这是一种我从未见过的树种，大概只有这燕山深处才有吧。都说枫叶红于二月花，这花楸，叶子是枫叶的三四倍大，叶面厚实，树身高大，只在悬崖深壑、人迹不到的地方生长。秋风一过它就红得像着了火。我又想起了刚才那棵穿越战火而来的“沧桑树”和那截劫后余存的“见证桩”。这块土地在民国时和中华人民共和国成立之初因多有温泉，称热河省。热河，热河，好一片热土。先经过了二百五十四年的皇封冷藏，又经民国三十多年间的军阀混战、外敌入侵和解放战争，终于回归于民，现已休养生息出这般模样。

山不转水转，人老树还在。一截树桩见证了一个民族曾经的苦难，一棵树记录了这片土地上三个半世纪的沧桑。无论是朝代更替、人世变幻，还是自然界的寒来暑往、山崩地裂，都静静地收录在树的年轮里。

《人民日报》2014 年 12 月 10 日

带伤的重阳木

五十五年过去了，可以清晰地看到，树皮小心地裹护着树心，相濡以沫，一点一点地涂盖着木质上的斧痕，经年累月，这个洞在一圈一圈地缩小。

毛泽东有一首词，里面有一句：“岁岁重阳，今又重阳。”今年重阳节刚过我就到湖南湘潭来看一棵树，树名重阳木。开始听到这个名字我还以为是当地人的俗称，后来一查才知道这就是它的学名。大戟科，重阳木属。产长江以南，根深树大，冠如伞盖，木质坚硬，抗风、抗污能力极强，常被乡民膜拜为树神。能以它的名字命名一个属种，可见这是一种很正规、很典型的树。湘潭是毛泽东的家乡，也是彭德怀的家乡，我曾去过多次，而这次却是专门为了这棵树，为了这棵重阳木。

这棵重阳木长在湘潭县黄荆坪村外的一条河旁，河名流叶河，从上游的隐山流下来。隐山是湖湘学派的发源地，南宋时胡安国在这里创办“碧泉书院”，后逐渐发展成一个著名学派，出了周敦颐、王船山、曾国藩、左宗棠

等不少名人。现隐山范围内还有左宗棠故居、周敦颐的濂溪书堂等文化景点。这条河从山里流出，进入平原的人烟稠密地带后，就五里一渡，八里一桥，碧浪轻轻，水波映人。而每座桥旁都会有一两棵枝繁叶茂的大树，供人歇脚纳凉。我要找的这棵重阳木就在流叶桥旁，当地人叫它“元帅树”，是因为和彭德怀元帅的一段逸事有关。

我们到达的时候已是午后，太阳西斜，远山在天边显出一个起伏的轮廓，深秋的田野上裸露着收割过后的稻茬，垄间的秋菜在阳光下探出嫩绿的新叶。河边有农家新盖的屋舍，远处有袅袅的炊烟，四野茫茫，寥廓江天，目光所及，唯有这棵大树，十分高大，却又有一丝的孤独。这树出地之后，在两米多高处分成两股粗壮的主干，不即不离并行着一直向天空伸去，枝叶遮住了路边的半座楼房。由于岁月的侵蚀，树皮高低不平，树纹左右扭曲，如山川起伏，河流经地。我们想量一下它的周长，三个人走上前去伸开双臂，还是不能合拢。它伟岸的身躯有一种无可撼动的气势，而柔枝绿叶又披拂着，轻轻地垂下来，像是要亲吻大地。虽是深秋，树叶仍十分茂密，在斜阳中泛着粼粼的光。一个难忘的故事，五十五年前就发生在这棵树下。

1958年，那是共和国历史上的特殊年份，也是彭德怀心里最纠结不解的一年。还是在上年年底，彭就发现报上出现了一个新名词——“大跃进”。他不以为然，说跃进是质变，就算产量增加也不能叫跃进呀。转过年，1958年的2月18日，彭为《解放军报》写祝贺春节的稿子，就把秘书拟的“大跃进”全改成了“大发展”。而事有凑巧，同天《人民日报》发表毛泽东修改过的社论却在讲“促进生产大跃进”。也许从这时起，彭的头脑里就埋下了一粒疑问的种子。3月，中央下发的正式文件说：“这是一个社会主义的生产‘大跃进’和文化‘大跃进’的运动。”接着中央在成都开会，毛泽东在会上的讲话意气风发、势如破竹。彭也被鼓舞得热血沸腾。8月，北戴河会议通过《中共中央关于在农村建立人民公社问题的决议》,并要求各项工作“大跃进”，钢产量比上年要翻一番，彭也举手同意。会后的第二天他即到东北视察，很为沿途的跃进气氛所感动。他向部队讲话说：“过去唱‘起来，饥寒交迫的奴隶’，中国人民几千年饿肚子，今年解决了。今年钢产量一千零七十万吨，明年两千五百万吨，‘一天等于二十年’，我是最近才相信这番话的。”10月，他到甘肃视察，看到盲目搞大公社致使农民杀羊、杀驴，生产资料遭破坏，公社食堂大量浪费粮食，社员却吃不饱，又心生疑虑。回到北京，部队里有人要求成立公社，实行供给制。他说：“这不行，部队是战斗组织，怎么能搞公社？不要把过去的军事共产主义和未来‘各尽所能，按需分配’的共产主义分配混为一谈。”12月，中央在武汉召开八届六中全会，说当年粮食产量已超万亿斤①，彭说怕没有这么多吧，被人批评保守。他就这样在痛苦与疑惑中度过了1958年。

武汉会议一结束，彭没有回京，便到湖南做调查，他想家乡人总是能给他说些真话。湖南省委书记周小舟陪同调查，他介绍说全省建起五万个土高炉，能生火的不到一半，能出铁的更少。而为了炼铁，群众家里的铁锅都被收缴，大量砍伐树木，甚至拆房子、卸门窗。彭德怀没有住招待所，住在彭家围子自己的旧房子里。当天晚上乡亲们挤满了一屋子，七嘴八舌说社情。他最关心粮食产量的真假，听说有个生产队亩产过千斤，他立即同干部打着手电步行数里到田边察看。他蹲下身子拔起一蔸稻子，仔细数秆、数粒。他说：“你们看，禾蔸这么小，秆子这么瘦，能上千斤？我小时种田，一亩五百，就是好禾呢。”他听说公社铁厂炼出六百四十吨铁，就去看现场，算细账，说为了这一点铁，动用了

① 斤，质量或重量单位。旧制一斤等于十六两，市制一斤后改十两，合五百克。

全公社的劳力，稻谷烂在地里，还砍伐了山林，这不合算。他去看公社办的学校，这里也在搞军事化，从一年级开始就全部住校。寒冬季节，门窗没有玻璃，冷风飕飕直往屋里灌。孩子们住上下层的大通铺，睡稻草，尿床，满屋臭气。在食堂吃不饱，学生们面有菜色。他说："小学生军事化，干不得呀！没有妈妈照顾要生病的。快开笼放雀，都让他们回去吧！"当天学生们就都回了家，高兴得如遇大赦。彭总这次回乡待了两个晚上一个白天，看了农田、铁厂、学校、食堂、敬老院。他用筷子挑挑食堂的菜，没有油水，摸摸老人的床，没有褥子，眉头皱成了一团。他说："这怎么行，共产主义狂热症，不顾群众的死活。"那天，他从黄荆坪出来看见一群人正围着一棵大树，原来又是在砍树。他走上前说："这么好的树，长成这个样子不容易啊。你们舍得砍掉它？让它留下来在这桥边给过路人遮点阴凉不好吗？"这时大树的齐根处已被斧子砍进一道深沟，青色的树皮向外翻卷，木质部已被剁出一个深窝，雪白的木渣飞满一地。而在桥的另一头，一棵大槐树已被放倒。他心里一阵难受，像是在战场上看到了流血倒地的士兵，紧绷着嘴再不说一句话，便默默地上了车，接着前去韶山考察人民公社。周小舟见状连忙吩咐干部停止砍树。这天是 1958 年 12 月 17 日。

这个彭老总护树的故事，我大约三年前就已听说，一直存在心里，这次才有缘到现场一看。这棵重阳木紧贴着石桥，桥边有一座房子，房主老人姓欧阳，当年他正在现场，讲述往事如在眼前。他印象最深的还是那句话：给老百姓留点阴凉！我问那棵阻拦不及而被砍掉的古槐在什么位置，老人顺手往桥那边一指，桥外是路，路外是收割后的水田，一片空茫。我就去凭吊那座古桥。这是一座不知修于何年何月的老石桥，由于现代交通的发达，旁边早已另辟新路，它已被弃而不用，但石板仍还完好，桥正中留有一条独轮车辗出的深槽。石板经过无数脚步、车轮，还有岁月的打磨，光滑得像一面镜子，在夕阳中静静地沉思着。车辙里、栏杆底下聚集着刚飘落的秋叶，这桥在不停地收藏着新的记忆。我蹲下身去，仔细察看树上当年留下的斧痕。这是一个方圆深浅都近一尺的树洞，可知那天彭总喝退刀斧时，这可怜的老树已被砍得有多深。我们知道，树木是通过表皮来输送营养和水分的，五十五年过去了，可以清晰地看到，树皮小心地裹护着树心，相濡以沫，一点一点地涂盖着木质上的斧痕，经年累月，这个洞在一圈一圈地缩小。现在虽已看不到裸露的伤口，但还是留下了一个凹陷着的盆口大的疤痕。疤痕成圆窝形，这令我想起在气象预告图上常见的海上风暴旋动的窝槽，又像是一个旧社会穷人卖身时被强按的红手印，似有风雨、哭喊、雷鸣声回旋其中。五十五年的岁月也未能抚平它的伤痛。就像一只受伤的老虎，躲在山崖下独自舔着自己的伤口，这棵重阳木偎在石桥旁，靠树皮组织分泌的汁液，一滴一滴地填补着这个深可及骨的斧洞。我用手轻轻抚摸着洞口一圈圈干硬的树皮，摸着这些枯涩的皱褶，侧耳静听着历史的回声。

彭德怀湘潭调查之后，又回京忙他的军务。但“大跃进”的狂热，遍地冒烟的土高炉，田野里无人收割的稻谷、棉花，公社大食堂没有油水的饭菜，一幕一幕，在他的脑子里总是挥之不去。转过年，就是1959年，彭万没有想到这竟是他人生的转折之年，也是中国共产党命运的转折之年。其时“大跃进”、人民公社造成的经济败象已逐渐显露出来，这年7月中央在庐山召开会议准备纠“左”，彭根据他的调查，据实给毛泽东写了一封信。也因此，彭及支持他意见的黄克诚、张闻天、周小舟一并被打成“彭、黄、张、周”反党集团。彭德怀生性刚正不阿，又极认真。他罢官后被安置在北京郊外一处荒废的院子里，就自己开荒、积肥、种地，要验证那些亩产千斤、万斤的神话。1961年11月他回乡调查。这又是一个寒冷的冬季，他回乡住了五十六天。经过1958年的大砍伐，家乡举目四望，已几乎看不到一棵树。他对陪同人员说："你看山是光秃秃的。我二十三四岁时避难回家种田，推脚子车（独轮车）沿湘河到湘潭，一路树荫，都不用戴草帽。再长成以前那样的山林，恐怕五十年、八十年也不成。现在农民盖房想找根木料都难。"他一共写了五个调查报告，其中有一个是专门在黄荆坪集市调查木料的价格。回京后他给家乡寄来四大箱子树种，嘱咐要想尽法子多种树。他念念不忘栽树、护树，是因为这树连着百姓的命根子啊。他虽是戎马一生，在炮火硝烟中滚爬，却是爱绿如命。抗日战争中，八路军总部设在山西武乡。山里人穷，春天以榆钱（榆树花）为食。彭就在总部门口栽了一棵榆树，现在已是参天之木，老乡呼之为"彭总榆"，成了永久的纪念。1949 年，他率大军进军西北，驻于陕西白水县之仓颉庙外。庙中有"二龙戏珠"古柏一株。炊事班做饭无柴就爬上树将那颗"珠子"割下来烧了火。彭严肃批评并当即亲笔书写命令一道："全体指战员均须切实保护文物古迹，严格禁止攀折树木，不得随意破坏。"现这命令还刻在树下的石头上。彭总不忘百姓，百姓也不忘彭总。他的冤案昭雪之后，这棵重阳木就被当地群众称为"元帅树"，年年祭奠，四时养护。我在树旁看到农民刚砌好的一口井，上面也相应刻了"元帅井"三个字。而树下还有一块石碑，辨认字迹，是 1998 年有一家企业来领养这棵树，国家林业局还为此正式发了文，并做了档案记录。那年的树龄是四百九十年，树高二十二米，胸径一点二米。又十五年过去了，这树已过五百岁大寿，更加高大壮实。彭总又回到了湘潭大地，回到了人民群众之中。

因为当年彭回乡调查是周小舟陪同，他在庐山上又支持彭的意见，所以也被罚同罪，归入反党。周也是湘潭人，他的故居离这棵重阳木只有二里地，我顺便又去拜谒。这是一座白墙黑瓦的小院，典型的湘中民居。周在这里度过了童年，后来到北方学习，参加革命，领导"一二·九"运动，极有才华。因为到延安汇报工作，被毛泽东看中，便留下当了一年的秘书。后又南下，直到任湖南省委书记。毛泽东本是十分欣赏他的，1956年曾对他说："你已经不是小舟了，你成了承载几千万人的大船。"他和彭德怀一样，也是为民请命不顾命的人。庐山会议后，他一下子从省委书记被贬为一个公社副书记。但他还是尽自己所能保护百姓。在那个非常时期他的公社是最少饿肚子的。

看过这棵重阳木的当晚，我夜宿韶山，窗外就是毛泽东塑像广场，月光如水，"太阳最红，毛主席最亲"的老歌旋律在夜空中轻轻飘荡。我整理着白天的笔记和照片，很为毛泽东未能听取彭、周的逆耳忠言而遗憾。周曾是他的秘书，而彭从长征到抗美援朝，也是他很倚重的人，毛泽东曾有诗："谁敢横刀立马，唯我彭大将军。"但终因政见不合，自损大将，自折手足。谁能想到三个曾经出生入死的战友、忠诚共事的同志、不出百里的老乡，在庐山上面对自己家乡的同一堆调查材料，却得出不同的结论。这真是一场悲剧。而直到1965年，毛才起用彭，并说："也许真理在你那边。"但这一点友谊和真理的回光又很快被第二年开始的"文化大革命"的狂潮所吞灭。

现在毛泽东、彭德怀、周小舟三人都早已作古。"岁岁重阳，今又重阳"，人们年复一年地讲述着重阳木的故事，三个战友兼老乡却再也不能重聚。这棵重阳木却不管寒往暑来，风吹雨打，还在一圈一圈地画着自己的年轮。我想，随着岁月的流逝，将来中国大地上如果要寻找1958年和1959年那段岁月活着的记忆，就只有这棵重阳木了，而且这记忆还在与日俱长，并随着尘埃的落定日渐清晰，它是一部活着的史书。作为自然生命的树木却能为人类书写人文记录，这真是万物有灵，天人合一。它还会超出我们生命的十倍、百倍，继续书写下去。半个多世纪后，当人们再来树下凭吊时，那伤口虽已经平复，但还是留下了一个疤痕。树木无言，无论功过是非，它总是在默默地记录历史。

正是：

元帅一怒为古树，喝断斧钺放生路。
忍看四野青烟起，农夫炼钢田禾枯。
谏书一封庐山去，烟云缈缈人不复。
唯留正气在人间，顶天立地重阳木。

《人民日报》2014 年 1 月 22 日

戈壁深处夫妻树

这株夫妻榆在荒凉的戈壁滩上一直坚守着等待着，终于等来了一群中华民族的优秀儿女，等来了共和国的天空升起了蘑菇云。

一

树不在高，有故事则名。

想不到戈壁滩上一棵普通的榆树却出了大名。我正苦于在边疆地区找不到有故事的人文古树，新疆的一位朋友突然来电话说，他们那里有一棵老榆树，与我国的第一颗原子弹爆炸试验有关，被当年领导核试验工程的张爱萍将军命名为“夫妻树”。我听后大喜，放下电话，稍加准备便乘飞机赶往现场，这次找树真可以说是不远万里了。

到达马兰的当天下午，我就迫不及待地去拜访这棵夫妻树。天佑中华，除明山秀水外，又专门给我们留下了这

块可以升起蘑菇云的无人区。1958 年，测量部队在这里打下第一根界桩，惊天动地的事业就此拉开序幕。

车在荒原上颠簸前行，路边是西北荒漠中常见的沙蒿、红柳、骆驼刺、芨芨草，都被风吹得东倒西歪。虽已是 7 月，仍然见不到多少绿色。终于进入一片宽阔的滩地，眼前出现了三三两两的榆树。在西北，雨季的洪水就是一架巨大的推土机，常把地面推出各种沟槽，土下面存了一点水，就能养活几棵树。同时，水过地平，人又借以为路。因此，在荒原上，水、树、路，总是天然地共生在一起。旅行者只要望见一线绿色，那里便有生命、有人迹了。所不同的是，晋陕一带的黄土高原，土质松软，水将土地切割出深深的沟壑；而在新疆坚硬的戈壁滩上，水只能冲出一片浅阔散漫的沟滩。渐渐前面显出一团团的绿色，树多了起来，沟里也有了一点生气。突然出现一峰骆驼，挡在车前，瞪大眼睛看着我们坐的这个铁怪物，远处更多的骆驼在树荫下观望。但树，却只有一色的榆树。在戈壁这种“夏日如烧，冬风如刀”的大环境下，能够存活的大乔木只有榆树。这时连大名鼎鼎的胡杨也不见了踪影，更不用说所谓“岁寒而后凋”的松柏了。大漠最可怕的不是寒，而是干。要窒息生命，干涸比寒冷更彻底。我们顾不得眼前的景色，飞车掠过两边的山、石、树、驼，直奔那棵夫妻树而去。

“风打沙埋流云过，独向苍天不问年。闲看天边蘑菇云，静听落叶打脚面。”这是一棵很老、很有资历的老榆树，它独立在宽阔的河滩上，背景是远山的红色岩石，脚下是灰色的戈壁沙粒，不远处几只悠闲的骆驼在吃草。老榆树的根怎么扎进这铁硬的地面，我们不得而知，只知道它一出土就是这样的悲壮、苍凉。树分两股，一股粗壮高大，顶天立地；另一股也是同样的粗壮，但长到一半时突然停止，便依偎在这高股之旁，成连理之状；又有更小的一枝，修长可爱，藏于两股之后。它们相互搀扶提携，像一个温馨的三口之家。来时，我已经注意到了，戈壁榆多是二三枝连体，相濡以沫，大约是为了互借阴凉，抵御风沙。这株夫妻树浑身的树皮已龟裂成手掌大的碎片，贴着树身拼接成不规则的网状。每块裂片就像春天犁沟里翻起而又被晒干的泥巴，乍尾翘角，七棱八瓣，摸上去生硬拉手。而树纹也如犁沟之深，我的小臂可以轻松地嵌入。常见有表皮龟裂的树，顶多皮厚如铜钱，纹宽若小指。这戈壁空间之大，竟连树纹也这样地放大了。我知道这是一种适者生存的自我保护，当夏季洪水来时，它就狂喝猛长；雨季过后，风吹日晒，它就炸裂表皮，切断毛细管道，减少蒸发。在这亘古荒原上，它日开夜合，寒凝暑发，生而裂，裂而生，年年月月，竟修炼出这副铁打的铠甲，这铠甲静静地裹着一位大漠戈壁的守望者。

老榆树头顶上的枝极细，叶极小，灰绿色，经风吹沙打早已锈成一团乱麻。细如钢丝的经年枯枝穿插其间，那是它的白发。

二

一棵树怎么会和原子弹有关？又为什么被命名为“夫妻树”？

原来，原子弹爆炸，首先要找一块没有人烟的地方做试验场，还要有一批愿意隐姓埋名的人去干活。保密，成了试验工作的第一条铁律。当时调干部谈话，第一句话就是：“你愿不愿意隐姓埋名？”后来形成了一个口号——“干惊天动地事，做隐姓埋名人”。我们国家的许多科学家、将军，甚至一个单位、一支部队，突然就从正常生活中消失了。每个人对自己干的事，上不告父母，下不告妻儿。

1963 年，即原子弹爆炸成功的前一年，北京某部一位女科技干部被通知去罗布泊参加试验。她兴奋得一晚没有睡着觉，但是第二天只对丈夫淡淡地说了一句："我要到外地出趟差。"对方也随便回了一句："好啊。"两人就这样平静地告别。妻子一进基地就是几个月。离基地不远处有一条季节性洪水沟，长满榆树。一条简易公路从沟里穿过。一天她正在树下等车，望见远处一个军人扛着箱子向这边走来，身形很像自己的丈夫。她瞪大眼睛，等到走近，果然是他！原来那天离家时她丈夫也接到了出差通知，但他们都严守保密规定，相互不多问一句。今天树下相见，才知干的是同一件工作。一个多月以来两人近在咫尺，说不定传送的样品、文件上都有对方的指纹，却不知心爱的人就并肩战斗在身旁。这是一个爱情故事，但远远超出了《槐荫记》之类的树为媒，而是"树为题"，是上天来借题点破天机。张爱萍将军听到这件事后感动地说，真是一双中华好儿女，这树就叫"夫妻树"吧！

原子弹试验，无论在哪个国家都是头等大事，都会以各种方式写入历史。但是谁能想到中国的原子弹试验，却是用一棵老榆树来记录其中一个最感人的侧面。而这棵"夫妻树"在四十四年后的2008年，被评为马兰基地二十个纪念标识物之首（其余还有将军楼、气象站等）。

三

看完夫妻树，我们继续沿着这条沟慢慢前行。漫散在戈壁滩上的老榆树，或扎根石缝，缘山而生；或俯身石滩，如老龙卧地；或挺身谷口，壮士当关。虽姿态各异，都在对天发浩歌。面对寂寞在戈壁，它们要说点什么。

20世纪五六十年代，无数的科学家、将军、青年知识分子，告别条件优越的大城市，放弃国外的优厚待遇，来到这个叫作马兰的戈壁深处，其势很像20世纪三四十年代国统区的青年奔赴延安。尽管没有战争，但大戈壁的生存条件还远不如当年的延安，要饱受寒暑之苦、风沙之苦、干渴之苦，还有三年困难时期带来的饥饿之苦。最难熬的还是与家人隔绝的寂寞之苦。原子弹试验严格保密是各国的通例，但是，还没有哪一个国家在核试验起步时像中国这样穷。他们都有优厚的物质条件来为保密工作补偿和润色，来还这一笔人情债。美国是第一个搞原子弹的国家，可以动用一个空降师到敌国去偷回一个科学家。可以在荒漠上建起一座科学城，有自己独立的户籍、邮政、交通和生活供应系统。科学家不必“上瞒父母，下瞒妻儿”，而是把全家搬来城里“伴研”。而我们却有多少个家庭十年、几十年地，在保密、猜想中度过。离家工作的人儿心中也装满对家的思念。观看当年的纪录片，猎猎漠风中，马兰基地某单位的门柱上大书着这样一副对联：“举杯邀月，恕儿郎无情无义无孝；献身科研，为祖国尽职尽责尽心。”横批：“忠孝难两全。”忠孝难两全，舍家是为国。戈壁大漠里的秦时明月，见过马革裹尸、勒功楼兰的将军，但没有见过这样不求一名的团体。

那对科技干部夫妻还算是幸运的一对，他们虽在京城离别时打哑谜，却又在老榆树下鹊桥会，他们的故事已与原子弹试验同垂青史。老榆树下还有为这个故事立的碑。后来，我翻看相关资料，同屋不知情、同锅不知事、同衾不问业的保密夫妻不知有多少。两弹一星元勋邓稼先，小夫妻俩本在国外过着衣食无忧、功业圆满的好日子，中华人民共和国成立，毅然归来。钱三强找到邓稼先说，国家要放一个“大炮仗”，你是否愿参加？但这工作要严格保密。邓一口答应，他只对妻子说了一句，我可能要出个远门。妻子也再不多问一句。可这一出远门就是二十八年。1964年10月16日原子弹爆炸，他的岳父许德珩（时任全国政协常委）拿着一张《人民日报》号外问严济慈（物理学家），谁有这么大的本事，能造出原子弹？严说，你回家去问问你的女婿吧！许一脸雾水。

原子弹的关键部件是铀核。为求能精确加工，核基地工厂在全国举行了一场“比武招亲”，上海市年仅二十多岁的六级车工原公浦被招上了。他与万千宠爱集一身的“原子公主”结了亲，却要远离自己的妻子和怀中的婴儿。临出门时他拥抱了一下妻子郭福妹，只轻声说了一句话：“我上班去了，你要把孩子带大。”这话有点秋风易水寒，壮士西去不复还的味道。当时铀的国际价格是每克四千美元，但就是这么贵也买不到，西方封锁我们，东方老大哥也封锁我们。于是，我们举全国之力，自己炼铀，日积月累，终于为原公浦凑够了鸵鸟蛋大小的一块铀原料。这可是全党、全军、全民的心肝宝贝。原公浦一肩担国家，万里赴戎机。为不负重任，他和团队封闭训练了半年多，体重减了四分之一。最终他只用三刀就切出了合格的铀蛋。成功那一刻，他一屁股瘫坐在地板上。为此周恩来特批给基地每人二斤猪肉，原公浦只不过比别人多了十元奖金，还有一个绰号“原三刀”。中国古典诗词中有不少写闺中少妇思念戍边丈夫的句子。“打起黄莺儿，莫教枝上啼。啼时惊妾梦，不得到辽西。”这时在上海的妻子郭福妹无论怎样的设想、思念、做梦，也不知道丈夫在西北干着这样一件天大的事。

生者长缄缄，逝者恒已已。最可爱的是那些基层的战士、职工。他们不知道自己在干什么，却知道这件事非常神圣。战士刘春光牺牲在工地上，司令员抱着他的遗体，含着泪花大声喊道：“导弹，知道吗？小刘，咱们是搞导弹的！”多少年后，当两弹一星已成为中国人骄傲的里程碑，某基地在梳理这一段奋斗史时，登报寻找本单位的无名英雄，四川的一位老妇人拿着报纸，对着墙上自己老伴儿的遗照喃喃地说：“老伴儿啊老伴儿，你干了这么大一件事，到走也没有跟我说一声呀!”天将降大器于斯民也，必将凝其志、一其心、守其拙，然后方成正果。春雷一声，原子弹爆炸成功了，中华民族终于有了国之最大、最重之器。

四

现在的马兰基地大不一样了。经多年建设，这里宛然已是一座绿色科学城。城中的树种，仍以榆树为主。只不过因为有水源保证，又经人工的修剪、嫁接，这“榆”家大院人丁兴旺，蔚为壮观。有任性生长的原生榆，与白杨比肩，同向蓝天；有修剪成圆球形，约一房高的馒头榆；有喷泉一样冲到空中，又缓缓垂下柔枝的龙爪榆。最奇怪的是主干道边的绿化榆，是我从来没有见过，也绝对想象不出来的“燕尾榆”。我见过的嫁接榆树，只是在树型、颜色方面有变，而叶片的形状、大小是始终不变的，如近年来城市里出现的金叶榆，灿若黄金，但也还不脱其形。而现在路边的这种榆，在离地一人多高处植入接穗，其枝便一发不可收地喷向天空，在行人的头上搭起一道绿色天棚。它的叶片异常巨大，我伸手采了一片，比一个男人的手掌还要大，是普通榆叶的七八倍。叶形也不是一般的鱼尾状，而呈宽阔的纺锤形，快要收尾时又探出两个尖尖的尾巴。可见榆树这种树基因极好，它在苦水里泡大，浓缩了生命，稍微改善条件，便爆发出无穷的活力。

榆树是个大树种，它所在的科、属、种三级都以“榆”命名，它是一个集团军的司令，或者一个舰队的旗舰。榆家军有多少兵种，实在说不清。

我对榆树的印象是它的生命力无处不在，它自生自长，从不求人。

少时在北方的农村随大人栽树，栽桃、李、枣、杏，栽杨、柳、槐等，但从来没有听说过专门栽榆树的。每年四、五月间春风一起，满天都是翩翩起舞的榆钱，那是它的种子。在河边、路旁、墙根、院角，甚至房顶上的砖缝瓦沟里，一场新雨过后都能长出一窝一窝的榆苗。对榆树来说，人们在春天里要做的一件事不是“栽”而是“拔”，你若不及时拔掉它，它的根就会穿透你的房顶，撑裂你的院墙。我看到过从南京明城墙上取下来的一株小榆树，其根伸进墙缝，竟清晰地拓印出当年烧砖工匠的名字。它有穿越时空、探囊取物、铸印历史的本事。我也亲历过与小榆苗的较量，这可不是一般的拔草、间苗，而像是从混凝土墙里往外抽一根废钢筋。榆苗未曾出土先有“韧”，长到一尺成钢丝，不管你怎么使劲，哪怕捋脱它的绿皮，只剩一根白色的筋条，它还是不肯投降。而这时你的手指反倒被它勒出了血。世上大概再没有这么顽强的树种了。就因它的韧性，榆条常用来当绳子捆扎柴草；榆皮被孩子们拧成“皮鞭”，甩得震天响；榆皮面则被农家的主妇们调和其他杂粮去下锅；榆木一般会被派去做车轴或者油坊里榨油用的“油梁”，总之是在干最重、最苦的活。如要形容人之老实、坚守，则曰：榆木疙瘩。遇有荒年，榆树首先挺身而出，舍己活人。当年在马兰基地，部队断炊，许多人缺乏营养得了夜盲症，就是靠吃榆树皮挺过来的。所以马兰人称它为功勋树。

榆树性格坚韧、无私、无求的一面我是早就知道的，这次来到大戈壁，又发现了它沉默、忍耐和坚守的一面。这株夫妻榆在荒凉的戈壁滩上一直坚守着等待着，终于等来了一群中华民族的优秀儿女，等来了共和国的天空升起了蘑菇云。就像原子这个东西，自有宇宙便有它，它一直等待着，终于等来了卢瑟夫、爱因斯坦这些物理学家去发现它，打碎原子壳解放它，释放出了惊人的能量。榆树长在西北，蘑菇云就升起在西北，冥冥中有什么缘分吧！

美哉大榆，天假其威，地予其强；能屈能伸，能收能藏；生性最韧，生命最坚。大哉戈壁，天高地广，亘古茫荒；原子裂变，宇空吸张。春雷一声，国运翻转。

让一株西北的老榆树来为原子弹试验的成功写照，正是情理之中。

《新华每日电讯》2019 年 8 月 23 日

来自天国的枫杨树

一年又一年，这棵树挺立在石门坎上，舞动着青枝绿叶，呼吸着乌蒙山里的清新空气，现在它已经超过主人寿命的一倍，将来还会超十倍、几十倍地活下去，向后人讲述关于爱的故事。

一次在贵州谈树，座中有一位干部说，他多年前在云贵边境的大山里下乡，见到一棵大树，不知名，还拿回一枝到省林业部门求证，也无结果，后来大家就都称这树为无名树。我听后大奇，世上哪有没名字的树？第二年就专程到大山里去访这棵树，想不到竟引出一段传奇。

树在贵州省威宁县的石门坎乡。这里是云、贵、川交汇的鸡鸣三省之地，属乌蒙山区的最深处。那天，一转过山梁我就看见了那棵树，非常高大，长在半山腰上，都快要与山顶齐平了。等走到树下，真的立有一块小石碑，上面用中英文刻着“无名树”。原来，这是清末民初，一名叫柏格理的英国传教士从家乡带来的树苗，竟在异国他乡生长得这般硕壮高大。因为树身太高手机取景很困难，也

看不清枝叶。一棵古树就是一本活着的史书。在我采写的人文古树系列中，有记录了战争、天灾、经济活动等各种事件和人物的古树，唯独没有一棵记录传教士文化的古树。十多年前，我到福建三明考察过一片栲树林。栲树是一种珍稀树种，全世界只有两片成林，一片在巴西，但面积很小，约六百亩；我们这一片有两万多亩。这树种有一个奇怪的名字——格氏栲，据说是一个叫格瑞米的英国传教士在中国发现后回国写成论文公布的。但是我遍查资料，也没有发现格瑞米这个人，只好存疑。今天在这里终于第一次见到一棵实实在在的负载有西方传教士文化的大树。

一、树无名，人不再

来之前我稍微做了一点功课。

柏格理（1864—1915）生于英国一个牧师家庭，23 岁那年被教会招募到中国传教。他先在上海接受半年的汉语培训，然后溯长江而上到云南。中途在三峡的激流中还翻船落水，险丢性命。后来从云南进入贵州，他的余生就全部贡献给了这座乌蒙大山。中央电视台曾播过他的三集纪录片，国内也出版过有关他的书。

乌蒙山深处生活着这样一个族群：苗民（当时还没有苗族这个称号，苗族之确定是 1949 年之后的事）。他们原住中原，也是华夏后裔。在经年的战乱中被逼得一逃再逃，直落入这边陲大山的夹缝之中，没有了自己的土地、财产、文字，失去了尊严，他们被汉族地主和彝族奴隶主欺侮、歧视。他们算是世界上最苦难的族群之一了，亟须同情，需要改变现状。这时柏格理出现了，好像是上天导演的一出活剧，一个来自西方先进国家的年轻人，突然降落在一个落后的族群中，剧情由此展开。

当时的苗民几乎没有什么房屋可言，草棚、洞穴，人畜共居。直到2000年左右我第一次去苗寨时，有的人家仍然是下养牛上住人，围火塘而食，屋里黑烟熏人。陪同者说他一般下乡都不进苗屋的。可是一百多年前的柏格理，大大方方地住进了苗屋。他在日记里说，有一次他抱着一捆干草，与一头猪睡在一起过了一夜。他学着说苗语，吃荞面、土豆。他去救济那些在生存线上挣扎的苗民。请看他的日记：

> 12月15日。由于寒冷和饥饿，人们每天都在死亡线上挣扎。
>
> 12月18日。晚饭后我和老杨带着一些苞谷和几百文钱，去寻访穷人。整天都在下雪。在我们的第一个去处，房子已经倒塌，他们用苞谷秸秆搭了一个巢穴。里面有父亲、母亲、一个儿子和一个小姑娘。除了一塘火，一无所有。每到夜晚，成群的狼就在周围大声地嚎叫。我们给了他们一些粮食和钱。
>
> 12月20日。和老杨一起出去，救济了四个家庭。

无疑，苗族正在遭受最沉重的苦难，问题是谁来拯救他们。他们中间没有工人阶级，不可能产生阶级觉悟，也没有先进文化的输入。马克思说："宗教里的苦难既是现实的苦难的表现，又是对这种现实的苦难的抗议。宗教是被压迫生灵的叹息，是无情世界的情感……宗教是人民的鸦片。"柏格理就是这样一位来自八千公里之外的，以宗教的名义闯入苦难世界的使者，他和苗族兄弟一起对现实抗议、叹息，用宗教鸦片来安抚被压迫者的心灵。

这好像不可理解，一个英国人过着衣食无忧的日子，为什么要千里迢迢，来东方过这地狱式的生活？那时英国的教会有一股"救世"热，招募青年到最苦最远的地方去拯救穷人。对于一个渴望有成就、愿牺牲的年轻人来说，这也是机遇。世上总有一些愿以生命之血汗去培植理想之花的人，而不计较以什么名义。就像我国20世纪五六十年代毕业的大学生，一句“到祖国最需要的地方去”的口号，就能让人立即热血沸腾，甚至不惜付出生命。我就是当时从北京去到内蒙古的，二十二岁，比柏格理还小一岁。我们那一批人到达后又还嫌不苦，不愿留在城镇，我的一个福建籍的同学提出到更远的阿拉善去，他终日在茫茫的戈壁滩上与一个孤身老牧民一起放牧骆驼，好像这样才是心目中的壮丽人生。大约青年人在他青春期的那几年，一颗不安分的心总在做着异常的跳动，不知道哪一次就会跳出轨道，做出想不到的事情。

柏格理当然不是以革命的名义来领导穷人打土豪、分田地的。他是以宗教的名义，来施舍主的爱，教人自爱、互爱，做上帝的羔羊。他要在乌蒙深处开辟一片桃花源。而这里确实也是一个云、贵、川三不管的世外之地。他在这里安了家，只花了五个英镑在山坳里盖起一座被称为“五镑小屋”的简陋小屋，要用愚公移山的精神，撬开这个石门坎，干一番事业。

那天，我是先绕行云南昭通而后进入贵州威宁的石门坎的。山崖上一扇巨大的石门半开，横断云贵，石门坎由此得名。石壁上用中英文刻着一段文字：

> 栅子门的石梯路。1905年，为方便从昭通运送砖瓦到石门坎修建学校，柏格理先生安排打通的岩路。学校建成后，由负责建筑工程的王玉洁老师取名基督循道公会石门坎小学。1912年更名为中华基督循道公会石门坎光华小学。

一过石门坎就可以看到那棵高大的无名树，它浓绿一团，像是这个石灰岩大山中的圆心一点；直立着朝向太阳，又像是测量时间的日晷。

它就这样每日推动着太阳的影子，已经一百多年。我们那一天的采访中，无论走到哪个方位都能回望到它的身影。

石门下面是陡峭的石梯小路，满地碎石。我小心地下到寨子里，最想看的当然是主人的故居，那个“五镑小屋”。那间房子与其说是主人的卧室还不如说是这大山里唯一的一间诊所。苗民处深山之中远离现代文明，这里终年潮湿阴冷，瘴疠横行。天花、霍乱、伤寒、麻风等多种传染病轮番来袭，老百姓完全处在一种痛苦无告的自生自灭之中。虽然柏格理举着唯心的宗教旗帜，但首先得面对唯物的残酷现实。他在传播上帝之爱前，先得抚平苗民正在流血的伤口。

柏格理行走在崎岖小路上，穿行于寨子间，总是药箱不离身，在集市上碰到有人倒地就灌药施救。他娶了一个护士妻子，又有几个专业医生做同道。他屋内那张白木小桌上，各种药瓶就占了大半个桌面。不相识的苗民经常老远赶来求他治病。那些得了伤寒、疟疾原本必死无疑的人，几片西药就起死回生。在苗民眼里柏格理就是神仙。这是科学的力量，但柏格理把功劳记在神的账上，劝说那些受苦的人：归来吧，耶稣的孩子。于是从者如流。柏格理真心把苗民当亲人，施医喂药，不嫌其脏，不怕染病。而事实上他也多次被传染，病愈后又照样救人。在病重时他宁可把稀缺的盘尼西林让给苗民。但最后一次他没能逃脱病魔之手。1915 年石门坎流行伤寒，许多人逃走躲避瘟疫，他却留下来照顾他的学生。他终于倒在了“五镑小屋”里，终年只有五十一岁。我一进入石门坎，就在这个山坳里上上下下地搜寻那个“五镑小屋”，但是历经百年风雨，小屋早已荡然无存。唯有当年在屋后栽的那棵无名树已长得特别高大，要三人才能合抱。它一离地即分为两股，像一个倒立的“人”字，写向蔚蓝的天空。

二、人虽去，石留痕

石门坎，是一部用石头书写的历史。

苗人无自己的文字，也不识汉字。好像处在石器时代，与外部世界完全无法沟通。因此，受尽汉官、彝族土司的欺骗、捉弄。他们常拿一张有字的纸，说是上面的公文，任意勒索。苗人曾是楚人先祖，但是由于不断地被驱赶、逃亡，到被赶到西南边陲时，不但丢失了土地，也丢失了自己的文字。柏格理下决心创造苗文。他选用苗人衣服上的图案做声母，从拉丁文中找韵母，模仿汉语的单音节词，终于制定出了第一批苗文，这是一个奇迹，苗人可以读书上学了。

这就回到了文章前面说的石门坎小学。石门坎，一道石头的门坎，这边是贵州那边是云南，两边分布着最穷苦的苗民。柏格理带领他们打通了这道门坎，烧砖、烧瓦、伐木，建起了一所能容纳两百多名学生的小学校，在周边山区还建了十七所分校，为地方发展了新式教育。1911 年辛亥革命成功，他即把学校改名为“石门坎光华小学”，意在庆祝推翻清朝，光复中华。并在《苗族原始读本》中加进了爱国主义教育的内容：

问：苗族是什么样的民族？
答：苗族是中国的古老民族。
问：中国是什么？
答：中国是世界上一个古老的国家。
问：苗族是从哪里来的？
答：苗族是从中国内地的黄河边来的。

他很注意配合时局，争取地方政府的支持。他的日记里记载，端午节要开运动会了：

> 我早在节前一周致函汉官（县长），邀请他在节日那一天光临，为获胜者颁奖。他于下午2点来到学校并发表了演说，接着为学生们颁发了证书及奖品。

值得一提的是，从一开始，柏格理就坚持苗汉双语教学，开阔了学生的视野，也加强了民族团结与融合。而我们在中华人民共和国成立后对少数民族长期实行单语教学，以为这就是尊重他们，反而造成了文化封闭，甚至助长了民族分裂。直到近年才意识到语言问题的严重，开始大力普及双语教学。学校还开设了英语课、生理卫生课。抗日战争中驼峰航线上的美国飞行员飞机失事降落在深山里，竟遇到了能说流利英语的苗民，因而得救。

柏格理在深山办学的影响有多大，只举两例便知。辛亥革命后蔡锷任云南总督，亟须人才，他1912年2月6日亲自致电柏格理：

> 需八名苗民学生，入云南省立师范，成绩优者，入北京师范；（需）入讲武堂四名，成绩优异者，送日本士官学校，以造国家栋梁。

柏格理当即答应。

他还不断选送优秀小学毕业生到成都华西中学读书。这些学生毕业后又都回到苗区发展教育事业。有一个叫朱焕章的孩子，十六岁才读小学一年级，但是天资聪颖。柏格理资助他去成都华西大学读书，他在毕业典礼上的发言引起了坐在台下的蒋介石的注意，就单独召见他，希望他到总统府工作，朱焕章却婉言谢绝。他说："我的老师柏格理告诉我们，每个苗人受到高等教育后都要回到石门坎，为苗人服务。"1946 年，朱焕章当选为"国大"代表，到南京参加会议，他是苗人参与国家大事的第一人。蒋再次单独召见他，希望他出任民国政府教育部民族教育司司长，朱焕章再次拒绝。他回到石门坎开办了第一所中学，自任校长，为苗人培养了很多人才。

经过柏格理坚持不懈的努力，这个西南大山里的文化荒原上出现了奇迹。从 1905 年第一所学校开学，仅仅三十年，云贵苗区的教育水平就远远高于当时的全国平均水平，甚至高于汉人的平均教育水平。1946 年，抗战胜利后，国民党政府曾做过人口普查：汉人每十万人中有二点一九个大学生，而苗人每十万人中有十个大学生。

以一人之力改变一个地区的文化落后，历史上确有先例。唐代，韩愈被发配到潮州，那也是一个未开发的蛮荒之地，买卖奴隶，巫术猖行。他大办学校以开民智。他去之前潮州只出过三名进士，他去之后到南宋就出了一百七十二名进士。韩文公祠有诗曰："不有韩夫子，人心尚草莱。"这乌蒙大山里，如果没有柏格理，苗民的精神世界也还是一团荒草，是柏格理帮他们翻过了这道愚昧和文明之间的门坎。

我很想看一看柏格理小学的旧址，2005 年这里曾纪念过石门坎小学建立一百周年。但是旧房早已片瓦不存，倒是那棵无名树下有 1914 年立的一块由当时的民国县知事书写的功德碑，讲柏格理如何在这里"始亚当兴惠黔黎，初开草昧；更百木能支大厦，独辟石门"，"化鴃舌为莺声……由人间而天上"。斯人虽远去，石碑留旧痕。

石门坎是一道大的石坡，没有走惯山地的人走起来还真有点累。我们在无名树下小憩一会儿继续下行。突然在断壁荒草间发现一些整齐的石块，再一看竟然是两个相连的旧游泳池，池子一面靠山，三面围墙，相当于现在一个标准泳池的大小，全部用二尺长的大石条砌成。泳池还十分完好，只是久不使用，石缝里长出了没膝深的荒草。草丛中的一块小石碑上面用中英文刻着：“游泳池。柏格理先生修于 1912 年。1913 年 5 月端午节运动会正式使用。”当年他们砍伐竹子、打通竹节架设管道，从山上引来清泉水注入池中。这恐怕是中国最早的露天游泳池了。可以想见，生活在大山里的苗民，在清澈见底的泳池中戏水，春风吹面，蓝天白云，那是一种什么样的心情。

从游泳池再下一个小坡，便是足球场了。这是柏格理和他的学生们用蚂蚁搬家、蜜蜂做窝式的方法，从山腰上硬抠出一块平地建成的。柏格理本人足球、篮球、板球无所不能。足球场一边紧贴着山壁，一边就是悬崖，下面是万丈深渊，远处是无尽的群山，层层叠叠，云蒸霞蔚。据说当年踢球时，如果不小心皮球滚落山下，是要背着干粮去下山寻找的。当年的四川军阀杨森也喜欢足球，并且手下有一支球队，号称打遍天下无敌手。他从四川到贵州上任，路过石门坎意外地发现这里竟有一个足球场，就让他的球队与苗民学生队比赛，学生们打赤脚上阵。结果三场球，杨森队输了两场，另一场还是给了面子。杨森把他的队员集合起来臭骂一顿：“你们还好意思穿鞋吗？”队员们忙脱下鞋送给这些苗民兄弟。临走时杨森还向柏格理要了四名队员。

柏格理从英国带来了篮球、足球，在学校举办运动会，让苗民第一次尝到现代运动的乐趣。他的书里这样记载：

> 引进各种各样的体育项目，除了能增强中国人的体质，也可以大大促使中国的年轻人，无论是汉族还是少数民族，摆脱低级趣味，过上健康、快乐、积极向上的生活。

柏格理这里说的低级趣味、不健康的生活是指当时苗人的“花撩房”。这是人类早期群婚制的残余。每个苗寨子边都建有一个公共大屋，称“花撩房”。女孩到十二岁即可进入这个房子，与男人发生性关系，所以常见才十三四岁的女孩就怀里抱一个，身上背一个孩子，正是上学的年纪就背上了沉重的生活负担。性关系混乱又导致疾病流行。柏格理行医、教学，逐渐取得苗民的信任后，便向这种陋习发起冲击。他像林则徐烧鸦片一样，每到一处苗寨就聚众演说，痛陈这习俗之害，然后带领群众烧毁“花撩房”，重塑健康的婚姻家庭关系。规定，每个受洗过的基督徒，男二十二岁，女二十岁才能结婚。又宣传女孩子不缠足，入学读书，自强、自立。

柏格理开办新式学校，引进现代体育运动，在这个深山窝里大刀阔斧地移风易俗，现在想来人们几乎不敢相信。但大树做证，青石留痕。我在泳池边长满青苔的石条上踱步，量着池的长宽；从这个悬崖足球场的边上探身下望，想象着当年挖土开石的劳作；又回头仰望那棵伸向半空的无名树。石门坎，石门坎，这是一片纯石头的喀斯特地貌，是贵州全省最高最冷的地方，却在一百多年前捷足先登，最早接触到了现代文明。武侠小说里常说某人的武功抓石留痕，佛教故事里说达摩面壁九年，在这悬崖峭壁上，柏格理有什么样的功夫，能够留下这么多痕迹呢？

三、树有名，爱永在

当我从上向下依次看完了石门坎、无名树、游泳池、足球场之后，又返回到山梁上。虽然明知“五镑小屋”和当年的石门坎小学早已不复存在，但还是想凭吊一下它的旧址。

“五镑小屋”后来让柏格理的后继者高树华牧师改建成一座二层小别墅。有壁炉、橱柜，很厚的石墙，典型的英式房子，体现了当时最先进的西方文明。但是，这房子却引来了悲剧。好房子引起了土匪的注意，猜想主人一定有钱。1936 年 3 月 6 日，一伙土匪冲进高的小屋，不但抢劫了他的财物还残忍地将他推下石坎，一直滚落到无名树下。无名树看着这位可怜的英国同乡在痛苦地呼喊，却无能为力。当学生们闻讯赶来时，高已血肉模糊，他只说了一句话，“我要和柏格理牧师在一起”，便长眠在石门坎下。

在原石门坎小学的旧址上已建造起一所现代化的小学校和一所中学。近十年来石门坎已经出了本科生三百五十人，硕士生六人，博士生两人。

让我吃惊的是，石门坎小学竟有一个红色的塑胶跑道大操场，在绿色四围的群山怀抱中十分耀眼。球场靠悬崖一侧的边缘建了一条开放式图书走廊（可能也是为了防止皮球的滚落），学生们课后可以随意抽读自己喜欢的书。我抽出一本，还未及读，立时白云擦肩，绿风入袖，八百里乌蒙奔来眼底，不觉神思千里之外。这一生不知读了多少书，也到过各类的学府，却从未见过这样的高山清风读书处。

我慢慢收回视线，才猛然发现刚才还在半山腰的无名树，正好长到与新学校的操场齐平。这时才看清了树梢和它的枝、它的叶。只见每一束柔枝上都旁生出长长的叶柄，柄侧对生着椭圆形的叶片，类似槐树的叶形，但更大、更绿、更柔软，如一扇孔雀的羽毛。更有趣的是，枝上挂着的果荚，像一串串的鞭炮，足有二尺来长，在微风中来回摆动，发出璘璘的闪光。我赶快用手机上的识花软件搜索，哎呀，它本来是有名字的啊，叫枫杨树！这是一棵来自天国的枫杨树。

枫杨树形疏密有致，枝叶婆娑轻柔，有柳树的风度，所以别名麻柳；那一串鞭炮式的果荚很像蜈蚣，所以又叫蜈蚣柳。我奇怪为什么它的学名叫枫杨。枫树和杨树分别属于槭树科和杨柳科，这枫杨树却属于胡桃科，既不沾枫也不带杨呀。大约它的片荚状果实与枫树的果实相似，而身形又如杨树般高大吧。果荚片片兮飘四方，身躯巍巍兮立山岗。人们仰之敬之，不认识它就直呼为无名树了，已经一百多年。

那么，这树到底该叫什么名字呢？我忽然想起一个典故。当年斯诺在延安采访毛泽东，毛泽东向他介绍说，中国的读书人有两个称呼，一个是名，一个是字。比如，我名泽东，字润之。而中国人之间来往时，一般不直呼其名，只尊称他的字。我想这棵树来到中国已一百多年，早已中国化了。它也有两个名字。名枫杨，字柏格理。事实上我多次来贵州，一般人说起这棵树时，也都称它为柏格理树。

柏格理是一个特例，是一个奇迹。

他在旧中国的动乱年代，在最穷困落后的苗民山区，用了十年的时间创办教会、学校、医院、邮局，创造了苗文，普及文化，引进良种，移风易俗。直到 1915 年去世，他把全部的心血贡献给了当时中国最落后的被人遗忘的乌蒙山区。

但他还是没有能走得更远，他在世时屡遭地方黑恶势力的阻挠、追打，有一次重伤几乎丢掉性命，后回国养伤。他的继任者也不幸命殒石门坎。他的事业不可复制。这类似旧中国梁漱溟、晏阳初在山东、河北做的农村改革实验，如夜空飞过了一颗流星。那么柏格理的意义在哪里？在于他宣示了爱的力量。他不能左右时局的变化，不能左右政治形势，但是可以唤醒人们的良知。用大爱去融化一切隔阂，就像海水淹没嶙峋的礁石。

不错，柏格理是来传教的，他是一个虔诚的教徒。柏格理在日记中说："我们在这里不是政治代言人，不是探险家，不是西方文明的前哨站。我们在这里就是要让他们皈依。"柏格理是用一片爱心来做这件事的。他因能被苗族接受而感到无限幸福。他在《苗族纪实》中激动地说：

> 和他们是一家人！在我生平中还从来没有受到过如此崇高的赞扬，而且是被中国最贫穷和待发展的少数民族认可为一种父兄般的形象，这对于我来说是最大的幸福。成为苗族人中的一员！所有这些成千上万的蒙昧、不卫生、落后、犯过罪的但又是最可爱的人们。我的兄弟和姐妹们，我的孩子们！

自从人类出现，我们就是一个命运共同体了。岂止人类，这个星球上所有的生物也都是一个命运共同体。人们对山水、花草、动物尚且有爱心，何况同类之间呢？爱因斯坦是威力无穷的原子能的奠基人，人们问他世上什么力量最强大。他说，是爱。

爱是一条底线，在道德上叫人道，在哲学上叫共性，在品格上叫纯粹。这是超阶级、超种族、超时空的。只不过一般的爱心总要有一个躯壳，如男女之爱、亲情之爱、阶级之爱、同病相怜，等等。宗教也是众多躯壳之一，柏格理就是借着这个躯壳来推行爱心的。事实上他已超越了宗教。因为并不是所有的宗教和宗教徒都能做到这一点。相反，以宗教名义进行的战争、残杀，从来也没有休止过。柏格理是从宗教的蛹壳中化身飞出的一只彩蝶。他体现的是最彻底的人道精神。

比柏格理早三百多年，中国哲学家王阳明从京城被贬官到贵州。那时的生存条件比柏格理的更差一些。他在一个山洞中痛苦地悟出了对后世影响很大的致良知思想，即人人都有内在于心的天理良知，我们要通过各种艰苦的磨炼去找到它。柏格理是在中国贵州彻底实践了王阳明致良知哲学思想的第一个外国人。

当一个人修炼得超出他的躯壳后，就是一个纯粹的人，有道德的人，他会超时空地受到所有人的尊敬。这样的例子，中外不胜枚举。如美国人斯诺（摩门教徒）同情红军，冒险采写了《西行漫记》；如拉贝（犹太教徒）在遭遇南京大屠杀时冒死救了许多中国人；如南非黑人领袖曼德拉坐狱二十七年，出狱后就任总统时，邀请曾经看守他的狱卒参加典礼。以上这些人各有自己国籍、民族、宗教的躯壳，但爱到深处，爱到纯粹时，这些躯壳都已灰飞烟灭，只剩下一颗爱心，即老百姓说的良心。大爱是能求同存异，包容一切的。不论是一个人还是一个团体，有没有爱心是衡量其好坏的基本标准。这就是为什么虽然已经过去了一百多年，但柏格理对于中国人，尤其对苗人来说，始终难以忘怀。

人总是要死的，把身体埋入地下，把精神寄托在天上，宗教称之为天国。在各国的神话中都有一整套天国世界的人和物。中国的古典名著《西游记》就是一个天国世界，那里还有一棵蟠桃树。柏格理也早就是天上的人了。但是，他在人间留下了一棵树：柏格理树。一年又一年，这棵树挺立在石门坎上，舞动着青枝绿叶，呼吸着乌蒙山里的清新空气，现在它已经超过主人寿命的一倍，将来还会超十倍、几十倍地活下去，向后人讲述关于爱的故事。

2020 年 6 月 8 日

《散文海外版》2020 年第 10 期

人文森林行为学

——树与人的共处共生

人类是从森林中走出来的，树木过去、现在直到将来，一直影响着人的行为。它以无言的肢体、势态和呼出的氧气影响着人们的生存方式。甚至在与人的亲密接触中，它的一枝一杈都会改变事件的发展方向和历史的走向。当然，人也会以自己的行为改变树木的生存方式。但最后，这种行为或好或坏又会反作用到人的身上。

一棵怀抱炸弹的老樟树

它实在太粗、太高、太大，我们已不能用拔地而起之类的词来形容，它简直就是火山喷出地面后突然凝固的一座石山，盘龙卧虎，遮天盖地。

一棵茂盛的古树用它的枝丫轻轻地托着一颗未爆的炸弹，就像一个老人拉住了一个到处乱跑、莽撞闯祸的孩子。炸弹有一个老式暖水瓶那么大，高高地悬在半空，它是从千米多高的天空飞落下来后被这棵树轻轻接住的。就这样在浓密的绿叶间探出头来，瞪大眼睛审视人世，已经整整八十年。眼前是江西瑞金叶坪村的一棵老樟树。

樟树在江西、福建一带是常见树种，家家门前都有种植。民间习俗，女儿出生就种一棵樟树，到出嫁时伐木制箱盛嫁妆，三五百年的老树随处可见。但这一棵却不同寻常。一是它老得出奇，树龄已有一千一百多年，往上推算一下该是北宋时期了。透过历史的烟尘，我脑子里立即闪过范仲淹的“庆历改革”和他的《岳阳楼记》，以及后来徽宗误国、岳飞抗金等一连串的故事。在这个世界上什么东西才有资格称古呢？山、河、城堡、老房子等都可以称古，但它们没有生命。要找活着的东西唯有大树了。活人不能称古，兽不能，禽鱼不能，花草不能，只有树能，动辄百千年，称之为古树。它用自己的年轮一圈一圈地记录着历史，与岁月俱长，与山川同在，却又常绿不衰，郁郁葱葱。一棵树就是一部站立着的历史，站在我面前的这棵古樟正在向我们静静地诉说历史。第二个不寻常处，是因为它和中国现代史上的一个伟人紧紧连在一起，这个人就是毛泽东。毛泽东也是一棵参天大树，他有八十三圈的年轮，1931 年当他生命的年轮进入到第三十八圈时，在这里与这棵古樟相遇。

那时中国大地如一锅开水，又恰似一团乱麻，两千年的封建社会已走到了尽头。地主与农民的矛盾，剥削与被剥削的矛盾，土地不均的矛盾已经到了非有个说法不可的时候。这之前从陈胜、吴广到洪秀全，已经闹过无数次的革命，但结果总是打倒了一个皇帝又新出来一个皇帝，周而复始，不能彻底。这时出现了中国共产党，要领导农民来一次彻底的土地革命。共产党的总部设在上海，行动又受命于远在莫斯科的共产国际，他们对中国农村和农民革命知之甚少，又乱指挥，造成失误连连。毛泽东便自己拉起一支队伍上了井冈山，又参照列宁的路子搞了个“湘赣边界工农兵苏维埃”政权。他在六个县方圆五百里的范围内坚持了两年，后又不幸失利。1931 年他率队下山准备到福建重整旗鼓再图发展，当路过瑞金时邓小平正在这里任县委书记，就建议他在这里扎根。于是 1931 年 11 月 7 日苏俄十月革命胜利十四周年这一天，在瑞金叶坪村的一个大祠堂里召开了全国代表大会。第一个全国性的红色政权中华苏维埃共和国中央临时政府宣告成立，毛泽东当选为中央执行委员会主席，从此被中国人称呼为“毛主席”。

虽是共和国的主席，毛泽东也只是借住在一户农民家里。这是一座南方常见的木结构土坯二层小楼，狭窄、阴暗、潮湿。小楼与祠堂之间是一个广场，是红军操练、阅兵的地方。广场尽头还有一座烈士纪念塔。这实在是一处革命圣地，是比延安还要老资格的圣地。中国共产党第一次尝试建立的中央政府就“五脏俱全”，有军事、财政、司法、教育、外交等九部一局，都设在那个大祠堂里。毛泽东等几位中央要人则住在广场南头的小楼里，楼后就是这棵巨大的樟树。

一走近大树我就为之一震，肃然起敬。它实在太粗、太高、太大，我们已不能用拔地而起之类的词来形容，它简直就是火山喷出地面后突然凝固的一座石山，盘龙卧虎，遮天盖地。树干直径约有四米，树身苔痕斑驳黝黑铁青，树纹起伏奔腾如江河行地。树的一半曾遭雷劈，外皮炸裂，木质外露，如巨人向天狂呼疾喊，声若奔雷。而就在炸裂后的树身上又生出新的躯干，干又生枝，枝再长叶，一团绿云直向蓝天铺展开去。好一棵不朽的老树，就这样做着生命的轮回。因地势所限，树身沿东西方向略成扁平，而墨绿的枝叶翻上天空后又如瀑布垂下，浓荫覆地，直将毛泽东住的后半座房子盖了个严实。那天，毛泽东正在二楼看书，空中隐隐传来飞机的轰鸣。他并不在意，把卷起身，踱步到窗前看了一眼，又回到桌前展纸濡毫准备写文章。突然一声凄厉的嘶鸣，飞机俯冲而下，一颗炸弹从天而降。警卫员高喊着“飞机”，冲上楼梯。毛泽东停笔抬头，看看窗外，半天没有什么动静，飞机已经远去，轰鸣声渐渐消失。这时房后已经乱作一团，早涌来了许多干部、群众。很明显，这架飞机是冲着临时中央政府，冲着毛泽东而来，只扔了一颗炸弹就飞走了，但炸弹并没有爆炸。大家围着屋子到处寻找，地上没有，又仰头看天，突然有谁喊了一声：“在树上！”只见一颗光溜溜的炸弹垂直向下卡在树缝里。好悬！没有爆炸。这时，毛泽东已经走下楼来。毛泽东戎马一生，不知几次遇到危难，但总是化险为夷。胡宗南进攻延安，炮声已响在窑畔，毛泽东还是不走，他说要看看胡宗南的兵长什么样子。彭德怀没有办法，命令战士把他架出了窑洞。去西柏坡的途中，在城南庄又遇到一次空袭，他又不急，继续休息，是战士用被子卷起他抬进防空洞的。毛泽东的性格坚定、沉着，又有几分固执、浪漫。唯此才能成领袖，成伟人，成大事业，写得大文章。

历史的脚步已走过八十年，这棵老樟树依然伫立在那里。枝更密，叶更茂，干更壮。树皮上的青苔还是那样绿，满地的树荫还是那样浓。那颗未爆的炸弹还静静地挂在树上。现在这里早已辟为旅游景点，人们都争着来到树下，仰望这定格在历史天空中的一瞬。古樟树像一个和蔼的老人正俯瞰大地，似有所言。一千年的岁月啊，它看过了改朝换代，看过了沧海桑田，看尽了滚滚红尘。远的不说，只从共产党闹革命开始，它就站在这里看红军打仗，看第一个红色中央政府成立，看长征出发；又遥望北方，看延安抗日，看北京中华人民共和国成立。它的年轮里刻着一部党史，一部共和国的历史。它怀里一直轻轻地抱着那颗炸弹，这是一把现代版的“达摩克利斯之剑”，天将降大任于斯人也，必先试其定力，然后又戒其权力。

它告诫我们，革命时要敢于牺牲，临危不乱；掌权后要忧心为政，如履薄冰。

《人民日报》2012 年 12 月 3 日

中国枣王

由于年深日久，树身自下而上开裂成数股，或宽或窄，都向左绕旋而上，力如拉丝、缠绳。树身上的纹路跌宕起伏，如虎豹，如断崖，如乱云。

一

中国是个产红枣的大国，红枣产量占世界产量的百分之九十八。世界红枣看中国，中国红枣看陕北，陕北有个红枣王。

这个王不是自封的，是经联合国正式认定的。迄今，联合国粮农组织共评定世界农业遗产地三十一处，中国佳县即是其中之一。但评定的不是稻麦杂粮，而是红枣。正式的桂冠是：全球重要农业文化遗产·中国佳县古枣园。

佳县有个小村，名泥河沟，村前有座枣园，内有三百年以上的枣树三百三十六株，其中三株已逾千年，更有一

株被确认为已有一千四百年，高八米，要三人合抱，这就是我们要说的枣王。

今年8月我慕名去朝见枣王。正当盛夏，北京酷暑难熬。而泥河沟却浓荫盖野，绿风荡漾。小村前临黄河，后靠群山。一条小支流从深山中蜿蜒而出，临入黄河之时顾盼生辉，绕了六个小弯。每个弯中都揽着数户人家，组成了一个村落，这就是泥河沟村。村前，滔滔黄河奔流而去，岸边起伏的金色山崖点缀着油绿的枣林，黄绿交替，明暗生辉。更远处千沟万壑，奔来眼底，万木葱茏。这里便是枣王的王宫所在。背黄土高原之绿树兮，面大河奔腾之涛声。

枣王雍容大度，体态庞大，主干短粗，拔地而起，如堡垒阵地。由于年深日久，树身自下而上开裂成数股，或宽或窄，都向左绕旋而上，力如拉丝、缠绳。树身上的纹路跌宕起伏，如虎豹，如断崖，如乱云。枣木本来就是暗红色的，树皮撕裂后炸出的细毛，或卷或竖，怒发冲冠。枣王就像一头红毛狮子，卧于园中，不言自重，威风凛凛，令我们这些只不过数十年“人”龄的、细皮嫩肉的高级动物顿生几分敬畏。而主干之上，又顺左旋之势连发出三根大枝，都有水桶之粗。连卷带拧，裹着青枝绿叶，呼啸着向蓝天探去。树下三十多亩的枣林全是它的臣民，前呼后拥，枝繁叶茂，树龄也都在数百年以上。但无论多老的树，在阳光下一律闪烁着油亮的叶片，垂挂着沉甸甸的枣子。这时从河面上吹过来一阵轻风，奔腾往复舞于林下，飘举升降，摇枝弄叶，哗哗作响。快哉，大王之风。

一棵枣树的根可扎到方圆百米之外，任你多么贫瘠、干旱的土地，它都能像雷达扫描一样，搜取石缝、土层中的那一点点的营养、水分。三十年前我当记者时采访过一个枣树研究所，他们在树根下挖了一个很深的剖面，装上玻璃幕墙，观察枣树的生长。那细如蛛网的根系，天罗地网，连观察者都被网入其中。现在，我背依枣王，脚踏大地，想象着这千年古枣园下，该是怎样的一个网络世界。

我第二次去泥河沟，正好是九九重阳节的那两天，秋高气爽。看万山红遍，星星点灯，落枣满地，如红毯迎宾。真的，毫不夸张，主人见有客来，先提一把扫帚，就像冬季扫雪一样扫开落枣，为客人清出一条路来。我来到枣王身下，摘一颗红枣细品着它酸甜绵长的味道，像是品读着一部史书。一千四百年了，它守候在这里，记录着自然和人世的变化。就这样一年一熟，薪火相继，不避风雨。用它的年轮，用它的果实，周而复始地向人们传递着自然和社会的遗传密码。

而当我们踏着红枣铺就的地毯登山一望时，风景又与 8 月来时大不相同。红枣烂漫，黄河东去。人道是天下黄河九十九道弯，而现在每个弯子的崖缝里都填满了正在晾晒的红枣。大河起舞，红绸飘动，织来绕去。好一幅黄河枣熟图，一派王者之气。

二

枣树性坚、木硬、根深、果红，其品质几近完美。由于它是由野生酸枣进化而来，所以还保留了极强的野外生存能力。北方的果树，如桃、李、杏、梨、苹果等，遇有寒冷的年份都会冻死，而枣树却从未有闻。寒冷的冬夜，在枣树下常可听到噼啪的冻裂声，它皮可裂、枝可断，但就是不死。枣木自带红色，硬而有光泽，制作家具或雕刻工艺品，效果绝佳。小时，我的家乡，村里人常用它做炕沿。人们每天上炕下炕，祖传几代的炕沿，蹬坐蹭摸，像红宝石一样闪闪发亮，那是主人家身份的象征。再配上雪白的窗纸、鲜红的窗花、热气腾腾的炉灶，还有炕上的大花被、小炕桌，一幅典型的北方窑洞图。

枣树从不占用正规农田，它艰难、倔强地长于沟底塄畔、坡边悬崖。为了自卫，它浑身长刺。枣树身形不直且多裂纹，它不怕风折、雨淋、畜啃，小外伤反而刺激生长。收获时，有枣无枣三竿子。业界称为："体无完肤，枝无尺直。浑身有伤，遍体新枝。"若论外表，它既没有松柏的挺拔，也没有杨柳的柔美。但这种不平不直、虬曲勾连、浑身是刺、貌不惊人的树却很内秀。它干生嫩枝，枝生"枣股"，股生"枣吊"，渐柔渐美。你单看这一尺来长的枣吊，她柔嫩得简直就是楚王宫里的细腰女子。真不敢相信这是从百年、千年老树上发出的新枝。枣吊两边互生着如美人瓜子脸般的叶片。叶面厚实，油绿如翡翠，背面有三道纹线，如美女画眉。这样梳洗打扮一番后，她才开始静心育枣。一到秋季，每个枣吊上都会吊着三五颗圆滚滚的果实。像一串串的红灯笼，满山遍野，迎风摇曳。

三

黄河是中华母亲河，红枣就是母亲项链上的宝石。中国原生红枣的分布带基本上是沿着黄河两岸的走向。甘肃、宁夏、陕西、山西、河南、山东，直到入海。当地老百姓说，枣树一听不到黄河的涛声就不好好结枣了。专家解释，是近岸土质适宜，河谷水分恰好。而最宜之处，是黄河中段的晋陕峡谷。晋陕之段，又以沿黄河八十二公里的佳县一段为好。所以枣王上下求索，最终落户于此。

据史料记载，在陕北一带，三千年前人们就开始种植枣树。古人从野生酸枣中不断地选育优化。繁体汉字的"棗"，就是"棘"字的上下变形。可见枣树本为草莽出身，是从荆棘丛中一步步走来。泥河沟周边的山洼里至今仍有许多高大的酸枣树。有几株已六百年以上。离枣园五里处，有一个名“酸枣塌”的地方，竟有一座人工栽培酸枣的古酸枣园。“塌”者，陕北特有地貌，指山地向黄河边的过渡。园中一百七十六棵老酸枣树都已百年以上，合抱之粗。果实有将近山楂大小。我从来还没有见过这么大、这么甜的酸枣。后带了一把回京，食者惊为神果。因风味独特，籽可入药，它的价格是红枣的十倍。

我在佳县上高寨乡还访到一株更老的酸枣树，已有一千五百年，数丈之高，要两人合抱，应是枣王先祖的另一分支，有如类人猿。让人吃惊的是，它秀丽挺拔，树皮细腻，浑身布满平整美丽的网纹，似已修炼成精。树下有巨石，石上多洞，常有白蛇出没。不知从何年起，这树下就有了一座庙，当地人视此树为神，年年祭拜。要知道，一般多年生的酸枣树，也就只有杯口粗细，而它却成合抱之木。真是山中有佳树，路远人不知，独自在这里默默地为自然、为人类保存着品种基因。由此也可推知，这枣王谱系之纯正，血统之高贵。连《同仁堂志》都有记载：“葭州大红枣，入药医百病。”葭州即佳县的古称。由酸到甜，由酸枣到红枣，枣树家族相伴人类走过了多么漫长的路程。而现在这份遗产全部集于枣王一身，备案于联合国了。

红枣经世代选育优化，已成各色百态。有水分大的鲜枣，有肉厚的干枣；有小如指肚的蜜枣，有大过一寸的骏枣。小时我家乡的集市上，农民卖枣不带秤，而是腰里掖一把尺子。有人要买时，就将红枣摆于地上，抽尺一量，七颗一尺。你说，要五尺还是一丈？以此来显示枣的个头之大。玩得就是这种气派，这个红火。山西黄河边有枣，上小下大，形如茶壶，就名壶瓶枣。宁夏黄河边有一种枣，又大又圆又光，极像一个红色的乒乓球。可当地老乡不这么叫，而名之曰“驴粪蛋”。现在红枣到底有多少个品种，一般人已很难说清。

四

如果说黄河是民族的乳汁，红枣就是老百姓的干粮。枣树向来有铁杆庄稼之称。春蚕到死丝方尽，枣树千年亦结果。而且它常会给你一个惊喜。不管多老的树，都会突然从粗干糙皮上发出一根嫩条，或在主根的远处钻出一株小苗，当年就能挂果。民谣："桃三杏四梨五年，枣树当年就还钱。"言其诚恳、勤劳，如山中老农。

枣树好像天生就是为穷人准备的一道生命防线。无论怎样的天打雷轰、风狂雨骤、雪霜加身，红枣从不会绝收。它是如此巧妙地适应了自然。它的花期长达一月有余，东方不亮西方亮，有足够的时间受粉坐果，同时还为蜜蜂提供了最多的打工机会。这在其他果树是几乎没有的。再者枣子熟时，已收罢麦子，既不与粮争劳力，又躲过了雨季。它又最易储存。当丰年时，可蒸为枣馍、枣糕；婚嫁时撒到炕上、被窝里，寓早生贵子，为农家生活增加喜庆。而当年景不好时，可晒干磨成枣面，救荒渡灾。

现在，当然不会再以枣代粮充饥了。但它在黄河两岸扯起了千里红绸，随大河上下，起舞不休，红遍了半个中国。红枣已经成了一道旅游的风景，也成了游人心中的中国符号。

所以，联合国就在这个风景最佳处封了一个枣王。

《人民日报》2016 年 11 月 23 日

万里黄河千里桑

伟大的黄河，中华民族的母亲河，给我们提供了自然界的黄土——最充分的劳动材料；勤劳的祖先又对故道里的黄土进行耕作加工，创造了物质财富及与之相应的精神财富。这就是夏津古桑林里所珍藏的重要文化遗产。

对中华民族来说，黄河的伟大是说不尽的。我曾在上游，看刘家峡的绿波；在河套看八百里麦浪；在壶口瀑布听虎啸龙吟之声；今天又在它的下游，看到它如何为炎黄子孙造就这一望无际、直达海边的大平原。

事情的缘起是联合国粮农组织在全世界清点农业家底，并颁发“全球重要农业文化遗产”证书。去年春天在山东德州的夏津县发现了一片六千亩的桑树林，并认定这是目前世界上最古老完整的桑树群，随即颁发了证书。这是一片典型的人文森林，保存了地球上的农桑文化。去年第一时间我即去采访，今年又二访其地，探其脉络。

黄河造地是借其巨大的水能，经年不断地搬运泥沙来完成的。五十年前我刚大学毕业到黄河边工作，就记住了这个数字：黄河每年从上游向下搬运泥沙十六亿吨。这是怎样的一个巨人，一个移山填海的大力士呀！德州之夏津，处黄河下游。津者，渡口。夏津，传为夏代之黄河渡口，可见其地古老，历史悠久。黄河冲出龙门，行至河南、山东，挟带大量泥沙，早已高出地面而成悬河，稍不小心便崩堤决口，隆隆而下。据史料记载，自周至清，黄河在夏津一带曾六次改道，二十多次大决口，一千五百九十多次小决口，这一条黄龙滚来滚去，搬沙运土，造就了豫鲁大平原。现在从空中俯瞰，在夏津的南北各留下四条大的黄河故道。它每淤完一块土地就侧转身去，再淤他处。河，本来是流水的，但黄河不同，它日夜流淌的是滚滚泥沙，送来为我们造地。所以黄河古称有德之水，今山东德州即因临德水而名。但这片沙土没有改造之前就是一片不毛之地，一片沙漠。风起时遮天蔽日，沙打农田，土盖房舍，甚至行人迷路被埋的事都有发生。天降其土，教人耕种，并不等于天上掉馅饼。大自然恩泽之泥土是要用人的汗水调和才能取得收获的。于是，在黄河搬运泥沙的同时，先人们也就开始了在黄河故道上治沙造地的伟大工程。其中最有效的手段之一就是种桑固沙，养蚕织帛。

历史上前辈劳作的情景我们已不得亲见，但很幸运，在夏津黄河故道上还遗存了这片六千亩的古桑树群，让我们一窥原貌。那天我们特意选了一块还留有旧痕的沙原。虽然起伏的沙丘早已为桑林所覆盖，但我们在浓荫中爬上爬下，还能看出沙山的旧貌。那屹立于沙丘顶上的老桑树，就如黄山迎客松一样，傲骨嶙嶙，又笑容可掬。我说，黄河决口，水漫平川，怎么会沙丘起伏呢？当地人说，你不知洪水过后，先是太阳晒，旱魔肆虐；风灾接踵而来，吹沙成丘。这故道就如山峦一样起伏不平。现经历代一锹一镐地挖，大部分沙丘都推成平地。可知先民治沙造地，经多少年才有这沧桑之变。这里依稀还保留着历史上蚕桑兴旺的样子，齐鲁大地从秦汉开始植桑养蚕，至唐宋而达丝帛业的高峰，曾有“齐纨鲁缟”之称。所以近年有学者著文，认为齐鲁曾是丝绸之路的主要货源地，不应忘了这个丝路的起点。元代后因引进棉花，丝绸业开始下滑，夏津的桑树功能逐渐由养蚕改为产出桑果，到清代、民国又出现一个种桑高潮。联合国到这里来找农业遗产算是摸对了门牌。现夏津全县还存有百年以上的古桑两万余株，千年以上的二百余株。

桑树这种树单看外表就能读出历史的沧桑，它像一个老人，风雨都刻在脸上。在古桑园行走，几乎每棵树都有合抱之粗。树皮特别粗糙，那一条条奔走的纹路，都能插进一根手指。大概是为了便于采桑，都经人工修剪，桑树离地一人高即向四边分杈，树冠极大。上千亩的桑园，浓荫蔽日，枝叶折射阳光，筛出金光万点。一粒粒桑葚，白的、红的、黑的，如珍珠玛瑙点缀其间。因为年代久远，许多老树都中心开裂，或张开乌黑的树洞。但奇怪，不管多老的桑树，树身整体都很平整匀称，它不像老槐树那样浑身堆满高高低低的疙瘩，也不像老柏树那样会将树干拧成麻花。它是那样安详，虽年迈仍留意衣着，讲究仪表，树纹粗而不乱，树干短而茁壮，手掌大的绿叶油光发亮。与枣树一样，它常会于老干上突发一根嫩枝，挑出一串桑葚，给你一个惊喜。这千亩老桑园中弥漫着一种甜甜的诗意，令人油然想起《诗经》和汉魏古诗中许多采桑的美丽诗句。

园中最具代表性的三株树都有一千五百年以上。可能是源于中国人对龙的信仰，两株都以“龙”命名。名“腾龙”那株，一出地即腾空而起；名“卧龙”那株，因雷击劈为两半，树皮爬地行数米后又跃起再生枝长叶。第三株最奇，被封为“桑葚王”，出地半人高后即分为五杈，当地人说是如来佛的手指，每根指头也有一抱之粗。有这“两龙一王”坐镇千亩古桑园，你想是一种怎样的气象。游人在树下，可以与先民从容对话。一位从济南来的老者正在仔细看着说明牌，他说老远来不为吃桑葚，而为了解一点古桑文化，而他的孙子早和伙伴们到树下摘桑葚去了。这里游客买票入园是可任意采摘的。现在这个园子已是一座桑文化园、休闲园，也是一个桑树基因库。它保存了大甜紫、白子母、红子母、江米葚、玫瑰香、长柄白、小草莓、白葚等多个稀有传统品种，当地也成立了桑树开发研究院。县里的干部自豪地对我说，中国四大农书《氾胜之书》《齐民要术》《农书》《农政全书》，前三本书的作者都是山东人，而且其家乡都离夏津不远。

而桑树林的贡献还不仅在养蚕、结果，其对生态的影响无与伦比。首先是防风固沙，保持水土。桑树最适宜沙地生长，旱涝不避，沙打不埋。其根入地可达八米，根幅是树冠的几十倍，任多大一片沙地，多么长的故道，都会让它的根网编扎得密密实实，咆哮的沙龙就再也不可能翻身了。除了固沙，它还是一个巨大的空气净化器，林中负氧离子是正常标准的十倍以上。这两年生态保护意识加强，特别是旅游业兴起，人们猛然发现这片古桑林是一个金银聚宝盆，更是一个文化聚宝盆。现在当地已经用桑民入股的方式来保护、开发这片古桑林，既为社会找回了文化，又为村民带来了财富。而这片古桑林的开发，还在附近催生了一个旅游度假小镇。真可谓老树新花，古为今用。

桑树与枣树虽为树木，却同被称为“铁杆庄稼”，其栽培史与其他粮食作物同步。确实，稻、麦、豆、黍，有哪一种庄稼能这样挺立千年，年年结果呢？堪称铁杆。而且它们的果实都含糖量极高，是一项铁打的甜蜜的事业。巧的是三年前我曾采访过陕北的“中国枣王”，那里有联合国粮农组织在中国颁发的另一份“全球重要农业文化遗产”证书。可见桑、枣同源，同为代粮作物，同为世界所重视。中国的红枣产量占世界产量的百分之九十八。而桑蚕业则直接孕育出一条横跨地球的丝绸之路。一枣一桑，确实为世界农业做出了巨大贡献。

桑树无论多老，只要不死都会结果，那棵一千五百年的“桑王”，现每年还产果一千二百斤。现在全县年产桑果三万八千二百吨，简直是又一个门类的粮食。桑树浑身是宝，而且都与活命救人、抗灾度荒有关。一枣一桑，饥年不慌。把它归入林业或农业，似乎都可。桑树的果实为桑葚，我们在树下随意采摘一粒，放在口中，如一块待化的冰糖。除吃鲜果，还可晒干当储备粮。上天安排，桑葚的成熟期，正是农历小满前后，麦子待熟，青黄不接，穷人缸底无粮，这时桑葚就成了救命粮。史上历次大饥荒，桑树下很少死人。明洪武年间组织人口大迁徙，朝廷的一条政策就是人口迁往有桑枣处，“上以……山东……土宜桑枣，民少而遗地利。山西民众而地狭，故多贫……愿徙者，验丁给田”(《明太祖实录》卷一九八)。现在这桑园里的一些人家，祖上就是逃难觅食，落户到树下的。除食用外，桑枝可入药，治关节病；桑皮，去咳，利尿；桑叶可用来制茶、煮粥，清毒、降脂。寄生在桑树上的“桑黄”更是抗癌特效药。

中国历代王朝都把发展农桑作为立国之本，宋太祖下令凡垦荒植桑者可免田赋。元世祖颁布《农桑之制》十四条，其中规定每名男子每年要栽种桑、枣二十株。明太祖要求“凡农民田五亩至十亩者，栽桑麻木棉半亩”。历代官员中还有不少身体力行，积极带领百姓植树种桑的典型。夏津的这片古桑林作为文化遗存之可贵在于，除保存了农桑原貌外，密林深处竟还有一座清代种桑县令朱国祥的纪念馆，为我们复原了一个古代勤恳为民的好官形象，也可一窥当时的农桑政策。

朱国祥本为清康熙年间的京官，因为人正直被排挤出京，到夏津任县令。他下车伊始就到黄河故道视察，看到黄沙漫漫，认定这里“半地沙漠，不宜稼禾”,“多种果木，庶可免风灾而裕财用”。又上书请求免收三年税赋，与民生息。他亲自下地总结栽树经验，发明了“包袱地”种植法，即地成四方如一块包袱，周边栽桑林围裹，挡风固沙，中间种植宜沙的花生等作物。若纯种桑时，又测算出每亩地以植六株为宜，进行推广。朱为官刚正、廉洁，上任不久即清理积案，平了不少冤狱。他最恨横征暴敛，盘剥百姓。他常教诲部属要珍惜民力，曾自制许多木盏为餐具发给同僚，提醒一粒一粟都来自土地，勿忘农本。现在纪念馆里还存有他当年发布的一张《禁革私派以苏民困》告示，全文如下：

为禁革私派以苏民困事：照得地方一应公务私派，久经奉旨严禁，各宪屡行通饬，不啻至再，谅全县绅民所素闻也。今本县忝篆伊始，访得合县里书尚有代派名目，则从前奸胥瞒官，私行科敛，不问可知。查荒沙碱卤之地，频年以来，水旱荐至，民不聊生。正供尚难完纳，何堪额外征求？本县既宰夏邑，即当为民兴利除害，方不愧此职守。岂肯目击穷民之膏血，任奸胥蠹吏之吮吸乎？除现在差拿严究，并将里书代派名目各等尽行革除。押令一体当差，合亟出示晓喻。为此，示仰合县人民知悉。嗣后，尔民正项钱粮，务须及早完纳。官免追比之烦，民鲜差扰之累。如本名下之钱粮完纳之外，尚有奸蠹仍向尔等多派分文者，许被害之人即行首告。定将私派之奸蠹立毙杖下，断不姑宽。本县素性耿介，焉肯容留蠹蠹贻害良民？凡在官民役，各宜猛省自爱，如有所犯，必行惩究，勿谓本县言之不早也。

凛之，凛之，毋违。特示！

我们现在读这个告示，还能感受到他的凛然正气，其对百姓何等同情，对那些贪官恨之入骨，字里行间，拍案叫骂。百姓正供交纳已够困难，你还忍心额外加派吗？既派我来这里为官，就要无愧职守惩恶扬善。以后若有手下人员，借机向百姓摊派，都可在第一时间告发，我就把他打死在乱棍之下。可不要说我没有提前告诉你们啊。治国先治吏，他正是抓住了这个要害，先整肃纲纪，清理干部队伍，深得百姓的拥护。清中期是夏津县历史上桑树增加最多的时期，县志载“援木可攀行二十余里”，一片绿荫，郁郁葱葱。说是桑树之荫，其实是为政者给百姓带来的福荫。

朱国祥在任六年，到清康熙十九年（1680）调升离任。万人空巷，顶香案送行。本县乡绅联名请求朝廷准他留任。留任不成，当地百姓就为他建了一座生祠来纪念。在封建社会建生祠是民间对好官的最高褒奖了。更奇的是，到清嘉庆八年（1803）时，老百姓又为他再建祠堂。这时距他离任已过了一百二十多年。晚清时局混乱，朱国祥的祠堂渐废，到民国时期，1913 年，当地百姓又为他三建祠堂。旧县志中对好官多有记载，但二百三十多年间为一个县级小官三建祠堂可能绝无仅有，可见百姓对他惠民政策和爱民形象的深深怀念。旧衙门的大堂上常有四个大字：明镜高悬。清一代夏津共有县官九十三任，唯朱国祥如皓月在天，永远活在这一片苍茫的古桑林之上，活在人民的心里。

黄河万年流淌，桑林千年不老。感谢联合国粮农组织终于发现了它的文化存在。什么是文化，就是人类创造的物质财富和精神财富的总和。什么是人文森林，就是记录、保存有人的物质活动与精神活动的森林。人文森林愈老，它所积淀的文化就愈深厚，这有点像考古学上说的文化层。并不是所有的森林都有文化，事实上许多森林都是自然态森林。恩格斯说："劳动和自然界在一起它才是一切财富的源泉。自然界为劳动提供材料，劳动把材料转变为财富。"伟大的黄河，中华民族的母亲河，给我们提供了自然界的黄土——最充分的劳动材料；勤劳的祖先又对故道里的黄土进行耕作加工，创造了物质财富及与之相应的精神财富。这就是夏津古桑林里所珍藏的重要文化遗产。

《人民日报》2019 年 6 月 24 日，原题《夏津，有片古桑林》

慢慢吞食着沙漠的绿树

我停下脚来重新打量这个绿岛，它由南而北，尖尖地伸进沙漠中来，像一支绿色的箭，带着生命世界的信息，带着人们征服荒原的意志，来向这块土地下战表了。

从戈壁新城石河子出发，汽车像船行海上一样颠簸了三个小时，我登上了一个叫丰收岭的地方。这已经到了有名的通古特大沙漠的边缘。举目望去，沙丘一个接着一个，黄浪滚滚，一直涌向天边。没有一点绿色，没有一点声音，不见一个生命。我想起瑞典著名探险家斯文·赫定在我国新疆沙漠里说过的一句话："这里只差一块墓碑了。"好一个死寂的海。再往前跨一步，大约就要进入另一个世界。一刹那，我突然感到生命的宝贵，感到我们这个世界的可爱。

我不由回过身来，沙枣、杨、榆、柳，筑起一条莽莽的林带。透过绿墙的缝隙，后面是方格的农田，红的高粱、黄的玉米、白的棉花，正仰着笑脸准备登场。这大概就是丰收岭名字的由来。起风了，风从沙漠那边来。那苍劲的沙枣，挺起古铜色的躯干，挥动厚重的叶片；那伟岸的白杨，拔地而起，在云空里傲视着远处的尘烟；繁茂的榆、柳拥在白杨身下，提起她们的裙裾，笑迎着扑面的风沙。绿浪澎湃，涛声滚滚，绿色就在我的身后，我不觉胆壮起来。绿色在原始森林里，叫人恐惧；在无边的大海上，让人寂寞；在茫茫的草原上，使人孤独。而现在，沙海边的这一点绿色啊，使人振奋，给人安慰，给人勇气，只有在此时此地，我才真正懂得，绿色就是生命。现在，这许多的绿树，连同她们的根须所紧抱着的泥沙，泥沙上覆盖着的荆棘、小草，已勇敢地深入到沙海中来，形成一个尖圆形的半岛。

我沿半岛的边缘走着，想到最前面去看看那绿色和黄沙的搏斗。前面杨、榆、柳那类将帅之木已经没有，只派了些与风沙勇敢肉搏着的尖兵。她们是红柳、梭梭树、沙拐枣、沙打子旺等灌木，一簇簇，一行行。要论容貌，她们并不秀气，也不水灵，干发红，叶发灰，而且稀疏的枝叶也不能尽遮脚下的黄沙。但这是一个伟大的群体，方圆几百亩，我抬头望去，一片朦胧的新绿，正是“沙间绿意薄如雾，树色遥看近却无”。这绿雾虽是那样的淡，那样的薄，那样的柔，却是一张神奇的网，她罩住了发狂的沙浪，冲破了这沉沉的死寂。

我沿着人工栽植的灌木林走着，只见一排排的沙土已经跪伏在她们的脚下，看来这些沙子已被俘获多时，沙粒已经开始黏结，上面也有了稀疏的草，有了鸟和兔子的粪，已有了生命的踪迹。治沙站的同志告诉我，前两三年这脚下是流动的沙丘，他们引进这些沙生植物后，沙也就驯服了。梭梭林前涌起的沙梁，虽将头身探起老高，像一匹嘶鸣的烈马，但还是跃不过树丛。那树踩着它的身子往上长，将绿的枝去抽它的背，用绿的叶去遮它的眼，连小草也敢“草假树威”，到它的头上去落籽生根。它终于认输了，气馁了，浑身被染绿了。治沙站的同志又转过身子，指着远处那些高大的防风绿墙说："七八年前，连那些地方也是流沙肆虐之地。"

我停下脚来重新打量这个绿岛，它由南而北，尖尖地伸进沙漠中来，像一支绿色的箭，带着生命世界的信息，带着人们征服荒原的意志，来向这块土地下战表了。沙漠之风吹过来，这个绿岛上涛声滚滚，潮起潮落，像一股冲进荒漠里的绿流，正浸润着黄沙，慢慢地向内渗移。

我联想到，千百年来流水剥去了大地的绿衣，黄河毁了多少田园，挟带着泥沙冲进碧波滔滔的大海。黄色在入海口渐渐蔓延，渐渐推移，于是我国东南方向的海域内竟出现了一片黄海。这是大自然的创造。而现在，人们却让沙海边出现了一座绿岛。这是人的创造，是生命力的胜利。

1984 年 10 月

难忘沙枣

初夏时节，每天上下班，特别是晚饭后、黄昏时，或皓月初升的时候，那沁人的香味便四处蒸起，八方袭来，流溢不绝，让人陶醉。

四十多年了，我总忘不了沙枣。它是农田与沙漠交错地带特有的树种，研究黄河沙地和周边的生态不能不研究沙枣。

记得我刚从北京来到河套时就对沙枣这种树感到奇怪。1968 年冬我大学毕业后分到内蒙古临河县，头一年在大队劳动锻炼。我们住的房子旁是一条公路，路边长着两排很密的灌木丛，也不知道叫什么名字。第二年春天，柳树开始透出了绿色，接着杨树也发出了新叶，但这两排灌木没有一点变化。我想大概早已干死了，也不去管它。

后来不知不觉中这灌木丛发绿了，叶很小，灰绿色，较厚，有刺，并不显眼，我也没十分注意。只是在每天上井台担水时，注意别让它的刺钩着我的袖子。

6 月月初，我们劳动回来，天气很热，大家就在门前空场上吃饭，这时隐隐飘来一种花香。我一下就想起香山脚下夹道的丁香，有一种清香醉人的感受。但我知道这里是没有丁香树的。到晚上，月照窗纸，更是香浸草屋满地霜。当时很不解其因。

第二天傍晚我又去担水，照旧注意别让它的刺刺着胳膊，啊，原来香味是从这里发出的。真想不到这么不起眼的树丛竟发出这么醉人的香味。问了当地人，才知道这是沙枣。从此，我开始注意它。

认识的深化还是第二年春天。4 月下旬我参加了一期党校学习班。党校院里有很大的一片沙枣林，房前屋后也都是沙枣树。学习直到 6 月 9 日才结束。这段时间正是沙枣发芽抽叶、开花吐香的时期。我仔细地观察了它的全过程。

沙枣，首先是它的外表极不惹人注意，叶虽绿但不是葱绿，而是灰绿；花虽黄，但不是深黄、金黄，而是淡黄；个头很小，连一般梅花的一个花瓣大都没有。它的幼枝冬天灰色，发干，春天灰绿，其粗干却无论冬夏都是古铜色。总之，色彩是极不鲜艳引人的。但是它散发出极浓的香味。我一下想到鲁迅说过的，牛吃进去的是草，挤出来的是奶。它就这样悄悄地为人送着暗香。当时曾写了一首小词记录了自己的感受：

干枝有刺，
叶小花开迟。
沙埋根，风打枝，
却将暗香袭人急。

1972 年秋天，我已调到报社，到杭锦后旗的太荣大队去采访，又一次看到了沙枣的壮观。

这个大队紧靠乌兰布赫大沙漠，为了防止风沙的侵蚀，大队专门成立了一个林业队，造林围沙。十几年来，他们沿着沙漠的边缘造起了一条二十多里长的沙枣林带，沙枣林带的后面又是柳、杨、榆等其他树的林带，再后才是果木和农田。我去时已是秋后阴历十月了。沙枣已经开始落叶，只有那些没有被风刮落的果实还稀疏地缀在树上，有的鲜红鲜红，有的还没有变过色来，仍是原来的青绿，形状也有滚圆的和椭圆的两种。我们摘了一些吃，面而涩，倒也有它自己的味道。当地人把它打下来当饲料喂猪。在这里，我才第一次认识到了它的实用价值。

首先，长长的沙枣林带锁住了咆哮的黄沙。你看那浩浩的沙海波涛起伏，但一到沙枣林前就止步不前了。沙浪先是凶猛地冲到树前，打在树干上，但是它立即被撞个粉碎，又被风卷回去几尺远，这样，在树带下就形成了一个几尺宽的无沙通道，像有一个无形的磁场挡着，沙总是不能越过。而高大的沙枣树带着一种威慑力量巍然屹立在沙海边上，迎着风发出豪壮的呼叫。沙枣树能防风治沙，这是它最大的用处。

沙枣树有顽强的生命力。一是抗旱力强，无论怎样干旱，只要插下苗子，就会茁壮生长，虽不水嫩可爱，但顽强不死，直到长大。二是能自卫，它的枝条上长着尖尖的刺，动物不能伤它，人也不能随便攀折它，正因为这点，沙枣林还常被用来在房前屋后当围墙，栽在院子里护院，在地边护田。三是它能抗盐碱，它的根扎在白色的盐碱土里，枝却那样红，叶却那样绿，我想大概正是从地下吸入了白色的盐碱才成就了这红色的枝和绿色的叶吧。因为有这些特点，它在严酷的环境里照样能茁壮地生长。

过去我以为沙枣是灌木，在这里我才发现沙枣是乔木，它可以长得很高大。那沙海前的林带，就像巨人挽手站成的队列，那古铜色的粗干多么像男人健康的臂膀。我采访的林业队长是一个近六十岁的老人，二十多年来一直在栽树。花白的头发，脸上深而密的皱纹，古铜色的脸膛，粗大的双手，他就像一株成年的沙枣，年年月月在这里和风沙作战，保护着千万顷的庄稼不受风沙之害。质朴、顽强、吃苦耐劳，这些可贵的品质就通过他那双满是老茧的手在育苗时注入沙枣秧，通过他那双深沉的眼睛在期待中注入沙枣那红色的树干。

不是人像沙枣，而是沙枣像人。

隔过年，端午节时，我到离沙地稍远一点的一个村子里采访。这个地方几乎家家房前屋后都是沙枣，就像成都平原上一丛竹林一户人家。过去我以为沙枣总是临沙傍碱而居，其叶总是小而灰，色调总是暗而旧。但在这里，沙枣依水而长，一片葱绿，最大一片叶子居然有一指之长，是我过去看到的三倍之大。清风摇曳，碧光闪烁，居然也不亚于婀娜的杨柳，加上它特有的香味，使人心旷神怡。沙枣，原来也是很秀气的。它也能给人以美，能上能下，能文能武，能防沙，能抗暴，也能依水梳妆，绕檐护荫，接天蔽日，迎风散香。多美的沙枣！

那年冬季，我移居到县城中学来住。这个校园其实就是一个沙枣园。一进校门，大道两旁便是密密的沙枣林。初夏时节，每天上下班，特别是晚饭后、黄昏时，或皓月初升的时候，那沁人的香味便四处蒸起，八方袭来，流溢不绝，让人陶醉。这时，我就感到万物都融化在这清香中，充盈于宇宙间。

宋人咏梅有一名句："暗香浮动月黄昏。"其实，这句移来写沙枣何尝不可？这浮动着的暗香是整个初夏河套平原的标志。沙枣飘香过后，接着而来的就是八百里平原上仲夏的麦香、初秋的菜香、仲秋的玉米香和晚秋糖菜的甜香。

沙枣花香，香飘八方，四十多年了还一直飘在我的心里。

《光明日报》2016 年 4 月 15 日，原题《沙枣》

一苗树

外来的人站在沙丘上，手搭凉棚四处一望，直到天边也就只能看到这么一点绿。别看只这么一点绿，它点燃了不知多少远行人生的希望。

没有在沙漠里生活过的人，不知道绿色就是生命的希望。

世界排行第九的库布其大沙漠浩瀚无垠。沙漠中的达拉特旗(县）如海中一叶，官井村就是这叶上的一痕。但只这一痕，就有一百六十一平方公里。四十年前这里曾是飞沙走石一片混沌。村民的住房一律门朝里开，如果向外，早晨起来沙拥半门高，你根本推不开门，人将被堵在屋子里。村里所有的院子都没有院墙，如有墙，一夜狂风满院沙，墙有多高沙有多深。苏东坡形容月光下的院子，竹柏交影，如积水空明。而风沙过后的院子，沙与墙平，月照明沙静无声。我曾有在沙漠边生活的经历，风起时要么帽檐朝后戴，要么走路要倒行。就是进了村也分不清房子、行人。过去像达旗这样的地方，不用说庄稼难有收成，风沙起时，人们赶车出门，就如船在海里遇到台风，车仰马翻，淹没沙海。平时小孩子出门玩耍，也有被风卷沙埋而失踪的。人在这样的地方怎么生存？乡民渐渐逃亡殆尽。

村里有个汉子名高林树，一个名字中有三个木，也该他命中有树。全家人实在过不下去了，就逃到三十里开外的一处低沙壕处。一次赶车外出他向人家要了一棵柳树苗，就势插在沙窝子里。借着低处的一点水汽，这树竟奇迹般地成活了。一年，两年，三年，五年，柳树长到一房高。外来的人站在沙丘上，手搭凉棚四处一望，直到天边也就只能看到这么一点绿。别看只这么一点绿，它点燃了不知多少远行人生的希望。能在这树荫下、沙壕里，喝口水，喘喘气，比空中加油还宝贵。这是茫茫沙海中的唯一坐标，这里就称为“一苗树壕”。时间一长这个地名就传开了。民间口语真是传神，不说“一棵”而说“一苗”，那风中的弱柳就如一苗小草，在无边沙海中无助地挣扎。但这苗绿色的生命启发了高老汉，他想有一就有十，就有百，栽树成瘾，几近发狂。凡外出碰到合适的树苗，不管是买还是要，总要弄一点回来。平时低头走路捡树籽，雨后到低洼处寻树苗。功夫不负有心人，渐渐这条老沙壕染上了一层新绿。有了树就有了草，草下的土也有了点潮气。1990 年，当地人永远记住了这个年份。高林树在树荫下试种了一片籽麻，当年卖油料竟得了一万两千元。那年头，国家兴起改革，允许有人先富，一个万元户在城里也是让人眼热心跳的，更不用说在寸草不生的沙窝子里淘出这么大一个宝。远近的村民纷纷效仿，进壕栽树，种树种草种庄稼。光阴似箭，日月如梭，一晃过去快三十年。三十年后是什么样子呢？

2018 年 8 月月底，塞上暑气初消，秋风乍起，我有缘来造访这个远近闻名的一苗树壕官井村。高老汉已八十多岁，不再见客。

村委会主任和老人的二儿子领我登上全村最高处，天高云淡，浩浩乎绿盖四野。一物降一物，原来这沙子也有能制服它的宝贝。杨、榆、柳等高大的乔木如巨人托天，而柠条、沙柳、花棒、苜蓿等灌草则铺开一张硕大的地毯。正是羊柴、柠条的开花季节，那红白相间的小花朵，就如小姑娘身上的碎花衣裳。羊最爱吃的沙打旺草，挺着一条圆滚滚的绛紫色花棒，如孩子的小手举着一大块巧克力。黄沙早已被逼到遥远的天边，成了绿洲上的一条金色项链。这时一丝风也没有，天地静得出奇。黑黝黝的玉米地密不透风，十里八里地绵延开去，浓得化不开。眼前这一百六十平方公里的土地早已不是一苗树、一点绿了。村委会主任自豪地说，这一带壕里产的沙柳苗抗旱、抗虫，成活率高，全国凡有沙漠的地方都用我们的苗。我们现在是拿“万”字来说话了。现有沙柳苗基地七万六千亩，林地十六万六千亩，还有一万亩甘草、一万亩土豆、一万亩苜蓿、一万头奶牛……全村人均年收入两万元。我听着他不停地“万”着，笑道：“你现在已算不清，有多少万个‘一苗树’了。”

他又指着远处的沙丘说，生态平衡，这沙漠也不敢全治完，留一点在那里可以储存水分，发展旅游，也好让下一代知道过去这里曾是什么样子。

我问高老汉的儿子，你爹当年栽的那“一苗树”呢？他说，早已长到两抱粗，那年我哥结婚，砍倒做了家具。我说那是个标志，砍了多可惜。他说，要是知道现在有这么多人来参观，肯定不会砍的。不过事后又补栽了一棵。我就急切地跟他去看，这是一棵榆树，也快有两抱粗了，枝叶如盖，浓荫覆地。榆树是个好树种，木硬枝柔，抗风耐旱，特别是到春天时榆钱满树，风吹四方，落地生根，子子孙孙繁衍不息。我说，这树上一定要挂个牌子——一苗树，让人们不要忘记当年那百里沙海中的一点绿。

世界第九大沙漠的变绿，原来是从这一苗树开始的。

《人民日报》2019年1月14日，原题《沙海一苗树》

树殇、树香与树缘

晨起推开窗户，芭蕉叶子就伸到你的面前，有一张单人床那么大，厚绿的叶面滚动着水珠，像一面镜子，又像一面大旗。

“殇”字在字典里的解释是：没有到成年就死去。就是说，是非正常死亡；又指战死者，牺牲的人。屈原有一篇名作就叫《国殇》，歌颂、悼念为国捐躯的战士。我这次海南之行，却意外地碰见两棵非正常死亡的珍稀树，由此引起一连串的故事。

2015 年 11 月月底，北京寒流骤至，降下第一场冬雪，接着就是有史以来最严重的雾霾，媒体大呼测量仪“爆表”。行人出门捂口罩，白日行车要开灯。就在这样的日子里，我们恰好在海南开一个生态方面的会议，逃过了北京雾霾之一劫。晨起推开窗户，芭蕉叶子就伸到你的面前，有一张单人床那么大，厚绿的叶面滚动着水珠，像一面镜子，又像一面大旗。我忽然想起古人说的蕉叶题诗，这么大的叶子，何止题诗，简直可以泼墨作画了。又记起李清照的芭蕉词："窗前谁种芭蕉树？阴满中庭，阴满中庭，叶叶心心，舒卷有余情。"三亚市处北纬十八度，正是亚热带与热带之交，这里的植物无不现出能量的饱满与过剩。椰子、槟榔、枇杷通体光溜溜的，有三层楼那么高，一出土就往天上钻，直到树顶才伸出几片叶子，扫着蓝天。树上常年挂着青色的果实。我们走过树下，当地农民熟练地赤脚爬上树梢，用脚踩下几个篮球大的椰子。我喝着清凉的椰子水，想着此刻北京正被雾锁霾埋的同胞，心生惭愧，有一种不能共患难的负罪感。路边的波萝蜜树更奇，金黄色的袋形果子不是长在叶下或细枝上，而是直接挂在粗壮的主干上，有的悬在半腰，有的离地只有几寸，像一群正在捉迷藏的孩子。北方秀气一点的人家常会养一盆名"滴水观音"的绿植，摆在客厅里引以为豪。而这里满山都是"观音"，一片叶子就有一人多高，两臂之宽。我背靠绿叶照了一张相，那才叫自豪呢——你就是一个国王，身后是高高的绿色仪仗。她在这里也不用"滴水观音"这个娇滴滴的名字，当地人就直呼为"海芋"。还有一种旅人蕉，一人多高的叶管里永远贮满了水，旅行的人随时可以取用。虽是冬季，也误不了花的怒放，仍是一个五彩的世界。红色、紫色、雪青色的三角梅在路两旁编成密密的花墙。大叶朱蕉一身朱红，教你分不清是花朵还是叶子。三层楼高的火焰树在各种厚重浓绿的草树簇拥下，向天空喷吐着红色的火焰。

我看着这些美景激动不已，激动之余又是忌妒。我身在曹营心在汉，一花一叶都牵动我的北方神经，联想到此刻北京的雾霾，想起我那些可怜的北方同胞。我想起二十年前一个真实的故事。西北某省一个干部，第一次走出家乡来到深圳（他还没有像我这样过海上岛呢），大呼南方原来是这样的啊！一跺脚，永不再回自己的家乡。我们且不要骂他背叛，生态，生态，生存之态，谁不想生存在一个好的状态下呢？

正当我忌妒上苍对这里的垂青，羡慕他们的幸运时，一件事让我心境陡转。开完了会，我脱离了大部队，开始了自己一个人的寻树之旅，希望能找到一棵有亚热带特点，负载有海南人文历史的古树，好收入我的“人文古树”系列。午饭前我来到陵水县，说明来意。县委麦书记说：“我刚来两个月，还不熟悉乡情。不知有没有你要找的树。但两个小时前，这里非法砍倒了两棵大腰果树，我正为这事生气。”说着，他打开手机，给我看砍树现场，还有他当时发出的工作微信指令：“速到现场，立即查办！”我说：“为什么要砍？”“借口清理卫生，整理村容。”腰果，漆树科，原产巴西南纬十度以内地区。它的果实，我只在超市售卖的小包装食品里见到过，而且大都标明是进口食品。至于腰果树，我走遍祖国南北，甚至别的许多国家，到现在也没能见过是什么样。我苦苦寻找的人文古树还没有找到，却碰到两棵被随意腰斩的稀有腰果树。连日来我对海岛的美丽印象，顿时成了一堆破碎的泡沫。翠绿的芭蕉叶、鲜艳的火焰花后面竟然藏着锋利的刀斧。有朋自远方来，碰到这种事，不亦尴尬乎？这顿饭谁都吃得不是滋味。饭后，我提议再到现场看一下，因下午要赶火车去海口，放下筷子便急急上路。大约一个小时的车程，路两边仍然是椰子、芭蕉、三角梅，但我的心头已一片冰凉。

这个地方叫高土村，村口的路边横躺着两棵刚被放倒的大树，像两个受伤倒地的壮汉。我验了一下伤口，是先被锯子锯，快断时又一推而倒的，断处还连着撕裂的树皮，似乎还能听到它痛苦的呼喊。树梢被甩到远处的一个水塘旁，树身约有两房之高。同来的林业厅王副厅长大呼：“哎呀，这两棵稀有的腰果树是 20 世纪国家为扭转油料短缺状况，从巴西引进的，算来至少有三四十年了。”我蹲下身来，用手轻轻抚摸着断茬，还有一点湿气，并散发出淡淡的木香。那一圈圈的年轮，像是在诉说它成长的艰难，和十几个小时前的厄运。它从南纬十度横跨赤道，来到北纬十八度；从美洲远涉重洋来到亚洲。它是我们请来的客人，它负有传递新的生命，传播地域文化，输送资源，改善生态的使命。它在这块陌生的土地上好不容易扎下了根生活了几十年，已习惯了这里的阳光，这里的雨水，像一个远嫁他乡，皮肤黝黑，牙齿雪白的巴西女郎，正惊喜地打量着自己的新居，突然五雷轰顶，天旋地转，灾难从天而降。我悲从心来，一阵恐惧。回头打量了一下周边的环境，光天化日，并不像杀人越货的野猪林。村民也不知道什么叫森林法，只是木木地说，这树没有什么用，所以就砍掉了。就在几十米开外的地方有一处温泉，水面上飘着一团团的热气，衬着蕉叶、椰林，婷婷袅袅，宛若仙境。我上前用手试了一下水温，足有九十摄氏度，游人常在这里煮鸡蛋吃。而水下的沙子、石粒清晰可见。完了，完了，温泉映月，名木在岸，又一处永远消失了的美景，永远消失了的乡愁！回程的路上，谁也不想说话，车子里一片沉闷。我问王副厅长："一棵腰果树正常寿命有多长？"答曰："因是引进树种，还正在生长之中，它在国外可活到七百岁。"如此算来，这树正当少年。一棵代表着一个时代、一项国策的树就这样瞬间消失了。

第二天上午，我原定在省里有一场关于新闻文化的讲座，主人坚持改为森林文化。我当记者几十年，骨子里却是个林业发烧友，半生爱树，所经历的树事无数，讲座不敢当，讲几个故事还是有的。我说，一个地方，树木的保护不是靠上面的一道命令，要靠当地的文化自觉，应该有三道防线。一是法律，国家意志；二是乡规民约，集体约束；三是民间信仰，自觉践行。我在江西采访曾听到一个杀猪护树的故事。一个村民清明节上坟烧纸时，不小心燃着了集体的树林，村里就按规矩将他家的肥猪杀掉，按照全村的户数，分为若干等份，开村民大会，每户分得一份，并讲明杀猪分肉的原因，以示教育。这是乡规民约，在当地已有几百年的传统。我的家乡，有一座柏树山，山上有东岳大帝黄飞虎的庙，庙中塑有大帝神像，墙上绘着地狱轮回的故事。每年庙会人杂，或林边农人耕田，时有毁树。于是主事者就在庙门上以东岳大帝的口吻刻一对联："伐我林木我无言，要汝性命汝难逃。"以后就再也没有人敢折一枝一叶。这是假神道施教，至今已有上百年的历史，不能简单地断言它是迷信，似乎这是一种敬天悯人的自然信仰。我记不清这天讲座讲了多少个故事，最后说到我的亲历。我大学一毕业就被分配在西北的一个沙漠边缘工作，那里没有几棵树，沙窝里的一点红柳、沙枣、芨芨草、骆驼刺，就能唤起我们发自心底的微笑。早晨学校里的孩子们没有水洗脸，站成一排，老师拿一小碗水，含在口里，顺着孩子的脸喷一遍，各人用手一抹，就算洗了脸。也许你笑他们不文明。但文明要有条件，你砍树却是有了条件丢了文明。那地方没有热带雨林的雨，没有能题诗的芭蕉叶。不要说种树，春天农民种子落地后就仰天望雨。一次省委书记主持常委会，外面突然落下了雨，他甩开会议人众，推开门，在院里大喊："下雨了，下雨了！"也许你们说这样一个高级领导干部不该失态，那是你们不知道什么叫缺水，什么叫干旱，到现在你们也体会不到，就在我们开会的同时，北京的机关职员，长安街上的行人，正在雾霾中无奈地挣扎，你们身在福中不知福，身边有树就砍树。不知道这树是为地球村造氧气调生态的，是为国家保存文化的，是为家乡留一点乡愁的。我承认那天我是有点激动，有点失态。

会后主人为放松情绪，请我去一个香会馆喝茶。香是沉香木的香，茶具桌椅是海南黄花梨，这两件东西都与树有关，都是世界同类中的极品，一克沉香比一克黄金还要贵。而黄花梨是红木家具中的王冠。按照香道流程，主人像新疆人吃大盘鸡那样，将一大盘各种碎块的香料放到桌上，然后用一个特制小刀小心地刮下一点粉末，置于台湾特产的加热杯上，让客人托于鼻下静品其香，数秒后再换一口气。据说在大城市里进一次香吧，要花上万元。主人用一个小显微镜教我们辨识香的真假好坏。好香在镜下显出银子般的细微结晶。这香是一种叫白木香的树因意外所伤，如人砍、虫咬、风折，在特定气候条件下分泌出的一种保护液，经年累月一点点地积累，就像动物体内的名贵药品牛黄、狗宝，像溶洞里的钟乳石，可遇而不可求。世界上最珍贵的是时间，而这沉香与花梨都是时间的凝聚。海南黄花梨又是世界花梨之最，贵在它树心的“格”，一棵树要到三四十年后才开始有“格”，“格”再长到一指之粗约要七十年。人类之残忍，就是摘取“格”，这一块花梨树的心头肉，来制奢侈品的。我在景区的一个商店里看到一根比拇指略粗的海南黄花梨拐杖，价格五万七千八百元。不管“香”也好，“格”也好，都是时光的累积，我们在这里喝茶一杯，闻香几秒，忠诚的树木却要无言地在深山老林中，为我们修行上百年。人们多知品香用木的尊贵，而不知树生于世的艰难，与它对人类的忠诚。人们大谈香文化、红木文化，却忘了树文化、生态文化，舍其源而求其流。

正品着香，喝着茶，有谁说大厅里的电视开了，正直播今天处理砍树事件的新闻。我们一涌而出，只见昨天我去过的现场，两棵卧倒在地的树旁，一群人中有森林警察，有村民，有干部，正一起低头向倒树致哀，然后依法办事，将肇事人带走拘留。接着是一篇电视评论，号召在全岛开展爱树、护树，寻找人文古树的活动。大家一时都高兴地跳了起来，以茶代酒，互相庆贺，几个年轻人还唱起了歌。突然有人提议，我们何不现在就用手机上“面对面建群”的快捷办法，建一个微信群，名字就叫“我们的树”。于是在经历了这几天的树殇之痛后，在树香的氛围中，我们结下了这一段奇特的树缘。回京后，“我们的树”成了一个沟通南北，爱树、护树，寻找人文古树的工作平台。

《人民日报》2015 年 12 月 16 日

那一片幸存的原始林

在原始林中看树，绝不会有人工林的单调，因为有太多的天然元素和无穷的时间，让它可以做出无尽的排列组合，向人们展现出任何艺术家都不可能完成的天工之美。

像一场战争突然结束，2014 年林区宣布了禁伐令。在打扫战场时，人们意外地发现了这个角落还有一片原始林。其令人惊喜的程度不亚于人类忽然登上了一个外星球。

2016 年 6 月 30 日我有缘造访了这片原始林。

早晨 8 时，从黑龙江绥棱县出发，车行两个多小时来到一个叫“鸡爪沟”的地方，这里有一个“五一森林经营所”。我们换上了迷彩服、长筒靴，每人撑一把伞。虽然天正降大雨，我们还是义无反顾地向林地进发。先是沿着一条牛车老路前行，车辙中积了一尺多深的雨水，泥中泡着黑色的牛粪。虽然头上有雨伞挡雨，但路边齐腰深的蒿草挂满水珠，几下就把腰身裤腿刷得湿透。我们踩着稀泥、牛粪，深一脚浅一脚地前进，不一会儿就融入茫茫林海。

人类虽然早已进入现代文明，但总是忘不了找寻原始时代的痕迹。这是因为，一来，它是大自然的原点，可由此研究自然界的进化，包括人类自己；二来，它是人类走出蛮荒的起点，是生命的源头。我们有必要回望一下走过来的路。

判断一个地方是不是够原始，一个简单的办法就是看有没有人的痕迹。从纯自然的角度来说，人的创造是对自然的一种干扰。比如庐山上、西湖边的许多诗词、题刻，在自然女神看来无异于公园里的废纸、烟头。所以旅行家总爱去寻找那些还没有人文污染过的地方。没有人来过，无路；景色第一次示人，无名；前人没有留下诗文，无文。今天我们进入的正是这种“三无”之境。雨打树叶，空谷鸟鸣，小径明灭，时见草虫。

虽是来看原始森林，但先要说一说这里的石头。

石头自然比树更古老，更原始。而且就因为有了这些遍野的石头，才拦住了伐木者的手脚，为我们留下了这片林子。大约亿万年前，这里是大海之底，所以石的分布并无规则，或独立危坐，或双门对峙，或三五相聚，或隔岸呼唤，各具其态。外形也如狮、虎、鹰、犬，各得其妙。好像是上帝在造生物世界之前，先用石头在这里试做了一个草图。

我虽不忍以文字去亵渎自然，但为了叙述的方便，还是不得不给几处奇景暂取一个名字。这一处可名“巨舰出海”，一块酷似军舰的大石，上宽下窄，头尖肚圆，高昂着头，正分开密密的丛林，在绿海中破浪穿行。这巨石睥睨一切，它大声宣布，我就是这里的主人，是这里的保护者。林子之所以还能保持现在这个原始的样子是它们老石家的功劳。还有一处石景，我叫它“双剑问天”。这是两片薄如一纸，却有一楼之高的巨石，像刚出鞘的双剑，不知从何年何月起被插置于此。你看它立于红松白桦之间，剑头向天，直指苍穹。最奇的是这两把平行的大剑，中间只有一拳之隔，其间蓝天一线，白云飞渡，你不能不叹天工之妙。就算是石器时代的遗物，又是何人能打造这样大，这样尖，这样薄，这样成双成对的利剑？又是什么力量能将它直立于此？看着这道细缝，你会想起“白驹过隙”这个词，时间的流逝就像一匹白马从一道缝隙间一跃而过。我拍剑问天，林间何时初有剑，石剑何时共树生？林外岁月林中剑，人自匆匆剑无声。山门外曾有多少次的改朝换代、硝烟战火，还有那响彻云天的伐木声，都被这无声的双剑挡在了门外。

现在要说一说这些在乱石头间争荣竞秀的草木了。在山口处，我看见一棵被放倒的红松，有两抱之粗，应是当年试伐的痕迹。它横躺这里至少也有十年了，整整地压住了一面坡。这个林业局是 1948 年成立的，比中华人民共和国成立还要早。长期砍伐，到 20 世纪 90 年代林场就开始资源枯竭，水土流失。只有这里是个例外，人们叩不动这个山门。红松、冷杉、大青杨、水曲柳、胡桃楸、黄菠萝等参天大树遮蔽着头上的天空，而榛子、山葡萄、山丁子、稠李子、蓝莓等杂灌草盖沟压坡，如毡如毯，人行林中如在科幻影片中。

脚下最值得一说的是蕨类、苔藓这些地被植物。这是整个林区的地毯，是这里所有生命湿润的温床。蕨草每一枝都长着七八片叶，而每个叶片都像一张剪纸或者一件木刻，不求线条的流动，却有刀刻石印般的凝重。况且它与恐龙同一个时代，在这林子里资格最老。这样老的物种却有鲜嫩碧绿的色彩，在幽暗的老林中如一束发光的宝石花。说到苔藓，我小时不知见过多少，不过也就是雨后地上的一层绿毛。而这里的苔藓因环境潮湿土壤肥沃，长成了根根细草，又织成密密一片，人们就叫它苔草。它生在地上、树上、石上，绿染着整个世界，不留一点空白。它小心地包裹着每一根已失去生命的枯木。那些直立的、斜倚的、平躺于地的大小树干，虽然内里已经空朽，但经它一打扮，都仍保持着生命的尊严。绿苔与枯树正在悄然做着生命的转换。而巨石的最高处有一种特别的苔草，据说口含一根即可治愈男人最怕的前列腺炎。而榛子、蓝莓、蘑菇、野葡萄等拥着树根，挂满树枝，伸手可及，你正走在一个童话世界中。

老林子中最美的还是大树，特别是那些与石共生的大树。有一棵树，一棵活着的树，硬是生插在一块整石之上，像一颗刚射入石中的炮弹，光光溜溜的还没有爆炸；又像一枚仰面向天正待发射的火箭，膀粗腰圆，霸气十足。我只看了一眼就被惊呆了，拔不开脚步，时空骤然凝固。这是一棵红松，当初也许是一粒种子，落在石板上，靠着老林中的湿气慢慢地发芽。但它命运不济，一出生就躺在这个光溜溜的石床上。它的毛根向四周探索，拳握住一点点泥尘，然后蛰伏在石面的稍凹处，聚积水分，酝酿能量。松树有这个本事，它的根能分泌一种酸液，一点一点地润湿和软化石块。成语“相濡以沫”是说两条鱼，以沫相濡，求生命的延续。而这棵红松种子却是以它生命的汁液，去濡润一块没有生命的石头，终于感动了顽石，让出了一个小小的空间。它赶紧扎下一条须根，然后继续濡石、挖洞、找缝，周而复始，终于在顽石上树起了一面生命的大纛。现在这棵红松的胸径有四十厘米，不算很粗。但是专家说，它已经有九十年以上的树龄。要是用一台高速摄影机把这首生命进行曲拍下来，再用慢速回放，那该是怎样震撼人心。

如果说刚才的那棵树有男性的阳刚之烈，下面这棵便有女性的阴柔之美。它生在一块窄长的条石上，两条主根只能紧抓着条石的边缘向左右延伸，然后托起中间的树身，全树就成了一个倒“丁”字形，一个标准的体操动作“一字马”，远远看去就像一个女子，正在腾空飞杠或者在平地上下叉。那两条主根是她修长的双腿，树干是她妙曼的身躯，挺胸拔背，平视前方。这是我第一次看到一棵树的根与干长得一般的粗细，一样的匀称，一样的美丽。在南方热带雨林中我见过如乱麻般的气根；在华北平原上，我见过老槐树下块状的疙瘩根；却从来还没有见过这样决绝而又从容，在条石上匍匐而行的松树根。已分不清，这是树贴在石上的根，还是石上鼓起的一道棱。我怀疑它们的分子早已相互渗透，相混相融。这树身里分明已经注入石质的坚硬，却又画出这样柔美的弧线，好一个"幽谷美人"。

在这片原始森林中，几乎每一棵参天巨木，都是这样惊心动魄，有声有色，又悄然不惊地活着。它们或抓住一块圆石，如老鹰抓小鸡一般，用利爪紧紧地箍住它；或用大片的根包紧一块方石，就像用包袱皮裹东西一样整整齐齐。有时还会故意露出一小块石面，像是开了一扇小窗。总之，树先用根俘获一块石，然后就顽强地向上生长。在原始林中看树，绝不会有人工林的单调，因为有太多的天然元素和无穷的时间，让它可以做出无尽的排列组合，向人们展现出任何艺术家都不可能完成的天工之美。这些树到底在做着什么样的追求？达尔文说："生物有一种内在的倾向，它在朝着进步和更完善的方向发展。"生命这个东西总是在拼搏、砥砺、奋斗中才能擦出火花，才能体现它的价值。其实我们人类，也在时时追求这种完善。

在林中穿行了约三个小时，雨停了，阳光穿过红松、冷杉和大青杨的枝条，洒在湿漉漉的草地上，幻化出奇幻无穷的美。我们就这样在绿色的时间隧道里穿行，见证了大自然是如何在一片顽石上孕育出了生命。它先以苔草、蕨类铺床，再以灌木蓄水遮风，孵化出高大的乔木林，就成了动物直至我们人类的摇篮。这时再回看那艘石头巨舰，是泰坦尼克号？是哥伦布的船？还是郑和下西洋时的遗物？都不是。它沉静地停在这里，是特别要告诉我们，假如没有人的干扰，地球是什么样子，大自然是什么样子，我们曾经的家是什么样子。

恩格斯说，人类对自然界的每一次胜利，都会得到报复。相反，当年我们接受了这片原始林的存在，它就给了我们友好的回报。这是一面大镜子，可以照出人类文明的进程。

我下山时，看见沿途正在修复早年林区运木材的小火车路，不为伐木，是准备开发原始森林游。

《人民日报》2016 年 10 月 12 日

霸王岭上听猿啼

这时林中阳光闪烁，溪水明灭，猿声迢递，已不辨是我们穿越时空回到了远古，还是那猿的啼鸣穿越万年到了如今。

猿，这种灵长类的动物，离我们人类最近又最远。生物在漫长的进化过程中，由水里的鱼变成陆上的虫、鸟、兽，最后变成两腿可直立的猿，又一咬牙，打了个哆嗦就变成了人。猿离我们最近。但现实生活中它又离我们最远。我们在野外，在动物园，在电视上的《动物世界》里，常可以见到狮、虎、象、蛇，但几乎没有见过猿。就是在文字记录、文学作品中也少有猿的描述。中国读书人能够记得起的也就是李白的诗句“两岸猿声啼不住，轻舟已过万重山”，这是一千三百年前的事情了。再就是郦道元的《三峡》：“每至晴初霜旦，林寒涧肃，常有高猿长啸，属引凄异，空谷传响，哀转久绝。故渔者歌曰：‘巴东三峡巫峡长，猿鸣三声泪沾裳！’”更是一千五百年前的事了。之后便少见猿影，更无闻其声。

2016年1月的一天，北京已是天寒地冻，我正在一个暖融融的会议室里开会，突然手机响起，是从海南打来的，一个很兴奋的声音，是省林业厅王副厅长。他也不顾我是否方便接听就大声说："你不是要看树吗？有一个科考机会，我带你进原始森林，顺便还可以看海南长臂猿。要知道，全世界也就只有我们这里还有这个物种了，总共也不过几十只，比大熊猫还珍贵。明天就买票飞过来。"我赶紧压低声音答应着，一边溜出会议室。他还在不停地说，像是战场上发现了新情况，紧急呼叫。我看着窗外结冰的湖面，听着呼啸的北风说："这个季节出什么差呀！"他说："冬季的热带雨林很好看，海南长臂猿更难得一见，全世界在野外见过它的不过数十人，听过它鸣叫的也不过一百人，你要能来就是第一百零一人。再说，你从北到南等于又过了一次夏天。"我挡不住他的诱惑，第二天直飞海南，当晚就摸黑上了霸王岭自然保护区。翌日晨，我们在一棵大杧果树下吃过早点，便向大山深处进发了。

长臂猿的保护与研究是一个很专业的话题，同行的有两个重要人物来做我们的顾问。一个是这里的第一代长臂猿野外观察员陈庆，他的父亲是伐木工人，陈庆出生在林区，保护区一成立他就来了。长臂猿的习性是常年生活在树上，在八九十米高的树梢间，用它的长臂如荡秋千似的悠来荡去。每天要飞过一千棵以上的树，采食一百三十多种果。老陈来林区已五十多年，从未见过长臂猿下地行走。所以我们对狮子、老虎等猛兽可以捕获，并给它戴上无线电项圈追踪研究，而对长臂猿却很难无害捕获，更不用说戴项圈了。还因为它已经有了一双和人类差不多的灵巧的手。唯一的办法就是同步跟踪观察。长臂猿每天早晨5点就开始啼鸣，公的叫，母的和，这是在求爱和宣示领地。所以他们就每天"闻猿起舞"。原始森林里哪有路？你想，猿在树梢上飞，他们在下面追，慌不择路，藤缠树拦，跌倒爬起，皮肉受伤是很平常的事。有一次，连续一周没有听到猿的叫声，一天清早，忽啼声起。老陈喜极，冲出窝棚就追，被野藤一绊，滚进沟里，小腿骨折。他忍痛爬了两个多小时，拦了一辆拉木头的车下山，住院两个多月。

还有一位顾问是香港嘉道理集团的陈博士。嘉道理家族于20世纪30年代落户上海，后又迁驻香港，长期资助农业和生态方面的科研。陈博士是研究猿的专家，在香港工作，父母是港府官员，家有一双可爱的女儿，他却一年有一百五十天左右住在霸王岭上的老林中。本来他昨天要走，听说今天我要来就推迟了一天。我问："你现在的研究课题是什么？"他说："抢救猿，要先抢救树。现在主要研究猿的食用树种，育苗繁殖，恢复原生态。同时，为减少保护区原住民对林子的破坏，也研究能为山民致富的替代经济作物。"陈博士四十来岁，方脸阔肩，浓眉大眼，是个帅哥。我说："你衣食无忧，不在香港与家人厮守，来这里钻林子干什么？"他笑了笑，反问我："那你，大冬天从北京跑来干什么？"车里"哄"地发出一阵快乐的笑声。这时我突然意识到，这个世界上还是有那么一部分人在为李白、郦道元的猿操心。陈博士边走边指点着窗外，哪处曾经破坏过，哪片是新恢复的林子，如数家珍。近年来他们已在一百五十公顷范围内种植了五十一种、八万多棵长臂猿喜食树种。

车子上到半山腰，再往前就没有路了，大家下车步行。没有进过热带原始林的真不知道它的奥妙。我的第一感觉是品种繁多，眼花缭乱。在大自然面前瞬间感到自己是多么无知。刚进山时还有松、樟、榕等能叫得上名字的树，再走就一个也不认得了。只有好奇于它的形，吃惊于它的叶和果。有一棵树，远看亭亭玉立，近看却浑身长满了扁平的刺，像一个冷美人，真可谓"远观而不可亵玩"。请教老陈，说名叫"簕棁（lè dǎng）树"。还有蜈蚣藤，贴着树往上爬，简直就是一条几米长的大蜈蚣。扁担藤，比扁担还要宽，挂于两树间，你躺上去就是一个吊床。林中多大树，动辄高一百多米。树高易倒，于是就进化出特有的板状根。每一棵树都在不同方向长出几块酷似直角三角板的根。我立于板根中间，高可齐顶，平如墙壁，以手叩之砰然有声，这是根吗？如果切割下来，就是一张桌子、一块床板。但它的确是根，是这棵树的立身之本、生命之源。它利用最合理的力学原理托起了一株参天巨木，大自然真是玄机无穷。于是人们创立了一门“仿生学”，你看高压线铁塔、埃菲尔铁塔就用的这“板根”原理，而飞机的机翼是鸟翅的仿造。人类永远在解读自然、学习自然，却不可能跳出自然，就像不能抓住自己的头发离开地面。

在林中的第二个感悟是生命的竞争。平常看《动物世界》，弱肉强食，不想这里也是你死我活。最典型的是藤与树的较量。树为了争取阳光就拼命地往高长。藤子虽软得不能自立却会爬上树，站到巨人的肩膀上去晒太阳。这对冤家在林中，一刚一柔，一直一曲，构成了一幅相争相依、相映成趣的图画。有的藤子一圈一圈，上到层楼，惊呼天凉好个秋。有的爬到半腰就被风吹落下来，闲抛乱掷，一团乱麻满地愁。藤树相争一般是藤子占上风。你在林子里经常会看到一根老藤凭空而降，悠闲自在，十分潇洒，其实这是一个笑面杀手，刚刚杀死了一棵大树。它先缠住了树，然后一扣一扣地往紧收，树就慢慢地窒息而死，朽木倒地去，树去藤还在。这就是热带雨林中常见的“绞杀”现象。也有树反过来吃掉藤子的，但这是极少的意外。有一棵碗口粗的树引起我的注意，树皮起伏，显出均匀的绳纹凸凹，颜色灰绿相间，有如军人身上的迷彩服。当初曾有一根藤子沿着它一圈一圈地往上爬，或许是因为亲吻过狠，勒破了树皮。树的伤口就分泌出汁液，一点一点地将藤子包裹起来，终成此奇观。白居易说“在地愿为连理枝”，现在它们“在林竟成连理躯”。歌剧《刘三姐》里唱道“山中只有藤缠树，世上哪有树缠藤”，而今天我在霸王岭上的原始森林中，竟发现了这树裹藤的惊人一幕。我以手抚树，想这迷彩服下该藏着怎样的爱恨情仇。这就是达尔文说的适者生存，自然选择。汉语很妙，翻译成“物竞天择”。万物相争，自有老天爷来当裁判。

正当我痴迷于这原始林的丰富变幻时，忽然老陈压低嗓子喊了一声：“有猿叫！”五六个人顿时停下脚步，停下手里的一切动作，一起像被施了魔法一样定格在丛林中。大家伸长脖子，竖起耳朵，捕捉那早已被历史和自然遗忘了的声音，只听“嘘——”，一声长鸣越过树梢，接着远处也回应了一声。我们极其兴奋，放轻脚步加快速度，同时又将全部注意力都集中在耳朵上，打捞着那飘忽不定的来自远古的回声。猿的啼声类似鸟类，尖细悠长，划空而过，穿透力极强，而且总是雌雄相答，一呼一应。这时林中阳光闪烁，溪水明灭，猿声迢递，已不辨是我们穿越时空回到了远古，还是那猿的啼鸣穿越万年到了如今。

中午过后，我们到达一个叫葵叶岗的观察点，这是此行的终点。山坡上有一座水泥框架的小房子，门上挂着一块铁牌，上书：“海南霸王岭国家级自然保护区与香港嘉道理农场暨植物园，为携手拯救极度濒危的海南长臂猿，于2004年成立本保护监测点，为海南长臂猿做长期定点、野外检测和研究之用。”里面四壁空空，只一个木板大通铺。这是第二代长臂猿观察点，虽已经取代了过去的草窝棚，但仍然十分简陋，可以想见，除了不能上树，会用火，他们的生活状态与猿相差无几。原始林中还有这样一批人，我不觉肃然起敬。三个年轻人，正在溪水旁舀水洗菜，埋锅造饭。他们是去年刚分来的大学生，来自东北林学院和中南林学院，算是第三代野外观察员了。

因为连续爬山，我们一个个都累得大汗淋漓，口渴腿软。每个人随意找了一节木头，围着一张大石桌坐下，边吃饭边议论着刚才长臂猿的啼鸣。老王说："你还是来对了，亲耳听到了猿的叫声，这是原始森林给你的最高礼遇。许多人多次上山也没有听到过一次，今天你可以被授予第一百零一位听猿人称号了。"大家听了哈哈大笑，身上顿时轻松了许多。

我抬头打量着周围的地形，这是走到尽头的一个小山谷，大约有一个篮球场的大小，三面群峰遮天，一面水流而去。山坡上满是参天巨木和一些密密麻麻的小树，都是我没有见过的，全是长臂猿的食源植物。我一棵一棵地请教着树名，赶紧记在本子上并画了草图。正面坡上是桄榔、白背厚壳桂、海南暗椤、海南肖榄，左边是红椤、肉食树、黄榄、白颜，右边是乌榄、红花天料、野荔枝、海南山龙。只听这些奇怪的树名，就知道我们已经远离尘世，回到了洪荒时代。我随手指着身边一棵树问这叫什么。老陈说："凸脉榕。"榕树我当然是见过的，有大叶榕、小叶榕，还有气根，这棵怎么不像呢？他说："我教你，凡榕科，叶片背后都有三条脉络。"真是万物都有其理。鲁迅说第一个吃螃蟹的人最勇敢，我佩服那第一个进原始森林的人，第一个识别生物的分类学家，不知当初他们是怎样拓荒前进的。老陈边说边用一根长棍，熟练地从树上拧下一束嫩叶，说这是长臂猿最爱吃的浆果叫短腰蒲桃。我看着这肥厚的绿叶，雪白的果实，想象着长臂猿在空中展演杂技，耳旁又响起那悠长的叫声。长臂猿，这个人类的近亲为什么总是在不停地鸣叫呢？恩格斯在《劳动在从猿到人的转变中的作用》一文中说，人们在协作过程中"已经达到彼此间不得不说些什么的地步了"，"猿类的不发达的喉头……缓慢地然而肯定无疑地得到改造"。猿相互"属引"，是因为彼此间已经想要说点什么了，它最想说不愿与人分手，但在进化路上还是无奈地分道扬镳了。如毛泽东的词："人猿相揖别。"这一别多少年呢？就在我正写这篇文章时，世界多个科研机构公布了两大最新发现，一是捕捉到了爱因斯坦一百年前预言的，走了十三亿光年才来到地球的引力波；二是最新化石研究证明，人与大猩猩、猿等灵长类动物的分手是在一千万年前。猿鸣一声穿千古，仰观宇宙两茫茫。我们人类和猿等就是在这森林边揖手而别，但下一步不知将要走向何方。

一般人要想看到猿几乎是不可能的，今天我能穿越千年，像李白、郦道元那样，听见一声猿啼，并成为第一百零一位听猿人，已是万幸。为了弥补未能与猿谋面的遗憾，保护区洪局长请我们回到半山腰的检测站，看他们的实地录像。猿，其实是很可爱的，灵敏如电，萌态喜人。它们刚出生时一色金黄，毛发柔软。但长到六七岁时雌雄就分成黄黑两色，深黑的鬃毛托出雄性的威猛，而一头金发则现出雌性的妩媚。保护区存有一段珍贵视频。巨木之上一根百米青藤缓缓垂下，一只母猿正以手攀藤向下张望什么。不一会儿，一只小猿倏地飞上，投入母怀，母放开小仔，观其练技。母子到达树梢后，前面丈远处是另一棵大树，母一声长啸，鼓励幼仔勇敢起跳，然后母前子后一起飞向那棵树梢。洪局长说，对猿的观察最难，蹲候数年也未必能捕捉到一个清晰的实景，这段视频是他们的“镇馆之宝”。陈博士说，现在世界上与人最近的灵长类有四种，非洲大猩猩、黑猩猩、红毛猩猩和长臂猿，三猩一猿。但只有长臂猿终年生活在树上。全世界现存长臂猿十六种，全部在亚洲。海南长臂猿是英国人 1894 年来海南采集标本时发现的。起先归入黑冠猿，到 2007 年才根据叫声不同，DNA 测定后独立分为一个新种，当时只有七只，两个群。按常规，这么低的存活数已不可能再繁衍下去，随即被宣布为灭绝物种。但是由于有陈庆、陈博士这样的一大批科学工作者长期的悉心保护，现在又奇迹般地恢复到四个群二十五只。这是对生物学的贡献，也是对地球村的贡献。但为了留住长臂猿的这一声长啼，不知有多少人长年隐姓埋名在大山中，用他们的青春、健康甚至生命来为地球挽留一个物种。陈庆他们刚上山时在小窝棚里与毒蛇、蚊虫为伍，还要对付偷猎行为。一次老陈误踩了猎人下的铁夹子，一只脚被夹住，鲜血直流，险伤及骨。还有一次老陈得了疟疾，浑身痛得下不了山，正好一外国专家来考察，随身带有一种特效药才保住一命。而有的学者因为长年在深山老林里，家里老婆实在不能忍耐，愤而离婚。人从动物变来，但人的进步在于他有了思想，他不断探寻未知，甚至愿为知识献身。而动物与人分手之后，就永远还是它自己。

对猿的研究，即是对人类自身进化史的研究，是在回望我们走过的历史。自有科学以来，人们就孜孜以求地一面探讨外部世界，自然、宇宙；一面探讨自身、生命。恩格斯说："大概首先由于它们在攀援时手干着和脚不同的活这样一种生活方式的影响……由此就迈出了从猿转变到人的具有决定意义的一步。""一般说来，我们现在还可以在猿类中间观察到从用四条腿行走到用两条腿行走的一切过渡阶段。"猿，给我们提供了一个难得的进化桥头堡。猿的家族也接近人类，实行严格的一夫两妻制；猿重感情，成员中有一个遇险，必去搭救；一个遇害，其余必守护不走。这也是它易被猎杀的原因。猿离人类很近。但是我们在很长一段时间内却不知保护这个近亲，保护它的家。以霸王岭为例，1954年就开始砍树，到1994年才基本停止，一直砍了四十年，森林面积缩小殆尽。这对长年在树梢上飞翔的长臂猿来说，是釜底抽薪。森林不存何以家为？郦道元说猿叫时"属引凄异，空谷传响，哀转久绝"。猿的叫声这样"凄异哀转"，一是叹与人类之分手，二是哀生存之艰难。一只野生的猿每天至少要飞过一千棵树，采食一百三十多种果，这要多大的森林空间啊？它终日长啸，哀转不已，是好想要个家，要个宽敞一点的能容下它的家。其实森林不只是猿的家，也是人的家。由于森林砍伐，山洪频发，大量农田被毁，村民已几无可耕之地，林场也已无可伐之木。如果真的到了森林被砍光的那一天，人类也就没有了立足之地。我们今天悲猿之将灭，那时又有谁来悲人类之消亡。要知道森林可以不要人类，人类却不能没有森林。虽然人类为了自身的生存和贪婪正在造成一个个物种的灭绝，但一定是等不到地球上其他物种的全部灭绝，人类自己就先消失了。到那时，也许地球又再从洪荒开始，重演进化史，或者能进化出一个比我们懂事一点的新人类。

临下山时老陈接到一个电话，说明天有一个林学家要上山来普查物种，请他帮忙。行话叫“打样”，就是在山上划出一个一百米乘一百米的方格，统计格子内的所有植物。他爽快地答应了。回京后我一直惦记着这件事。就打电话过去，问那天共查出了多少物种。他说二百三十种。我双手合十，遥望南天，祈祷着再也不要减少一种了，因为这是猿和我们共有的家。

2016 年 2 月 8 日到 15 日（正月初一到初八）

《人民日报》2016 年 4 月 20 日

德国，绿色中的从容

当森林在绿毯的远处冒出时，它是一块整齐的蛋糕，或者是一块被孩子们遗忘的积木。初春，树还没有完全发绿，透着深褐色。分明是为了衬托草地的平缓轻软，才生出这庄严和凝重。

在德国旅行，我真嫉妒这里的环境。在北京拥挤的自行车、汽车和人的洪流里钻惯了，一在法兰克福降落，就如春天里突然脱了棉袄一样的轻松。这主要得力于森林和草地。

在几个大城市间的旅行，是自己开车走的。这种野外的长途跋涉，却总像是在一个人工牧场里，或者谁家的私人园林里散步。公路像飘带一样上下左右起伏地摆动，路边一会儿是缓缓的绿地，一会儿是望不尽的森林。隔不远，高速公路的栏杆上就画着一只可爱的小鹿，那是提醒司机，不要撞着野生动物。这时你会真切地感到自己终于回到了大自然，在与自然对话，在自然的怀抱里旅行。我努力瞪大眼睛，想看清楚那绿色起伏的坡地上是牧草还是麦苗，主人说，不用看了，那全是牧场。这样的地在中国早已开垦成农田，怎么能让它长草呢？可是一路上也没看到一头牛，说明这草地的负担很轻，大约也是过几天来几头牛，有一搭没一搭地啃几口。它只不过顶了一个牧场的名，其实是自由自在的草原，是蓝天下一种吸收阳光水分、释放着氧气的绿色的欢乐的生命，是一块托举着我们的绿毯。

当森林在绿毯的远处冒出时，它是一块整齐的蛋糕，或者是一块被孩子们遗忘的积木。初春，树还没有完全发绿，透着深褐色。分明是为了衬托草地的平缓轻软，才生出这庄严和凝重。这种强烈的装饰美真像冥冥中有谁所为。要是赶上森林紧靠着公路，你可以把头贴到玻璃上去数那一棵棵的树。树很密，树种很杂，松、柏、杨、柳、枫等交织在一起，而且粗细相间，强弱相扶，柔枝连理，浓荫四蔽，这说明很长时间没有人去动它、碰它、打扰它，它在自由自在地编织着自己的生命之网。你会感到，你也在网中与它交流着生命的信息。从科隆到法兰克福，再到柏林，我们就这样一直在草坪上、在树林间穿梭。

当车子驶进柏林市区时，天啊，我们反而一头扎进森林里，是真正的大森林。车子时而经过楼房，时而又钻进森林，两边草木森森，我努力想通过树缝去找人，找车，或找房子，但是看不到，这林子太深了太广了，和在深山老林里看到的一样，只不过树细了一些。主人说这林子大着呢，过去这里面都可以打猎。城在林中，林在城中，这怎么可以想象呢？后来在商店里买到柏林城的鸟瞰图，看到市中心的胜利女神如一根定海神针，而周围则是一片绿色的海洋。

在这到处是绿草绿树的环境中，自然要造些漂亮的房子，要不实在委屈了它。在德国看房子也成了一大享受。欧洲人的房子绝不肯如我们那样四方四正，虽则大体风格一致，但各自总还要变出个样子。比如屋顶，有的是尖的，尖得像把锥子，直指天穹，你仰望一眼，它就会领你走进神圣的王国；有的是大屋顶，稚气得像一个大头娃娃，屋顶像一块大布，几乎要盖住整座房子，你得细心到屋顶下去找窗户、门；较多的是盔形顶，威武结实，像一个中世纪的武士。还有一种仿古的草皮屋顶，在蓝天下隐隐透出一种远古的呼唤，据说是所有屋顶中造价最高的。屋顶多用红瓦，微风一吹，绿树梢上就飘起一块块红布。德国人仿佛把盖房当成一种游戏，必得玩出一个味儿来。要是大型建筑，他们就更有耐心去盖。就像全世界屈指可数的科隆大教堂，千顶簇拥，逶迤起伏，简直就是一座千峰山，从 1284 年一直盖到 1880 年才盖好，至今也没有停止过加工养护，我们去时“山”缝间还挂着许多脚手架。至于一般的私家住房，就像小孩子过家家一样必定要摆弄出个新样子。德国人常常买一块地，邀几个朋友，自己动手盖房子。他们在充分地享受生活。

和树多房美相对应的是人少。车在公路上行驶时，两边看不到人，就是在城里也很少看见人。有几次我特意目测了一下人数，放眼街面，数不到几个人。这是如中国的长安街一样的街道啊。而汽车也是这样礼貌，尤其是执行弯道让直行、辅道让主道之类的规则时，经常谦让得让你发急。而在北京街头，汽车常常要挤着自行车，拨着人的屁股抢路走。是环境的从容养成人性的谦让，当他谦让时不是对哪一个人，是对整个生态环境的满意和尊重。

总之，在德国，无论是在乡间，还是在城里，都感受到一种被缓解、被稀释和被冲淡了的环境。当一个城市二十四小时都能给我们一汪绿色、一片安宁时，这是何等的幸福啊。

1997 年 4 月

人文森林艺术学
——树木创造瑰丽的景观

人们喜欢盆景，幻想缩天地于盈尺。不想古树以天为伞，以地为盆，以岁月为刻刀，默默地刻绘着惊人之作。这是用生命创作的艺术，其鲜活地存在着，寿命常是我们人类个体寿命的十倍乃至数十倍，不由人不肃然起敬。

中华版图柏

只见这棵柏树独立在山巅，于蓝天白云的背景下衬映出一幅逼真的中国地图，而它的脚下，千山万壑里全部填满了各种形状的松柏，郁郁葱葱，绿满天涯。

在晋、陕、内蒙古三省区的交界处有一座山名高寒岭。它是长城内外的分切点，又是万里黄河的拐弯处。能在这里远眺河山，遥对青史，是一种幸运。孔子说登泰山而小天下，惜其不知他身后还有更大的天下。

高寒岭，其名“高”，海拔一千四百二十六米，为周边之最，由此向北直至蒙古一马平川；其名“寒”，冬季最冷时零下三十一摄氏度，冰雪盖野。但就是在这样的环境下，竟生长着遍野的松柏，绿满沟壑，一望无际。而岭的最高处，有一棵柏树，树冠的剪影极像一幅中国版图，被称为“中华版图柏”。就在这棵树下不知演绎了多少有关中国版图的故事。

大约在孔子那个时期，这里属于晋国的地盘，又是游

牧经济区与农耕经济区的交汇点。各民族、各诸侯国、各地方势力纷争不断。长期以来，拉锯式的争夺留下的一大痕迹就是长城。从秦代到明朝，这个巨大的战争工事，不断地增修改建。从这里辐射出去的军事、政治力量，逐渐改变着中国的版图。而这棵树一直在冥冥中静静地观察，悄悄地记录，时长日久，它也竟变成了一幅版图，定格在高寒岭上。

我是2013年初上高寒岭的。当时为扶贫开发，人们刚发现了这片沉睡的荒野。大家惊奇地奔走相告，说山上有一棵极像中国地图的柏树。我上山后也为之震惊。只见这棵柏树独立在山巅，于蓝天白云的背景下衬映出一幅逼真的中国地图，而它的脚下，千山万壑里全部填满了各种形状的松柏，郁郁葱葱，绿满天涯。我信造物有缘，凡自然之物形有所异者，必是上天情有所寄，理有所寓。于是便遍访当地人士，翻寻史志，搜求典故，以证其奇。自那年上山之后就念念不忘，连续三年，年年来参拜，时时在寻思。

柏树是一种很长寿的树种，在中国大地上三千年的柏树并不少见。我的家乡，太原的晋祠公园里现在还有周柏唐槐，小时常去摸爬，印象很深。那年，从宝鸡到西安，过周公庙，三千年的柏树更是成排成行。柏树性喜阴耐寒，专在背阴、积雪、崖畔处生长。其根或深扎黄土，或裂石穿墙，或裸露崖上，随山势地形奔突屈结，天赋其形，鬼斧神工，常是根雕的好材料。因柏多生崖畔，又俗称崖柏，生命力极强。其木耐腐，且有一种淡淡的芳香，所以古人常用来做棺木，以图不朽。其品种很多，有侧柏、圆柏（桧柏）等。高寒岭上的柏为侧柏，叶扁平如纸，片片成羽，厚厚地叠加在一起，成一团绿云。不过老百姓称之为降龙木，据说佘太君手里的拐杖就是这种木头。

这里演绎的第一出版图大戏是在北宋时期。而且竟与范仲淹、欧阳修等名人有关，这是我过去绝没有想到的。赵匡胤结束了五代纷争统一天下后，宋王朝的北部边界到此为止。但边墙外还有两个外族政权正对它虎视眈眈。这就是党项族建立的西夏和契丹族建立的辽。西夏、辽、宋，是史上魏、蜀、吴之后的又一部“三国演义”。西夏在其首领李元昊的率领下十分强悍，不断南下袭扰，宋丢城失地损失惨重。因为赵匡胤是武将出身靠兵变得天下的，所以宋代实行抑武扬文的政策，文臣带兵。一般人都知道范仲淹、欧阳修的文章好，他们的名字永存在《古文观止》中，却很少人知道他们还金戈铁马，将文章写在北方的冰天雪地上和大漠黄沙中。范仲淹那首著名的《渔家傲·秋思》，就是写他在北地带兵戍边的战争生活：

塞下秋来风景异，衡阳雁去无留意。四面边声连角起。千嶂里，长烟落日孤城闭。　浊酒一杯家万里，燕然未勒归无计。羌管悠悠霜满地。人不寐，将军白发征夫泪。

这首词还有一个名字叫《渔家傲·麟州秋词》。词中紧闭的孤城即指麟州，就是现在的神木，距高寒岭不到二十五公里。

当年西夏十分强势，宋政治、军事的腐败导致前线连吃败仗。朝廷没有办法，于宋康定元年（1040）起用范仲淹。范因为敢于说实话，议论朝政，给皇帝和太后提意见，这之前已经三次被贬在外。他受命后不计个人得失，从秀丽的浙江赶赴荒凉的西北，三个儿子都先后随他来到前线。这年他已五十二岁。他到任后不急于出战，狠抓军事训练，选拔当地将领，积极修筑工事。又改革兵制，强调兵将一体，将领身先士卒。宋制，一旦入伍终身为兵，为防逃逸就在士兵脸上刺一个字。范认为这太伤人格，是对士兵的不尊重，下令改刺于手心。又允许军人带家属，在边地实行屯垦。经过三年的努力，又打了几个胜仗，宋渐从颓败中回缓过来。双方成相持之势。西夏人忌惮范，说他胸中自有雄兵百万。宋仁宗说有范仲淹在前线，我可以睡个安稳觉了。

范当时率军主要在今延安到甘肃一带的西线作战，宋仁宗于宋庆历四年（1044）任范仲淹为河东、陕西宣抚使，并赐黄金百两，要他去今山西及陕西的神木、府谷一带的东线视察。原来，当时宋对西夏、辽作战的大本营是河东，即现在的山西。高寒岭为战略要地，其东边的麟州要塞，孤悬在黄河之西，每年要从河东供应粮六十万石[①]、草一百二十万车，负担很重。因此朝中有人主张弃守麟州。皇帝要他去实地调查拿个主意。范主张力保麟州，并将皇上赏他的黄金全部分给守边将士，激励大家保家卫国。他又加修工事，招流民三千户，免其赋税，恢复边地经济。这年，朝廷又派时为谏官的欧阳修前来调查。欧调查后支持范的做法，上奏折说："麟州天险不可废，废之，则河内郡县，民皆不安居矣。"并建议皇上批准将今山西北部的忻、代、岢岚等地开放，耕种实边，进一步加强周边地区的经济实力，就近供应前线。欧阳修还提出一项用当地土人将领（他称之为"土豪"）的政策。他在奏折里说："今议麟州者，存之则困河东，弃之则失河外。若欲两全而不失，莫若择一土豪，委之自守。麟州坚险，与兵二千，其守足矣……则其当自视州如家，系己休戚，其战自勇，其守自坚。"有一出有名的传统戏《佘太君挂帅》。佘家，就是宋时在这里世代守边的一大"土豪"家族。朝廷对之十分信任，最高时官授一品。佘家，其实姓折，二字同音。2015 年宋史专家还在府谷开了折氏专题研讨会。

范、欧二人视察高寒岭是在宋庆历四年。一说到这个年份，人们就会想起中学课本里读过的《岳阳楼记》，开头第一句就是："庆历四年春，滕子京谪守巴陵郡。"这范、欧、滕三人是好朋友，都属于当时的改革

① 石，容量单位，一石等于一百升。

派和主战派。范仲淹与滕子京还是同一年的进士，曾被一同派到现在的江苏南通治海修堤。风大浪高，当时许多人想打退堂鼓，唯范、滕二人于海浪中屹然不动，互引为知己。后来命运又把他们从东南沿线推到西北大漠，范在庆阳前线统兵作战，滕在当地任地方官，积极支前保证供应，交情愈厚。这时朝中的保守派找了一个机会，诬告滕劳军时多花了钱，要判他入狱。范仲淹在皇帝面前据理力争，说这样将会让前线的将士寒心，以后谁还替你守边？滕才得以免罪，但还是被贬到了巴陵郡。他到任后毫不气馁，励精图治，两年后百废俱兴，乃重修岳阳楼。这时他想到了两个出生入死的朋友，便分别给范仲淹和欧阳修各写一信，希望他们每人写一篇岳阳楼记。这实则是借楼明志，以记其壮。滕在求记信里说："窃以为天下郡国，非有山水环异者不为胜，山水非有楼观登览者不为显，楼观非有文字称记者不为久，文字非出于雄才巨卿者不成著。"在他眼里只有范、欧二人才算得上"雄才巨卿"。这封信现还存于《岳阳县志》里。但不知为什么，历史没有留下欧阳修的文章，而范仲淹的《岳阳楼记》却成了千古名篇。范的这篇文章实在是醉翁之意不在酒，借洞庭湖的波涛浇胸中的块垒，大写他们的改革经历和人生况味。是他"庆历新政"政治改革的文学表达。

一般人只知道江南水乡洞庭湖畔，渔舟唱晚中的岳阳楼，何曾想到这塞外的高寒岭，也是范、欧、滕三人友谊和那一段历史的见证。岳阳楼是一座人工的砖木建筑，是庆历改革同仁们的南方坐标，而这高寒岭上的版图柏，则是他们的北方坐标。不过更珍贵的是，它是一个活着的有生命的坐标。岳阳楼是一件文物，版图柏是一棵古树，这又再次说明记录历史可以有三种形式：文字、文物和古树。而树木又是最忠实无言的、活着的、青枝绿叶、有汁有液的有情感的记录者。现测得这棵版图柏的树龄已九百七十一年，当地人说是范、欧来时所栽。这虽无确考，但这棵树的确是见证了范、欧二公翻山越岭，踏冰卧雪，筑寨守城的，也见证了庆历新政的改革派们忧国忧民、爱国报国的思想。现在人们已在高寒岭上造了一座“范欧亭”，纪念他们的功绩。说也奇怪，我三次上高寒岭都是在深秋之际，每当我登高一望，看沟壑起伏万木萧条之时，就想起欧阳修的《秋声赋》：“秋之为状也，其色惨淡，烟霏云敛；其容清明，天高日晶；其气栗冽，砭人肌骨；其意萧条，山川寂寥。”范、欧是历史的天空烟霏云敛、天高清明之后才逐渐显露出来的人物，而这棵版图柏经历千年风雨的扑打，浑身已刻写出一道道的皱纹，它俯瞰群山，岿然不动。当年宋夏之争时，它挺立在这里，是国境上的一根界桩；而现在，一千个春来秋去，它还在这萧条寂寥的高寒岭上守望着北疆，守望着历史。

高寒岭上演绎的第二出中国版图大戏是在清康熙年间。原来明清之际，在今新疆伊犁河一带兴起了漠西蒙古准噶尔部，到康熙时在其首领噶尔丹的率领下已称霸中亚。其势力东起兴安岭，西到伊犁，时常南下侵城掠地，抢夺人口，成为悬在大清北天上的一团乌云，也是压在康熙心头的一块石头。庆父不除，鲁难未已，噶尔丹不除，大清难宁，北部边境的版图无法完整。康熙决心反击，连续三次亲率大军出征。

第一次是清康熙二十九年（1690），噶尔丹从兴安岭西麓南下，直逼北京。三十七岁的康熙出古北口与噶尔丹在今河北、内蒙古交界的坝上草原相遇，打响了史上有名的乌兰布统战役。茫茫草原，无险可守。噶尔丹也真不愧为一个奇人，命将一万头骆驼缚腿卧地，环列为城。驼背上搭以箱笼，蒙上湿毡，士兵依为工事，施放火器、弓矢，号“驼城阵”。这恐怕是中外战争史上唯一的一个以骆驼为战斗工事的战例。清军以火炮攻“城”，只可怜了那些无辜的骆驼。那年为写秋季的草原，我去过这个地方。草地上有一个小湖，倒映着蓝天白云，据说当年湖水尽为血染。时康熙的舅父为将，亲自上阵与敌格斗，牺牲于此，这湖后来就名将军泡子。可想当时战斗的惨烈。是役清军大胜。噶尔丹兵败后逃到科布多。康熙三十四年（1695），噶尔丹又率骑兵三万南侵。第二年，康熙又率兵出独石口（今河北赤城）开始了第二次亲征，直将噶尔丹追击至今蒙古乌兰巴托东南。噶尔丹军几被全歼，妻子被杀，他只率数十骑逃脱。康熙三十六年（1697），康熙再鼓余勇发起了第三次亲征，对噶尔丹作最后的清除。出发前他谕示山、陕、甘三省巡抚，一切费用即由中央拨付，不得借机再向地方摊派，扰累百姓。他 2 月 29 日从府谷刘家渡过黄河，3 月 4 日在高寒岭住一宿。第二天一早醒来，朔风刺骨，寒气逼人。他登上山顶，手扶着古柏，向北瞭望，但见群山起伏，白雪皑皑，一望无际。不由想起前方的将士，抛家离乡，爬冰卧雪地守护边疆，心中一阵感动，便口占诗一首《晓寒念将士》：“长河冻结朔风攒，带甲横戈未即安。每见霜华侵晓月，最怜将士不胜寒。”壮丽的河山，强大的军容，更坚定了这位马上天子不灭强虏誓不罢休的壮志。这时恰逢噶尔丹在伊犁的老窝发生内乱，康熙乘势挥师西进，风卷残云。3 月 13 日噶尔丹败死，清军大获全胜。4 月 7 日胜利班师的康熙又高兴地赋诗道：“黄舆奠四极，海外皆来臣。眷言漠北地，茕茕皆吾人。六载不遑息，三度勤征轮。边柝自此静，亭堠无烟尘……”他对部下说，朕两年之内三出沙漠，栉风沐雨，并日而餐，千辛万苦就是为了立强国之大业。确实我们应该感谢康熙三次北地亲征，前后八年，现在的中国版图基本上是他那时奠定的。

康熙这几次亲征除平定叛乱外，还调查研究解决了两件大事。

一是不修长城。清康熙三十年（1691），康熙第一次征噶尔丹之后，古北口总兵官蔡元向朝廷提出，他所管辖的那一段长城“倾塌甚多，请行修筑”。康熙坚决不同意，他批示道：“秦筑长城以来，汉、唐、宋亦常修理，其时岂无边患？明末我太祖统大兵长驱直入，诸路瓦解，皆莫能当。可见守国之道，惟在修得民心。民心悦则邦本得，而边境自固，所谓‘众志成城’者是也。”康熙能熟悉儒家经典，洞察历史，得出“守国之道，惟在修得民心”的结论，要把长城筑在民心上，真是难能可贵。这也是清朝能立国二百六十多年的原因之一。康熙的“民心长城”含多项内容，如吸收汉族的先进文化，多民族共处，沿用科举制度，用汉官，修康熙字典，编四库全书等。

第二件大事则是开放禁地，蒙汉融合。原来，清王朝开国初期为避免蒙汉两族的矛盾，在今晋、陕、内蒙古交界地带，沿长城一线划出五十里宽、一千里长的缓冲地带，俗称“皇禁地”。蒙民不得放牧，汉民不得种地。这次他过高寒岭，看到边地蒙汉两族民众生活艰难，便下令逐步开放禁地，允许蒙民放牧，汉民种地。清康熙三十五年（1696）他下令：“有百姓愿意出口种田，准其出口种田，勿令争斗。”第二年，山西、陕西的汉民即纷纷拥入准噶尔旗开垦土地。这就是后来绵延数百年的走西口的由来。先是允许边民春去秋回种地，不许居住，再逐步发展到可以在口外居住生活。清政府还屡次调整相关政策，不断丈量土地，完善管理，后来在高寒岭一线，以“仁、义、礼、智、信”五字命名，设了五个以开发土地为主的城寨。“仁、义”两段属山西河曲管理，“礼、智、信”三段属陕西府谷管理。这不但在经济上繁荣了边疆，在文化上也实现了民族大融合。

现在，当我手抚翠柏、遥望河山时，这里虽然还有残存的戍楼、烽火台，但边境线早已北移到千里之外。只见山下水草丰美，牛羊成群，天边飘荡着蒙古族的长调，而黄河两岸田连阡陌，稻黍遍野，汉家炊烟袅袅，当年的古战场已演变成一片和平祥和的土地。我大学一毕业就分配在这一带工作，这里农牧交错，蒙汉相融，早已无边塞之感。我不由想起康熙的那句话“民心悦则邦本得，而边境自固”。现在高寒岭已开辟为黄河长城旅游区和森林公园，更引进了经济与观赏价值俱佳的高寒牡丹。千山万壑中除松柏叠翠之外，又多了一个花团锦簇、牡丹遍野的景观。柏树旁新立起了一座康熙的铜像，一抹夕阳给他还有不远处的范欧亭镀上了一层金色的轮廓。这时，再回头看这棵翠柏，早已不是国境上的一根界桩，而是一个新时空的地标。

塞下秋来风景异，长烟落日说青史。千嶂里，烽火台下翠柏绿。

《人民日报》2016 年 2 月 3 日

铁锅槐

虽是深秋，这古槐仍枝叶繁茂，覆盖着有半亩大的地面。因铁锅垫着根部，整个树身向西边倾斜，巍巍然如一座比萨斜塔，有一种饱经沧桑的厚重与庄严。

一棵上百年的老槐树长在一口铁锅里，这好像绝不可能，但确实如此。

2014 年 11 月月底，我在河南商丘寻找人文古树，看了几棵汉柏宋槐都不理想，大家气喘吁吁地坐下来吃午饭。当地一位朋友突然一拍脑袋说："怎么忘了铁锅槐呢！"放下筷子，我们便冒着小雨赶到七十公里外的白云寺，拜访了这个锅与槐的奇妙组合。

白云寺初创于唐贞观年间，曾是与少林、白马、相国等寺齐名的中原四大古寺之一，但如今香火不旺，我们去时寺里凄风苦雨，只有几个僧人袖手看门，一个小和尚系着围裙在伙房里淘米，后院及两厢都是零乱的砖瓦木料。进门后的右手处就是我们要拜访的铁锅槐——现在已是这个寺的镇寺之宝。只见一圈石栏杆中躺着一口直径两米多的大锅，锅里挺立着一棵有三层楼高、两抱之粗的古槐。锅沿有三指厚，在雨水的润泽下闪闪发光，像是一个套在树根上的项圈。锅已半埋土中，树的主根大约早已穿透锅底，深扎地下，而侧根已将铁锅挤满撑破，又翻出锅外垂铺在地，蜿蜒屈结，像一大块不规则的钟乳石，或是一摊刚冷却了的熔岩。看着这一锅的老根，我只觉得这是一锅慢慢烹煮着的时间。虽是深秋，这古槐仍枝叶繁茂，覆盖着有半亩大的地面。因铁锅垫着根部，整个树身向西边倾斜，巍巍然如一座比萨斜塔，有一种饱经沧桑的厚重与庄严。

寺院是信众往来的宗教场所，被视作沟通神与人的桥梁。为了给僧人和香客备饭，寺里常有超大的铁锅，这口两米大锅还不算最大，我曾见过一口，洗锅时要放下一个梯子，才能将人送到锅底。大锅往往是一个寺院兴旺的标志。这白云寺在康熙时达到鼎盛时期，常住僧人就有千余人。史载清康熙二十六年（1687）寺里住持佛定和尚为舍粥济贫，造铁锅两口，日煮米一石二斗[①]。十九年后一口铁锅经长年的火烤水煮终于有了裂纹，就被几个小和尚抬着放到寺的一角。春去秋来，寺院盛而又衰，这口锅也渐渐被人淡忘。荒草爬上了墙角，淹没了铁锅。这时一只喜鹊衔着一粒槐籽从天上飞过，它俯下身子，看到这汪嫩绿的鲜草，就落下来歇脚，槐籽落在铁锅里，发芽，生根，于是成就了这棵铁锅槐。树高挡不住风哟，山高挡不住云，只要有水有空气的地方就有生命。

铁锅槐无疑是大自然的杰作，是天工之物，就算一百个聪明的头脑也想象不出这样的作品。万物有缘，槐树本是一种最普通的树种，数百

① 斗，容量单位，一斗等于十升。

年来在山地平原、房前屋后不知有槐几多，而长在铁锅里的唯此一棵；铁锅本是一种最普通的炊具，千家万户用来烧水煮饭的铁锅不知几多，但用来栽树并且树还长成大树的也只有这一口。再说，就算这锅与树前世有缘，那结合之后的数百年岁月，水火兵燹，雷劈电击，畜啃人砍，寺院塌毁，它们又携手逃过了多少劫难才有今天的正果？物竞天择，实践筛选，这是铁的定律。在无尽的岁月长河中，无数个偶然机缘的不停组合，就诞生了天才，就创造了奇迹。虽然人类愈来愈聪明，但还是逃不出自然的手心。我们办了多少音乐学院，科班出身的却常会输给一个牧羊女或打工汉的歌喉；办了多少文学院，而大作家往往长在校园外。而最豪华的制作莫过于皇室培养自己的接班人了，从选妃子、找奶妈开始，到定太子、配师父，结果总是不如草莽中杀出来的开国之主。假如现在有谁出巨资请你再复制一组铁锅槐，恐怕打死也不敢接这个活。

这铁锅槐虽是天工之物，但它修行于古寺中，早已融进人的智慧和佛的灵性。虽然在悬崖之上，在大河之岸，树抱石之类的奇树不知多少，但那些树所抱的都是自然界的石头，而这棵古槐抱的却是一口煮饭的铁锅。是人工所造，佛家所用，为达官贵人煮过茶，为穷汉乞丐舍过粥的普度众生的锅，是一锅人间烟火。这锅与槐的结合，是信念的守望，是佛与人的拥抱，是伟大的天人之合。你只要看看那锅里劲结的树根，就知这株槐有多大的定力，它咬定铁锅，将它凿穿、撑裂、抱紧、融合，直至最后再也分不清是锅抱槐还是槐抱锅。这是心的力量，是佛家所谓的大愿，不信世上事不成，不信有缘不结果。它们就这样晨钟暮鼓，相濡以沫，古寺残阳中不知送走了多少寂寞。一个生命总是不知道自己来自何处，落在哪里，但一落地它就会坚强地活下去，会本能地捍卫自己生的权利，去创造生命的奇迹！

临出寺门时我又回望了一下这棵铁锅槐。这时暮云四合，经秋雨打湿的树身更显出沉稳的铁青色，它斜伸着像一支要射向云空的利箭。而根部那一圈闪亮的锅沿则如一把拉满弦的弓，引而待发。我忽然觉得，伫立在面前的是一个面壁的达摩，是另一版的罗丹雕塑《思想者》。

世人多爱盆景，喜其能于尺寸之间盈缩天地，吐纳岁月。而古今中外，到哪里去寻找铁锅槐这样一个天地所生、人神共塑的盆景呢？

《人民日报》2015 年 5 月 20 日，原题《万物有缘铁锅槐》

吴县四柏

何止艺术本身，你看她们那清、奇、古、怪的神态，那深扎根而挺其身的功力，那抗雷电而不屈的雄姿，那迎风雨而昂首的笑容，那虽留一皮亦要支撑的毅力，那身将朽还不忘遗泽后代的气度，这不都是哲理、思想与品质的含蓄表现吗？

一千九百多年前，东汉有个叫邓禹的大司马在今天苏州吴县栽了四棵柏树。经岁月的镂雕陶冶，四棵树竟修炼成四种神态。清朝皇帝乾隆来游时有感而分别命名为“清”“奇”“古”“怪”。

最东边一棵是“清”。近两千年的古树，不用说该是苍迈龙钟了。可她不，数人合抱的树干，直直地从土里冒出，像一股急喷而上的水柱，连树皮上的纹都是一条条的直线，这样一直升到半空中后，那些柔枝又披拂而下，显出她旺盛的精力和犹存的风韵。我突然觉得她是一位长生的美人，但她不是那种徒有漂亮外貌的浅薄女子，而是满腹学识，历经沧桑。要在古人中找她的魂灵，那便是李清照了。你看那树冠西高东低，这位女词人正右手抬起，扶着后脑勺，若有所思。柔枝拖下来，微风轻拂着，那就是她飘然的裙裾。“险韵诗成，扶头酒醒，别是闲滋味。”

西边一棵曰“奇”。庞然树身斜躺着，若水牛卧地，整个树干已经枯黑，但树身的南北两侧各劈挂下一片皮来，就只那一片皮便又生出许多枝来，枝上又生新枝，一直拖到地上，如蓬蒿，如藤萝，像一团绿云，像一汪绿水，依依地拥着自己的命根——那截枯黑的树身。她又重新开始新的生命。黑与绿，老与少，生与死，就这样相反相成地共存，你初看她确是很怪的，但再细想，确又有可循的理。

北边一棵为“古”。这是一种左扭柏，即树纹一律向左扭，但这树的纹路却粗得出奇，远看像一条刚洗完正拧水的床单，近看树表高低起伏如沟岭之奔走蜿蜒，贮存了无穷的力量。树干上满是突起的疙瘩，像老人的手和脸，顶上却挑出一些细枝，算是鹤发。而她旁边又破土钻出一株小柏，柔条新叶，亭亭玉立。那该是她的孙女了。我细端详这柏，她古得风骨不凡，令人想起那些功勋老臣，如周之周公、唐之魏徵。

还有一棵名“怪”。其实，她已不能算“一棵”树了。不知在这树出土的第几个年头上，一个雷电，将她从上至下劈为两半，于是两片树身便各赴东西。她们仰卧在那里相向怒目，像是两个摔跤手同时跌倒又各不服气，正欲挣扎而起。长时间的雨淋使树心已烂成黑朽，而树皮上挂着的枝却郁郁葱葱，缘地而走。你细找，找不见她们的根是从哪里入土的，根就在这两片裸躺着的树皮上。白居易说原上草是“野火烧不尽”，这古柏却“雷电击又生”。她这样倔，这样傲，令人想起封建士大夫中与众不同的郑板桥一类的怪人。

这四棵树挤在一起，占地也不过一个篮球场大小，却显现出这四种迥异的形态来，实在是大自然的杰作。那“清”柏，想是扎根在什么泉眼上，水脉好，土气旺，心情舒畅。那“古”柏，大约根须被挤在什么石缝岩隙间，未出土前便经过一番苦斗，出土后还余怒未尽。那“奇”“怪”二柏便都是雷电的加工，不过雷刀电斧砍削的部位、轻重不同，她们也就各奇各怪。真是天雕地塑，岁打月磨，到哪里去找这样有生命的艺术品呢？而且何止艺术本身，你看她们那清、奇、古、怪的神态，那深扎根而挺其身的功力，那抗雷电而不屈的雄姿，那迎风雨而昂首的笑容，那虽留一皮亦要支撑的毅力，那身将朽还不忘遗泽后代的气度，这不都是哲理、思想与品质的含蓄表现吗？大自然本身就是一部博大的教科书，我们面对她常常是一个小学生。我想应该让一切善于思考的人来这树下看看，要是文学家，他一定可以从中悟到一些创作的规律，唐诗、《聊斋志异》《山海经》《西游记》不是各含清、奇、古、怪吗？要是政治家，他一定会由此联想到包公那样的清正，贾谊那样的奇才，伯夷、叔齐那样的古朴，还有扬州八怪等那些被社会扭曲了的怪人。就是一般的游人吧，到此也会不由得停下脚步，想上半天。云南石林里那些冰冷的石头都会引起人种种的联想，何况这些有生命的古树呢？她们是牵着一条历史的轴线，从两千年以前的大地上走来的啊！

1984 年 12 月

徽饶古道坚强树

请读懂一棵树吧，这是在考古，在探秘，在复盘历史，在追溯文明，在破解一本自然留给我们的天书，是在回望人类自身的成长。

通常，我们确定一棵树的树龄是看它的年轮。如果告诉你，有一棵树连年轮都没有了，却还青枝绿叶地活着，你相信吗？

在安徽与江西交界的浙岭，山路弯弯，石梯接天。山口有巨石，上书“徽饶古道”。古驿道下山进入江西婺源界，路旁有一棵古樟树卓然而立。它下临一马平川，天垂野阔；北眺远山如屏，层峦起伏。这棵古樟在网上被称为“坚强树”，它像一位检阅历史的将军，自宋以来，就这样俯视大千世界，阅尽人间之变。树之所以名“坚强”，是因为它创造了生命的奇迹。

三年前，我第一次经过这里，一见这树即有一种说不出的激动。类似的古树名木，我见过苏州的“清奇古怪”汉柏，那是雷电的杰作，四棵树撕肝裂肺，东奔西突，两

千年了仍顽强地存活。也见过宁夏五百岁的震柳，那是世界级大地震的产物，一百年前，灾难之手从地心伸出，生将一棵老柳撕为两半，现在仍枝叶繁茂，如一团绿云。但是，还从来没有见过天火从天而降，硬将一棵大树的树心掏空，空得只剩下一个薄壳，像一个工厂里废弃了的铁烟囱。当地为加强保护，筑了一个高台小心地将它拥立在上，四周又设了栏杆。那天我踏上高台时，庄严之情油然而生。我绕树一周，轻轻抚摸着它粗涩枯硬的树皮。树皮已经很薄，六米之围的树身，只有一个指头厚度的树皮，轻轻叩击，嗡嗡有声。它完全是借助筒状的力学原理，巧妙支撑才不会倒掉。树约三四层楼高，仰头看树梢，云卷云舒，乌啼鸟落。树下有洞，洞内足够宽敞，地上长满了茸茸的绿草，如毡如毯。我弯腰进去，仰面平躺在这块不规则的地毯上，透过朝天的洞口，看绿叶婆娑，白云飘过，有一种当年躺在内蒙古草原上的感觉，只差飘过一首牧人的歌。

一棵树，一棵有生命的树，怎么就像一个铁烟囱似的屹立在旷野上了呢？当地人说，十多年前的一天晚上，突然雷电交加霹雳一声，这棵千年古樟，就如一根蜡烛一样被轻轻点燃了。大树喷着火苗，映红了半个天空，直烧了三天三夜。就是树上的余烟也袅袅地飘了半个多月。到火灭烟散时，古樟本已腐朽的内瓤已被全部烧尽，只留下了一层盔甲似的外壳。但祸兮福所倚，大火过后树的内壁已经完全炭化，反而有了抗腐能力，从此雨淋不朽，坚挺至今。我小时候常见路边的架线工人，在埋木头电杆前，先将其下部烧焦，以便防腐。还有，考古出土的帝王棺木中也常填充着大量的木炭。这说明若要木不朽，先炼之以火。人们都以为这棵树死了，像一个标本那样小心地保护着它。但是天火炼木本是要它凤凰涅槃的，怎么会让它去死呢？三年之后，人们惊喜地发现在树腰、树梢处吐发出了一层嫩芽，渐渐地又长出一层新绿。婺源向以黛瓦粉墙的徽派民居和漫山遍野的油菜花给人轻柔的印象，如今这处秀美的景色又添上了坚强的一笔。

这棵坚强树引起人们的关注，在网上热闹了一阵子后就沉寂下来，而我却总不能释怀，第二年便再去上饶婺源搜求资料。树者，书也。我想，要读懂一棵树，先得读上几本书，读懂书中的人。婺源在历史上的文化崛起是南宋之后。全县在唐代时进士屈指可数，宋代就猛增到数百人。靖康之耻，宋人南渡，大批望族、文人聚集婺源。同时，因江北为金人侵占，这里也就成了战争前线。于是自南宋以降，独立、坚强、自尊、向上，就成了徽饶道德的主流传统。这种精神不断砥砺发扬，经久不衰。我灯下翻书，那一个个有志、有节、有能、有为之士，如那棵坚强树一样，在历史长河的彼岸向我们默默颔首。

在我看来，在古道上喊出坚强不屈第一声的人是朱弁（1085—1144）。他正当北、南宋之交的乱世，就出生在离坚强树四五十公里的紫阳镇。赵构的江南政权一成立，即派使者到金国去议和，朱弁为副使。弱国无外交，金人不但不加理睬，反将朱弁扣留，这一扣就是十七年。金人惜其才，十七年间屡屡逼他为官，他凛然道："自古交兵，使在其间，言可从，则从之；不可从，则囚之、杀之，何必易其官？"他将使节印抱在怀里，片刻不离，表示若再加辱，就抱印而死。他南望故国，感慨赋诗：

关河迢递绕黄沙，惨惨阴风塞柳斜。
花带露寒无戏蝶，草连云暗有藏鸦。
诗穷莫写愁如海，酒薄难将梦到家。
绝域东风竟何事，只应摧我鬓边华！

诗写得悲愁交集，沉雄刚毅，钱锺书评其有晚唐之风。在这样的境遇下，他也没有忘记尽忠报国，完成了对北国人事、景物的调查，返宋后即上递朝廷。他的流亡诗抄也成了重要文献，后代诗人元好问特别搜集印行。一般人知道汉苏武留胡十九年，却很少知道宋朱弁留金十七年。十七年的坚持，这要有多么坚定的信念？他在徽饶古道上举起了一面坚守气节的大旗。

大名鼎鼎的朱熹比朱弁小四十五岁，祖籍婺源，也是个主战派、硬骨头。过去，我只知道他是个哲学家、文化人，写过名句“问渠那得清如许，为有源头活水来”。这次树下读史，才知道那活水之源即是他正义的胸怀。朱熹十九岁中进士，后到江西星子县，就是陶渊明家乡去任职，正赶上大旱，他组织百姓平安度灾。灾后他向朝廷写了一封长长的汇报，大诉民间疾苦，痛批军政腐败，言辞激烈。他为官有两个特点，一是每到一地先调查研究，“下轿问志”就是从他而来；二是刚正不阿，有那不干净的官员知他要来上任，就先主动辞职。晚年，他被推荐去给皇帝讲儒家经典。但总是借机大讲民间疾苦，要求整肃纲纪。皇帝听得不耐烦，很快就把他赶出宫去。朱熹一生官场浮沉，治学不辍，只是依然忘不了家乡：“故家归来云树长，向来辛苦梦家乡。”家乡的那棵坚强树啊，民族恨，臣子泪，多少忠魂日夜萦绕在树梢。

婺源虽小县，却名士不绝。为官廉政，坚持真理，已成了这树下绵长的清风。宋末名士许月卿，许村人，常犯颜直谏，说管天下的人，其量要足以容天下，广纳良才。他深感官场全面腐败，写了《百官箴》四十九篇，列出各职各官的注意事项。宋亡，他不忘国耻，穿孝服“满城风雨近重阳，一舸烟梦入醉乡”，数年不语而亡。元代汪泽民为官一尘不染。浙江出了一个大案，家里抄出一个给各级官员的行贿名单，详注各人名下受贿银两。只有汪名下注明“未受”二字。他在山东兖州任职，上面来员检查廉政，刚到地界便反身而回。别人问为什么。答：有汪兖州在可以不去。明代大臣汪鋐心忧国事，主持兵部，第一个引进西方“佛朗机”大炮，遍布海防、边防，抵御外侮；主持吏部，明察暗访，请托送礼之风为之一扫；主持都察院，先建立巡视人员管理制度：钦差出京办案，随带物品不得超过一杠，重不得过百斤。这都是在坚强树下发生的坚强事。

当历史的脚步刚刚迈过中国近代史的门槛时，有一个人出现在树下。他就是大名鼎鼎的中国铁路工程第一人詹天佑。詹家祖居老樟树下的岭脚村。1872 年清政府派出第一批留美幼童，十一岁的詹天佑，即在其列。他学成归国后正值帝国主义列强欺我无人，肆意瓜分、垄断中国的铁路修筑权。清政府决定修一条津榆铁路，要架滦河大桥，河床泥沙深，水流急。先由英国人设计，失败；又转手日本人，不行；德国工程师出马，还是不行。詹要求来试一试。他采用“气压沉箱法”，获得成功，外国人刮目相看。不久，詹在英法两国相持不下时接手西太后去祭扫西陵的新易铁路工程，四个月通车。而最长中国人志气的是京张铁路。路在八达岭丛山中穿行，地形十分复杂。英俄两国没有争到修路权，就封锁技术，威胁不给任何帮助。詹天佑大胆起用本国人才，并创造性地把工程变学校，一开工即招收练习生，同步教学培养。为测工程最难的八达岭隧道，他攀岩踏雪，餐风饮露。从青龙桥到八达岭地势最陡一段，他不用通常的“大回环”，而用“人”字形，两个车头，前拉后推，巧妙解决难题。京张铁路的成功，使詹名扬中外，他先后出任了中国众多重要铁路的总工程师并代表中方在远东铁路会议上与列强唇枪舌剑，为国家争主权。他洁身自好，要求学生和子弟“勿屈己而徇人，勿沽名而钓誉”。

我对詹天佑的第一次印象，是在十七岁那年考上大学坐车沿京张铁路进京，当列车缓缓通过那个著名的“人”字路段时，全车厢的人都探出身来，向路边詹天佑的铜像默默行注目礼。这次又去看了离坚强树不远的詹氏祠堂和詹天佑纪念馆。全都是詹氏族人和民间集资所建，高大敞亮，藏品丰富。我印象最深的是一张当年詹天佑对八达岭路基的地质测绘图。在乱石如麻、荆棘丛生的荒岭上，像切蛋糕一样切出一个坡形剖面，上面满是密密麻麻的数据和外文符号。那是清光绪年间，科学的曙光终于初照这亘古的八达岭荒原。

今年我又三访坚强树，发现虽斗转星移，这里的人们仍然守树如玉，义心不改。20世纪六七十年代，岭脚村一位名詹永萱的文化人默默地征集文物。当时一百元收来一麻袋杂玉，他慧眼识珠发现其中一粒疑是“猫眼”，就带着到故宫鉴定，果如所猜，价值不菲。前面提到的乡贤，明代大臣汪鋐亲身佩带的一条玉带，居然也被他们收来。后来成立县博物馆，詹任第一任馆长，馆里多半重要文物都经他之手，那“猫眼”自然成了镇馆之宝。詹永萱的儿子詹祥生从小受父亲耳提面命，子承父业，现在是第二任馆长。詹家父子不知过手多少文物、瑰宝，虽一毫而莫取；也不知接待过多少名人、要人，不卑不亢，虽布衣而有名士之风。那天我向小詹馆长请教了许多问题，他还特别讲述了詹天佑送给家乡“灭火水龙”的事。

我在树下的高台上凭栏眺望，远山一线，白云悠悠。以这棵树为半径，方圆也就不过百公里吧，坚强之人，数之不尽；大义之举，连绵不绝。这还只说到土生土长的婺源人，如果算上北人南迁，再至上饶各县，在此生活过的爱国诗人，如岳飞、陆游、辛弃疾；革命先烈方志敏，民主人士黄炎培，还有上饶集中营里的英雄群体，就更多了。说到这里，我不得不略费笔墨提到一个人。我们报社有一位老记者名季音，当年的新四军战士，曾被关在上饶集中营，九死一生。今年已经九十六岁，还在写回忆录，发表文章。行文至此，我不觉动了情，专门拨通了电话，向他表示致敬。他说全北京，当年上饶的狱友也就只剩两人了。岁月的尘埃正在一点一点地覆盖上他们的身躯，最后他们或将无言地离去。但有这棵擎天一柱的英雄树为他们代言，这一代代的慷慨悲歌就会永不停歇地震彻山谷，席卷河川，在青史上呜呜回响。巍巍古樟，山高水长。

樟树是我国长江中下游常见的树种，更是江西的省树。其树形高大，动辄七八米之围，树干横生旁出，荫蔽四方，千年不老，四季常青，蔚然而有文化之象。樟树从不亭亭玉立、孤芳自赏，总是枝叶交错你绕我缠，老干上覆盖着厚厚的苔藓，又常寄生一种“接骨草”，是骨科良药。村民如有牛羊鸡鸭腿折，捣烂敷之即好。樟树还喜与他树共生，最多见的是苦槠树和红豆杉。樟喜随人而居，总是长在村头水口人气兴旺的地方，人树相依，情深意长。有倒地跨河者就顺便为桥，任人行走；有生路边浓荫如盖者，就让人们设个凉亭喝茶歇脚；有树洞中空者，孩童常出入嬉闹。我见过一棵大樟树，其树洞之大，在人民公社时期，里面曾养过一头牛，现在里面摆着一副麻将桌，供人打牌。一棵探身江边的老樟树，树枝扫到水面，一年上游发大水冲下不少人来，它竟如一把笊篱一样捞出十多个人。乐安县有一条长二十余里的夹岸古樟树林，每株两抱以上。离坚强樟不远的婺源赋春镇还有一棵宋代古樟，一枝平伸探过河去，荫遮两岸。

樟者，木旁加章，此树大有文章。我在江西考察人文古树，几乎逢樟必有故事。这棵名坚强树的古樟“劝人信高洁，拳拳表予心”，就是专讲正义、忠诚、高洁、自强的故事。我信凡物之有异者必有其理，必暗含其情，等待有人来认识，来解读。

我们平常说读懂一个人不容易，其实要读懂一棵树更难。人难过百岁，树可千年；人才几族几种，树论科、属、种，有万万千；人有衣食保障还生命多舛，而树曝于荒野，山崩地裂，雷劈电闪，却仍然挺直脊梁；人的大脑里只存有一生的记忆，树的年轮里却藏有数朝数代的沧桑；人到须发皆白时，儿孙绕膝，大不了讲讲一生的经历，可大树呢，我见过三千年的大树，立于山，临于水，居然能不慌不忙，娓娓道出秦汉唐宋。一棵树，树皮上有多少道纹路，就有多少个故事；树枝上有多少张叶片，就有多少首诗篇。你要能读懂一棵古树，就得俯下身子去吻它的根，那根里浸泡着先人的血泪；你要能读懂一棵古树，就得仰起头去看它头上的天，那天空有无言的悲欢。请读懂一棵树吧，这是在考古，在探秘，在复盘历史，在追溯文明，在破解一本自然留给我们的天书，是在回望人类自身的成长。

也许别的地方还有类似的古树，但这样身高皮薄巍然而立的坚强树不多，而树下又有这么多坚强的人和事的更不多。这是自然的选择，也是人文的表达，我们应该格外地珍惜它。

《人民日报》2019 年 3 月 30 日

霍山红岩松记

驻守霍山之门的岩上青松，被历史的穿堂风塑造出遒劲的腰身，风雨写就了它满脸的沧桑，洗净了每一根松针。

青松向为生命力旺盛之标志，岩石则象征意志坚定，所以中国传统文化，无论诗文、书画，多以松石为题表现坚贞高洁。20世纪60年代出版的名著《红岩》，以其塑造的英雄形象及传达的浩然正气影响了几代人。特别是它的封面，红色背景，一崖突起，青松挺立，永远定格在读者的心中。许多年来我一直感叹这艺术的创造力。但是，当六年前我在山西霍山脚下见到这块红色的岩石和石上的青松时，竟惊得合不上嘴。同行的人也都禁不住大喊：原来红岩松在这里！

这棵树与小说《红岩》的封面如出一辙，几无两异。在当地也一直被称为红岩松。松下无土，树根就直接扎在悬崖的石缝里。崖高百丈，通体透红，如铁锈，如古铜。这是一处进山的路口，群峰让路为壑，水流奔腾成谷，经年

的冲刷洗磨竟在谷口切割出这样一座孤峰绝壁，壁上长松。我们在崖下仰望，白云来去，一柱擎天，劲松凌空。待爬到半山，才发现这座红色岩崖三面皆空，只留了一条窄窄的石壁与身后的群峰相连。孤岩青松，如天王托塔镇守着霍山之门，四面杂树环合，山风呼啸。我们小心地沿着壁上的小路，摆渡到红岩之顶，顶不平，错石斜出，如船头昂起，仅可容数人。身后万山如海，绿波滚滚，云雾蒸腾。松立船头，枝穗招展，如巨帆，如大纛，破浪前行。是时夕阳晚照，清风入袖，以手抚松，顿生独立天地、视接千载之豪情。

霍山，古人封之为镇山。当年大禹治水之后莽荒初定，洪流甫退，遍野狼藉，遂封山为镇，以定天下。据《禹贡》注,霍山时为冀州之镇。历代沿革，皇帝祭东、西、南、北、中五镇之山，霍山为中镇。朱元璋称帝后，又统一钦定五岳、五镇之神共享祭祀。现在这块圣旨碑还立于霍山之门。想来无论是从政治还是地理角度，茫茫大地，江河横溢，烽烟滚滚，唯有以名山为镇，方显治者的权威。

霍山又名太岳山。山西多山，为一南北狭长地形。东有太行，西有吕梁，如两道闪电倏然南下，相遇为峰，是为太岳。这三道屏障围成表里山河，自古为兵家必争之地，不知演出了多少威武雄壮的活剧。

往远处说，最著名的当数李世民从太原起兵问鼎长安。行至霍州，久雨粮尽，李渊决定退军。李世民大呼：“今兵以义动，进战则必克，退还则必散。众散于前，敌乘于后，死亡须臾而至。”李渊父子整军再战，大破隋军，西渡黄河，奠定大唐，史称霍邑之战。

从近处看，抗日战争中太岳山左挽吕梁、右挽太行，巍然抗敌，也是立了大功。1936 年，红军东渡黄河过太岳，1937 年八路军又在山西建立指挥部，创建抗日根据地。毛泽东运筹帷幄于延安，朱德、彭德怀立马太行，陈赓将军则带领子弟兵与敌鏖战于太岳。山西是全国敌后抗战的战略支点与主战场。抗战期间，我军民的热血洒遍河川，浸透了黄土，染红了山崖。这次来探访红岩松，我们先去拜谒了山上的烈士墓。这红岩处众山脚下，正当大谷之口，为万川汇注之地，其鲜红的颜色正是烈士的鲜血经千渗百滤后凝染在石上；而驻守霍山之门的岩上青松，被历史的穿堂风塑造出遒劲的腰身，风雨写就了它满脸的沧桑，洗净了每一根松针。

好一个霍山，好一方红岩，好一株红岩上的青松，自大禹治水，到抗日大功告成，穿越历史的烟雨，矗立于苍茫大地之上。

自从第一次见到红岩松，我就想探究它与小说《红岩》的关系。当地人坚信那书的封面就是参照了这株红岩古松。我回京后即到出版社去打听，但时日太久，已找不到原书的设计档案。之后又辗转托问多人，还是杳无音信。但这毫不影响红岩松在我心中的魅力，又两次专门带京城的朋友去登山拜松，又托林业医生为它体检治病。我明白，凡天地间的感人之物，总是有一定的道理，何必去追问是人力所为还是浑然天成。

六年后终于写下了这一段文字。

《人民日报》2020 年 4 月 15 日

北戴河的松树

风忽东忽西，不停地吹，忽左忽右，不停地拧。树就只好来来回回地弯。但这一弯，倒弯出了美感，有了线条和力度。

一般人印象中的松树高大挺拔，英俊伟岸，直向蓝天。那说的是东北兴安岭，在北戴河的海边可不是这样。沿着海湾全是松树，却没有一棵直溜的。

首先是个头不高。所谓直入云霄者，在这里绝对看不到，倒是有不少没入了山坳。这是海风一阵一阵地向岸上刮来，就像有一个巨人强按着树的头，用一把无形的梳子，一遍又一遍地给它梳头。松树总是半弯着腰，不能直身，任其揉搓。按常规，树冠应该是圆形的，向上和向外的一圈秀出新绿的松针，笼着一层娇嫩的朝气。但这里不行，松树的满头黑发，早被带咸味的海风揉成一团乱麻，又挤扁成了一个锅盖。行人走路常要小心，不要让它扫了眉毛或刮了头顶。

再就是树身不直。每棵树向上长时至少会弯出两个弯，多的就数不清了。这又是风的作用。风忽东忽西，不停地吹，忽左忽右，不停地拧。树就只好来来回回地弯。但这一弯，倒弯出了美感，有了线条和力度。当你看一棵独立的树时，它就是一根龙头拐杖，孤傲不群，苍迈倔强。要是一片林子，树干就左右交织，顾盼相呼，或负气而走，狂马乱奔。遇有斜风细雨，劲枝轻舞，松叶落地，就是一幅乱针绣。

北戴河像庐山一样，是清末民初受洋风熏染，世人有了休假观念后才兴起的避暑胜地。所以，海边林中藏有不少旧址。你散步时一不小心，就会被一块石头挡路，上刻某将军楼、某使馆避暑地，但大都有址无房了。就是中华人民共和国成立后，这里也发生了不少关乎国运的故事。

一方水土养一方树。这松树生于斯长于斯，身壮而不高，干硬而不直，叶茂而不秀，林密而不齐，倒是很合乎它曾身处的历史环境。

《光明日报》2020 年 9 月 11 日，此篇为《草木小记(三则)》中一则

冬季到云南去看海

只见偌大一个池子，犹抱琵琶，让一株从石缝中探出的大叶榕树俯身遮去了大半，而一株老藤左伸右屈就做了这池子的栏杆。池边杂花弱草，青苔翠竹，池水清澈见底，水面热气微微蒸腾。

年末深冬季节，到云南腾冲考察林业，主人却说，先领你去看热海。我心里疑惑，这大山深处怎么会有海，而海又怎么会是热的？

车出县城便一头扎进山肚子里。公路成“之”字形，车子不紧不慢，一折一折地往上爬，走一程是山，再走一程还是山；一眼望去是树，再看还是树。只见一条条绿色的山脊，起起伏伏，一层一层，黛绿、深绿、浅绿，由近及远一直伸到天边。直到目光的尽头，才现出一抹蓝天——这蓝天倒成了这绿海的远岸。

走了些时候，渐渐车前车后就有了些轻轻的雾，再看对面的林子里也飘起一些淡淡的云。我说：“今天真算是上得高山了。”主人笑道：“正好相反，你现在是已下到热海了。”我才知道，那氤氲缥缈、穿林裹树的并不是云，也不是雾，竟是些热腾腾的水汽，车如船行，已是荡漾在热海之上了。所谓热海，是一个方圆八平方公里的地热带。腾冲是一个休眠火山区。多少年前，这里曾经火山喷发，现在地面上仍留有许多旧痕。如圆形的火山口、黑色的火山石，还有奇特的“柱状节理”，那是岩浆喷出时瞬间形成的一片美丽的石柱。但最奇的是地下的热海。大约火山熄灭后还是不死心，便试探着要找一个出口，地下的岩浆就悄悄地摸到这里，一直窜到离地表还有七八公里处，用炽热的火舌不停地向上喷舔着地面。于是这八平方公里的土地就成了一台巨大的锅炉，地下水被煮得滚烫，一个名副其实的热海。

热海虽名海，但我们并不能像苏东坡那样“纵一苇之所如，凌万顷之茫然”，也不能如曹操那样“东临碣石，以观沧海”。因为这海是藏在地下的，我们只能去找几个海眼“管中窥豹”。最大的一个海眼就是著名的“大滚锅”，单听这个名字，就知道它的威力。要看这口大锅先得爬上一个高高的“锅台”。我们拾级而上，还未见锅就已听到滚滚的沸水之声，头上热气逼人。上到锅台一看，这口石砌的大锅，直径三米，深一点五米，沸腾的热浪竟有尺许之高。由于长年累月的滚煮，锅沿上已结了一层厚厚的水碱，真是一口老锅。大锅前又开出一条数米长二尺来宽的石槽，亦是水沸有声，热气腾腾，槽上架着一排竹篮，里面蒸着土豆、鸡蛋、花生等物。这恐怕是我见过的最奇特的蒸笼了。游人可以上去随意品尝这地心之火与山泉之水的杰作，就像在城市路边的早点摊上吃小笼包子。我们看惯了日夜奔流不息的江河，可谁又见过这经年累月翻滚不止的开水大锅呢？我抬头看一眼天上的白云和锅后崖上的绿树，忽然想起张若虚的那句名诗：“江畔何人初见月，江月何年初照人？”这山上何时现滚锅，滚锅何时初见人呢？天地间悄悄地隐藏着多少秘密。

地处热海之上，山上山下露头的温泉随处可见。有的潺潺而流，兀自成潭；有的点点而滴，挂垂成线；还有的间歇而喷，如城市广场上的音乐喷泉。但这泉水都脱不了一个“热”字，于是就利用来做浴池，连普通的山民家也开池营业。为了能更深一层感知热海之美，我们选了一处浴室推门而入，待穿过短廊才发现并没有“入室”，而是豁然开朗，又置身在半山之上。原来这里的浴池并不是平地之池，而是一个一个挂在半壁，就如高楼上的阳台。试想，在半山之上，绿风白云，枕石漱流是什么样子？我极兴奋，不肯下水，先披衣环顾四周做一回精神上的沐浴。只见偌大一个池子，犹抱琵琶，让一株从石缝中探出的大叶榕树俯身遮去了大半，而一株老藤左伸右屈就做了这池子的栏杆。池边杂花弱草，青苔翠竹，池水清澈见底，水面热气微微蒸腾。水先是从一个石龙头中注入池中，再漫过池沿，无声地贴着石壁滑向山下，于是过水的半面山岩就如一堵谁家宾馆大堂里的水幕墙，淋淋潺潺。我凭栏遥望着对面林梢上升起的轻轻的雾和脚下谷底游走的云，竟有一种将军阅兵式的自豪，然后翻身入水畅游其中，仰望蓝天白云，觉得自己就是一条天上之鱼。

因为刚才池边的那棵大叶榕树，下山时我就留心起这山上的植被。我知道榕树喜热，多见于福建、广东，或者西双版纳，现在能现身于偏北的腾冲定是得了地下的热气。这么一想，果然发现这方圆远近处的树的确特别，既有许多亚热带的芭蕉、棕榈，又有本地的松、柏、杉、樟，还有远古时期留存下来的曾与恐龙为伴的黑桫椤树。有一种我从未见过，枝如杨柳，叶如榆钱，在这个隆冬季节满树还缀着些红绒绒的花朵，主人说，这属柳科，就叫红丝绿柳。啊，好浪漫的名字。现在科学家已经弄清热海的来历，是这满山的绿树饱饱地蓄足了水，然后再慢慢地渗入地下，经地火加热后又悄悄送回地面，这个过程七十五年一个周期，循环往复，川流不息。这么说来，我们现在既是行在密林之中，又是站在历史的河岸上。这块神奇的土地，我已说不清到底该叫它热海还是绿海，或者岁月之海。其实它就是一个为地热所蒸腾、绿树所覆盖、岁月所打造的令人陶醉的生态之海。

《中国绿色时报》2010 年 12 月 24 日

秀色可餐的宾川

想想在大都市咖啡馆里的白领们，可曾知道这大山深处还另有一种晚霞夕照，野菊加咖啡的美丽？

一、第一次吃到“心太软”

按地理常识，如果在中国找一个县，既生长四方花木，又能产南北水果，好像不大可能。但这个悖论却在云南宾川被打破。宾川者，三十万人口的小县，名不见传，史不留痕，东接大理，西连丽江，被挤压在这两个旅游大户人家的屋檐下，很少发声。但它小康自足，不求闻达，尽享天时地利，自己偷偷地乐。

到宾川县要借道大理，飞机落地，四十分钟车程即到县城。海拔一下由两千一百米降至一千四百米。万顷波涛的大理洱海，正是宾川头上的一盆水。奈何一山相隔，宾川世代缺水，为干热河谷地带，年降雨量仅四百毫米，比北京还少二百毫米。清代时即有人提出凿山开渠，未果；民国时又有动议，未果；直到 1994 年才凿穿大山，修渠四十八公里，引来洱海之水。这个大落差的热谷之地有了水，就变化出一个奇迹，水果又多又奇、好看又好吃，竟成了一道特殊的风景线。

宾川地处北纬二十五度左右，在滇西北，比海南靠北了约五个纬度。但我一进县境，竟如同行走在海口、三亚。满街的热带树种——榕树，还有阳桃，四棱两尖，明如翡翠，四十年前我初到广东，第一眼看到就记住了这种水果，今天他乡遇故人，深情款款在枝头。又有莲雾、杧果、木瓜、柠檬、荔枝、芭蕉，这里每一条街就拿一种水果树来做行道树，满城绿色，满街飘香。人家桌上当仙果，此处街头当伞用，竟奢侈到这样的程度。徐霞客是江苏人，他当年游到此地也大吃一惊："大抵迤西（滇西）果品，吾地所有者皆有。"树上常挂着这类牌子：请把杧果留枝头，让美丽在心头。劝人行善，物我两利。把这里算是南方吧，但北方的梨子、苹果、葡萄、杏、桃、柿子一样不少。而现在秋尽冬来，正是水果淡季，当地的冬桃、石榴却又款款登场。

到达的当天，普通的饭后水果就令我惊艳不已。一个大盘子内姹紫嫣红，层叠如山，晶莹有如鱼子，却甘甜如蜜，猜是石榴，却软绵无籽。主人说这是突尼斯石榴，籽很软，可连肉一起吃，是几十年前外宾赠送周恩来总理的，曾长期在全国多地驯化试验，最后才找到了宾川这处最理想的归宿。他们的石榴已经打进上海的国际博览会，一个就二百元。我问叫什么名字。答曰："心太软。"满座哄然大笑。显然，灵感是来自那首著名的情歌《你总是心太软》。石榴好吃，种石榴的人也竟这样的幽默。

二、红葡萄、紫葡萄都是白银子

葡萄是多么普通的水果。提子是葡萄的一类，宾川引种的提子，大约有十几个品种，其中几个最负盛名。如黑提，早成熟，色墨黑，味道幽香；青提，无核，色青绿，甜中带酸，正好解人初夏之困。最好吃的要数晚熟克伦森了，果肉脆甜，回味无穷，且可留树保鲜到 11 月份，色泽晶莹剔透，酷似鸡血灌注，人皆呼之为“鸡血红”。

葡萄在国内外最大的出路是造酒。宾川人却不这样干，他们利用天时抢市场，直接转化为经济效益。不管红葡萄、紫葡萄都是白银子。这里有别人不具备的条件。一是天时，这里为干热河谷，天然温室，鲜果比外地早上市五十天。二是地利，这里土壤多为棕壤、红壤、黑鸡粪壤。还有一样人和——水果专业生产合作社，才说引进，全县就积极响应，县里给请来了国内外的专家，运用以色列的灌溉技术，电商销售。蔡甸村村民杨林勇去年年底才将自己的九亩地入了水果合作社，今年就分红十几万。全社十八户，当年分红一百多万，还比分散经营节约成本四十八万元。能不偷着乐？新来的李副县长观察到一个现象，每当水果旺季一过，街上就新增一批私人小轿车。最是一年水果飘香后，新房前面新车走。

三、自然界的时钟好像已经停摆

草木不分南北，瓜果没有四季，在这里，自然界的时钟好像已经停摆，走在街上，让你心里惊奇得有点发慌！据我的浮浅经验，南国草木，大都开红艳之花，如印度、新加坡、南美洲还有我国的海南，常见的有木棉花、火焰花、朱蕉花、三角梅、芭蕉花，都火热逼人，可能是地近赤道太阳直射之故；北方的草木本就花少，开时也多色浅偏白，如槐花、梨花、桐花、苹果花、玉兰花，及少见的毛徕、流苏树等，大约是因太阳平射，日照时间短晒不热它。而宾川地虽偏北，花却火红。我走在街上，那些不结果子，而专给人闻香悦目的石楠、桂花、澳洲桉、云南松、柠檬、木棉、火焰树等比比皆是。这里的县政府也与众不同，没有高楼大院，是一个不设墙的街心花园，绿树下开会，红花旁走路，官民两不相扰。你树下办你的公，我花前跳我的舞。绿树婆娑，共享果香。那天我事毕从办公楼出来，一树红花遮住了半边院。天啊，这种红花压城城欲摧的场面，我只有在印度见过。久违了！好美丽、热辣的火焰树。我禁不住上前抱树留影一张。路过一处小吃店时，门口的一株异木吸引了我。其枝、其叶都酷似夹竹桃，但果实类似栾树，有乒乓球大，是个淡黄轻软的虚泡。说叫果实，其实应叫“果泡”。泡的表面细毛如钉，成纹成路，阳光下像一树挂满的小灯泡。店主见我们好奇，就主动出来招呼。这里是一条餐饮街，名华侨城。他说这叫“百钉果”，是从不远处的山上移来的，为装点饭店，招徕食客。在一座老院子里，我见到了传说中的曼陀罗，当年华佗就是用它来提取麻药。此时，花正盛开，奇大，成喇叭状，有碗口之阔，一尺之长，白中透红，花蕊颀长如鞭，款款下垂。在一个下山拐弯处，一户人家的院子竟被一团红色、紫色、雪青色的三角梅裹得严严实实，落霞与花色相映，龙光射斗牛之墟！这气势，我只有在厦门的烈日下见到过。我连叫停车，此景只应天上有，不拍下来天不许！

第二天下午去看乌龙卫村，此村以生长黄连树闻名。有趣的是，要去村里，还要借道丽江，我们虽不是“假道灭虢”，却也算游了一回丽江。在云南、贵州，凡是地名带“卫”字的多半曾是明代的兵营，是朱元璋统一西南留下的历史符号。黄连木属稀有树种，我走遍全国访树，也只有在湖北的武陵山中见过一棵手腕粗的。而这个卫村竟有一百二十九棵百年以上老黄连，大都要两三人合抱。村中心还有一棵老榕树，占地有一个篮球场大，八年前树枝伸延顶住了场边的村委会，村委会就乖乖地后退了十米，现在老树又追到了新房前。过一家农户，门前随便长着一棵木瓜树，已有一房多高，上面六七十颗金黄的木瓜果，推推搡搡，就像一群正挤在老母猪肚皮下吃奶的小猪娃。树叶形如龟背，像一把把大蒲扇，正慈祥地为这些木瓜蛋子遮着阴凉。我问：“这树该有十几年了吧？”村干部说：“哪里！它一年就长这么大，结这么多果，再有三年就得更新了。”

这块土地往外冒树，就像油田往外冒油。

四、咖啡新苗当绿篱

民以食为天。在这里，食为有机，取自山野。人率性而居，如在桃花源中。

那天按日程安排有个报告会，但我万没有想到，会场是在一个幼儿园里。原来酒香不怕巷子深，这个小县竟有一个全省最大的幼儿园，占地四十八亩，有孩子一千二百人，园内有全县最大的礼堂。为节省资源，县政府的“街心花园”就不再盖什么礼堂了。不用说县里开会，就是市里有什么大的活动，也要先问一下孩子们方便不方便，然后来蹭个会场。我们一进院子，路旁、窗下、球场边全是各色花树，柠檬果绿，柚子橙黄，芭蕉倒挂，桂花飘香，像山雀飞在林子里，孩子们欢声一片。最有意思的是一种智力游戏，北方叫九连环，或名八阵图，一般是用砖墙或铁杆搭成曲折小巷，转来转去总是出不去。但无论砖搭还是铁焊都显得冷酷冰凉。而今天我看到的这座迷宫却是用当地四季常绿的青藤折绕编织而成。藤蔓悠悠，绿风荡荡。孩子们的笑声如空谷中传来的铃铛声。我想，什么叫美好生活，什么叫回归自然，什么叫阳光雨露，什么是花儿与少年，看看这些幸福的孩子吧，从小就长在绿色的襁褓里。

会后，我们去吃饭。云南菜最大的特点是采自山林，纯用自然。餐桌上一个大火锅，十几样菌子轮流着往里倒。反正我一样也不认识，过去统统称之为蘑菇，其实菌是菌，菇是菇。全球，已知菌类有十万多种。席间不知怎么说到做菜，大家就争着亮自己手艺，人人吹牛都说比饭店做得还好吃，个个是天厨下凡。席间有一位道出了自创的私家菜。主食材是松露。这里先要说一下什么是松露。它是附生在松根下的一种菌子，色如灵芝，味如果香，而且极为名贵，并不是有松即生。那些黄山迎客松、长白美人松、东北樟子松，贵如故宫皇室里的雪松、罗汉松，就从来没有听过有什么松露示人。如今却有宾川某乡某村，天降尤物，专生此露，可遇不可求。单说松露的采集就很有故事，它虽附生树根，却埋于土下，眼不得见，人不能识。但有一妙法，原来当地猪对此菌的气味特别敏感，会自动拱食。于是人采菌之时，就借八戒之力。所以这菌在当地，大名之外又有一个小名叫“猪拱菌”。你想，当城里的爱狗人牵着自己的宠物上街时，一个乡下小姑娘放学后，赶着一头小猪到林中去寻宝，准备今天的晚餐，那是多么天真美丽的图画。屈原有名作《九歌·山鬼》,后世画家就没完没了地画个半裸美女于山林间骑只老虎游逛，总觉别扭。何不画一个月亮般的姑娘，赶着一头萌萌的小猪，手持一朵灵芝似的松露，在林中轻轻歌唱。说远了，我们还接着听这位

“大厨”说菜谱，取松露四两，洗净切好备用，再取半斤面粉加黄油炒香，暂搁一旁。将牛奶倒入松露，用粉碎机打碎搅匀，倒出，加鸡汤、黄油炒面、胡椒、盐，慢煮三十分钟。收火起锅，倒入碗盘，端上桌来，香倒八仙。满座听得屏气凝神，频咽口水，一齐鼓掌。“大厨”却轻松地说，咱们这里，靠山吃山，慢节奏、好日子，不算稀奇。

这里还有一件趣事，有关咖啡的来历。百多年前一位名叫田德能的法国传教士来宾川传教，山水阻隔，他想念家乡的咖啡，实在难忍，便千里迢迢，利用山间马帮，从越南运来一株咖啡苗，不想至今已繁衍成百多株的咖啡林。据考证，这是中国最早引进的小粒咖啡。现在，这咖啡因品质优良，又乘着新开的中欧专列，销往法国。这有点类似法国梧桐的故事，植物随着人物走。岁月蹉跎，风能化人，俗可成习。当地农民也早爱上咖啡，至今，仍有山柴铁锅煮咖啡，粗碗对饮话桑麻的情景。

那天过咖啡园，下午茶的光景，我们就随意在一家茅店里休息喝杯咖啡。伙计上来问，是要大粒，小粒？冲泡，现煮？还是冰咖啡？我因睡眠不好，向来不敢沾咖啡，一时茫然无对。幸亏主人解围，说要冰的，这是他们的品牌。此冰咖啡可不是冰块加咖啡，而是当咖啡还未成杯中饮品时，在原粒状态就入箱冰冻，多重处理，然后再来到杯中，类似冰葡萄酒的制作。我们落座，原木粗桌面上摆着一只彩陶花瓶，瓶里插着一束刚从路边采来的野菊花。原木、粗陶、野花，小桥流水人家。我顿时心境大好。几米之外就是一层层的咖啡田，很像江浙一带的茶山。远远望去，咖啡树的叶面上泛着一层轻黄嫩绿的波光，让人想起茉莉或者丁香。因为我没有见过长在树上的咖啡豆是什么样子，店里的小伙子就跑出去折了一枝。咖啡豆大如黄豆，晶莹剔透，鲜红如血，极像我在新加坡见过的红豆。我一下就想起了王维的诗句：“红豆生南国，春来发几枝。”我当然知道诗中所言并非咖啡，只是觉得南国遥遥，红豆相思、茅店咖啡总是有一点什么关联，而采菊供桌上，悠然品咖啡，这是一种什么样的意境呢？一时又想不明白，是一首李商隐的《无题》。想想在大都市咖啡馆里的白领们，可曾知道这大山深处还另有一种晚霞夕照，野菊加咖啡的美丽？

记得1988年，是改革开放初期，有一个香港出版代表团到内地访问后，我送他们从广州出境。那时白天鹅宾馆刚刚落成，我也是第一次见到这等豪华的地方。吃一顿饭价格奇贵，我就心痛，觉得不合算。当地搞交流的朋友就半玩笑、半教训我说："你还以为来这里就是吃一碗饭吗？你在吃墙上的字画，在吃服务员的微笑，在吃这只白天鹅。"这话很有禅味，说得我醍醐灌顶，才知道吃饭并不就是吃饭。人常说，三十年河东，三十年河西，山不转水转。1988年到2018年，正好三十年。现在轮到城里人来品味乡风了。这里离县城不远，常有人借喝咖啡之名到这个路边小店里发呆，清风明月本无价，看不够的野花、翠竹、山茶。

喝着咖啡，主客说着闲话。林业局局长说，你看见垅上的那些咖啡苗了吗？明年我们就用它来做街心绿障，代替冬青、黄杨。我说你们以咖啡苗为绿障，全国谁还敢与你们斗绿？大家举杯相庆，大笑而去。

是夜，回到住地吟诗以记之：

路边茅店窗几明，一枝野花插净瓶。
向晚能喝一杯无，新焙咖啡味正浓。

2018年12月

《人民日报》2019年2月5日，原题《花果飘香的宾川》

天星桥的榕树

无论是在路旁，在头上，在脚下，那些奔突蜿蜒、如雕如刻的树根，招惹得你总想用手去摸一摸，用身子去靠一靠，甚至想用脸去贴一贴。

天星桥的树以榕树为多，叶大荫浓，满谷绿风。这里的树常会变出许多的形。有一株名“美人树”，树身高大绰约，枝叶如裙裾飘动，女士们都争着与它合影。有一株叫“民族大家庭”，一从石中钻出即分成五十六根树干，大家就一根一根地去数。还有一株并不是树，是一株老藤，不知有多少年月，甚至也看不清它从哪里长出，只见从山坡上搭下来，也许当初是被风吹了一下，就挂在了对面的一棵高树上又绕了几匝。生命之力竟将这藤拉得笔直，数丈之长，一腕之粗，像一根空中的单杠。当我环顾四周，贪婪地饱餐这些秀色时，突然发现这里除了石就是水，基本上没有土。大大小小的树，不是抓吸在石上，就是浸泡在水中。无论是在路旁，在头上，在脚下，那些奔突蜿蜒、如雕如刻的树根，招惹得你总想用手去摸一摸，用身子去靠一靠，甚至想用脸去贴一贴。这些本该深埋在土层下的不见日光的精灵一下子冒了出来，排兵布阵，做了一次惊人的展示。这实在是个性。

从数生园出来，路边有一块一楼多高的巨石，光溜溜的石壁上却顶出一株胳膊粗的小树。远看这树就如假的一般。导游小姐总喜欢考考游人，问："这树根在哪里?"你俯近石壁，细细一看石上的蛛丝马迹，那树根粗者如箸，细者如丝，嵌缝觅隙，纵贯南北，奔走东西。我忽觉头上轰然一响，眼前的石面成了一片广袤的平原，于无声处河网如织，水流涓涓。那红色的"之"字形须根就像一道道闪电，生命的惊雷在天际隐隐作响。面对这株亭亭玉立的榕树和这块光溜溜的寻根壁，我一下子寻到了生命之美、生命之理。

我在这里徘徊，几乎每一块巨石都立在水中，而每块石上都爬满了树根。那根贴着石面匍匐而下，纵横交错，又将巨石网了个结实，然后再慢慢抽紧，就像我们在码头上看到的吊车用网绳从水里提起一件重物。那赭色的根涨满了力，像一个大木桶外条条的铜箍，像力士角斗时臂上暴突的青筋。霎时我觉得天星桥全部的美都在这根与石的拥抱之中，这树抱坚石而濯清流，展青枝而吐绿云，幻化出一团浓烈的生命。这种生命的力量和美感充盈在这条不大的山谷之中，令你流连忘返，回肠荡气。

1996 年 1 月

乌拉山的柏树

这样广阔的山，峰峦如海，起伏不断，树也就连绵不绝，兵结百里。

从一进山，我就注意到这山上的柏树了，第二天一早便爬起来登上屋后的山头，仔细地观察这些树。

这山又大又深，一座一座，一层一层。昨天来时，过了一峰又一峰，转过一沟又一沟，山重水复。有时你觉得只要翻过这一座就不会再有了吧，但横在面前的又是一座；有时你感到只要爬上这个山顶便能看到山外了吧，但爬上去一看，远处还是山。无数的山就组成这样一个庞大的阵容，气势磅礴，确是壮观。

进山几十里，只见到一户牧民。人迹杳杳，唯有古树，而且是清一色的柏树。山上有巨石，就以石为阵，以树为兵。树并不密集，一棵与一棵之间有一点距离，远远看去，像士兵在操练，黑压压的，有一种肃杀之气，不觉联想起淝水之战中的“草木皆兵”。这样广阔的山，峰峦如海，起伏不断，树也就连绵不绝，兵结百里。

我攀着石崖，到石间仔细地观察每一棵柏树。因为缺水，树长得并不高大也不挺拔，但是很坚强。山上几乎没有一点土，全是石头，被雨水冲刷得溜光，树根就插在石缝里。我顿时对这些树肃然起敬，觉得这不是从石缝里往外长的树，而是从天上降下的一股生命之水溅落在石头上，又顺着石缝细细地渗到各处，四面八方遍山崖。树刚出石缝时，只有胳膊粗，但是它能把石头挤裂成两半，越长越粗，等到树干有水桶粗时，树身就有一房之高了，而树根密密麻麻，奔走东西，攀缘上下，已不辨多少。这样大的一棵树至少要长上百年。可以想见这树根早已深入地下吃透了整座山。它吸收着石下一点一滴的水，然后送回地面滋润着这棵树。由于长年受风吹雨打，这些柏树除叶子是绿的外，树干已变成褐色，而根或黑或黄，和石头几乎无法分辨。大自然选择了这样坚强的树，树也顽强地保护了这座山。

这就是内蒙古乌拉山的柏树。

1974 年 5 月 25 日

印度的花与树

班加罗尔的风景，全在街上的花和树。我们平时说花，不外桌上瓶里的插花，窗前盆里的鲜花，还有花圃里精心侍弄的花，田野里烂漫绚丽的花。可这里却是整整一树的花，满街满城的花，而且是一色火红的花。

一般来说，好风景给人的是陶醉，是沉思。但我一到印度南部的班加罗尔，却因这里的风景激动得直想狂呼高歌。

班加罗尔的风景，全在街上的花和树。我们平时说花，不外桌上瓶里的插花，窗前盆里的鲜花，还有花圃里精心侍弄的花，田野里烂漫绚丽的花。可这里却是整整一树的花，满街满城的花，而且是一色火红的花。一出机场，迎面就是几株叫不上名的大树，满树不是绿叶，全是火红的花朵。车子进了城，就在花树搭成的胡同里钻行。后来我才辨清，这红花树主要有两种：一是我国南方也有的木棉树，花很大，且常年四季地开；另一种是火把树，类似国内的绒线树，有叶，很细碎，花却是特别硕大，红肥绿瘦，反显不出树叶。难以想象，街上合抱粗的巨木擎天而立，不是绿叶扶疏，而是红花万朵，在明媚的阳光下如火苗狂舞，直拥到五六层楼的窗前；又如红绸飘落，直垂到路边，扫着车顶和行人的头。向来赏花，人为主，花为次，花是人手中的玩物、眼中的小景。请供一枝在案头，玉色闲情相共品。而现在，反次为主，这花上下半空，前后一街，将人结结实实地裹在其中，席卷天地八方来，红花热血共沸腾。我好像一个酒徒，平时能有一两杯好酒便庆幸不已，现在一下被推到酒海里游泳，醉了，醉了，醉得不知东南西北。

成树的红花之外，还有一种藤类的明利亚花常爬在墙头，紫色的花朵如小儿的拳头，枝叶茂密，曲虬结绕，往往几十米、上百米地盖过墙头，密密匝匝，叠翠压锦。其色彩珠光宝气，明媚照人；其势态却如蓬蒿弃野，生灭由之。每见此景，我不觉生一种惋惜之感。这样的花朵要是在国内，就是案头一枝也足可令斗室生辉；要是公园里能有一株，也会叫游人流连驻足的。而在这里却随意丢弃，开得这样浪费，可见好花之多，多到抛金撒银的地步。

红花之外便是绿树，树棵棵大得惊人。苦楝树一伸臂就护住半块蓝天，棕榈树矗立着就是一根旗杆，大榕树的根接地通天，要是照一个特写镜头，你准以为是一片小树林子。总之，一棵树就是一个停车场，就是一个绿色的庭院；一行树就是一条蜿蜒的堤坝，一处逶迤的山脉。树浓荫蔽日，层绿无边，人在树下，如在一座神秘的教堂里一样。对中国大地上的绿色我本就十分留意，天山风雪中松柏的凝绿，华北平原上春风杨柳的新绿，江南池塘中荷叶的碧绿，但是，无论我头脑中的哪种绿都无法描述眼前这异国巨木的绿。这是在北纬十二度的骄阳下被烘烤着的光闪闪、亮晶晶的油绿，举目之中所觉的已不是颜色，而是一种释放着的能量了。

这许多从未谋面的树中有一种阿育王树最引我注意。阿育王（前273—前232）是第一个统一印度的国王，其地位相当于我国的秦始皇。他为记功而立的阿育王柱，柱头四面雕着四只雄狮，一直保存至今，印度的国徽就是以它做图案的。现在这种树取了他的名也真够匹配，我一踏上印度的土地就被这种树的神威所感召。在维多利亚博物馆的大院里有两行阿育王树，树干挺立如柱，树冠庞然如山，树叶密不透风，一团神秘的墨绿透出古老、深沉、庄严。树旁是碧波荡漾的水池，再远处是藏有历史见证的博物馆大厅。我仰头看这擎着蓝天的神树，仿佛阿育王在半空中正注视着他的臣民，草木之物能显出人之神威来，也真是天地之灵了。我在班加罗尔街头见到的阿育王树却别是一种风度，树冠一离地面就被修成一座铁塔，昂首直立，而枝条却披拂而下，长长的叶片闪着亮亮的新绿，像一个威武的壮士披着新制的铠甲。原来这是一种倒栽的阿育王树，类似中国的倒栽柳，不过没有那种婀娜，倒有一种英武之气。这树也是有灵性的吧？如古人所说牡丹富贵，菊花隐逸，那么，这阿育王树便够得上雄浑博大了。

到班加罗尔的第二天，我们驱车去迈索尔，又有幸看到了城市之外田野中的树景。路边时而扑来杧果、波罗蜜树，树上垂着累累的果实，而远处密密的椰子林竟看不到边。这奇怪的树种，直到快摸着天时才顶出几片大叶，而叶腋间就是一堆西瓜大的果。这果一年四季不停地熟，人们爬上树摘掉，不久一仰头它又长了出来，仿佛是上帝在天际向臣民无声而又无休止地赏赐。中间有一次我们停车休息，路边堆着如小山般的椰子，两个半卢比一个，椰农弯刀一挥，削去椰壳的顶盖，插进一根吸管，椰汁甘甜沁人。车子正好停在一株巨大的火把树下，我手捧清凉嫩绿的椰果，仰视这红色的“伞盖”，品了美味赏了美景。真不知造物者为什么特别恩宠这片土地，生命之力在这里竟如泉水般四处涌流。

在印度的日子里，无时不在与红花绿树相伴。出门，车在树下钻行；进宾馆，先献上一个花环；访问完，再捧上一束鲜花。一天，我深夜归来，桌上插着一束红玫瑰，茶几上放着水果篮和一洗手小钵，钵中可人的清水上漂着三片殷红的花瓣。灯下，对着这三瓣主人的心香，我独坐沉思，竟不愿上床了。我本无心，这红花绿叶却枝枝叶叶拂不去，直追客人到梦中。我想红花绿树是专为来装扮我们这个世界的，造物者之所以选了这两种颜色，是因为它们代表着生命。你看所有的动物、植物，哪个能离了血红素和叶绿素呢？难怪红花绿树这样叫人激动，它是热辣辣的生命从自己奔腾不息的力中借了红绿两色来显示给我们的啊！生命不息，花树就永远伴随着我们。

我明白了，当我们爱红花绿树时，其实是在爱自己的生命。

1990 年 5 月

人文森林人物学

——人对树的尊敬与呵护

在自然森林中，树木是有某种用途的物品；在人文森林学中，树木是有灵性的生命。那些尊重树木，悉心呵护树木，并能代表人类与它们深度交流的人也应该受到尊重。向森林致敬的人，森林也在向他致敬。

徐霞客的丛林

山中有寺，寺前有坊，坊上有联，而这一切又掩映在一株不知年月的古松之中，这是何等有人文气息的丛林。

丛林这个词，在自然界就是树林，密密麻麻，丛生着的树木；在佛教里是指僧人聚居的地方——寺院，大概出家人总是在远离烟火的地方修行，那里除了树林还是树林。于是丛林，就同时为自然界和精神界所借代，横跨两域而囊括四方。而有一个人，一生在这两个丛林里穿行，他就是徐霞客。现在让我们来截取一段他最后的丛林生活。

徐霞客是中国的旅行文学之祖，一生足迹遍及现在全国的二十一个省，经三十年撰成六十万字的《徐霞客游记》。我总在好奇地想，古代交通不便，山水阻隔，而且像旧小说上描述的那样，还时有强人出没，以他一人之力，是怎么完成这个壮举的。2018 年 11 月，我到云南宾川县找树，却误闯入徐霞客的丛林——他穿行的树林和探访过的

寺院，才知道他的游历绝不是我们想象的那样单枪匹马。

徐霞客从二十二岁开始，游历了中国的东南部和北部。到明崇祯九年（1636），他已五十一岁，翘首西望，彩云之南还有一块神秘之地未曾去过。他自知时日不多，便决然地对家人说：“我将寄身天涯，再探胜地，家里勿念，生死由之。”就这样开始了他人生的收官之旅。

同乡的静闻和尚知他要远行，说我闻云南有佛地鸡足山，心向往之，早刺血写就了一部《法华经》，今日正好与你结伴，亲送血经，了我大愿。他们离开江阴，晓行夜宿，不想行至湖南遭强人打劫，行李、银两尽失。静闻一病不起，他对徐说，我将不生，请务必将这部血经与我的骨灰带到鸡足山，拜托，拜托。静闻死后，徐霞客将其火化，捧经负骨，一路向鸡足山而来。

我们现在可以查到，徐霞客是明崇祯十一年十二月二十二日进山的，还带了一个姓顾的随身仆人，就是日记里常提到的顾仆。他这次连续住了三十天，每天写一篇游记。后应丽江土司之邀下山，第二年八月又再返回山上，日记续写到九月十四日，是为《徐霞客游记》的最后一篇。两次共考察记录了二十五寺、十九庵、二十七静室、六阁和两庙。而吃住、供应、交际，几乎全都是在寺院里。日出而作，青山绿水；日落而息，黄卷青灯。终日在两个丛林中穿行，超凡脱俗，过着化外生活。

作为旅行文学家他有一种天生的使命感，就是发现自然之美并诉诸美妙的文字，我们至今可与之分享快乐。徐霞客在这里寻奇觅险，就连随从、仆人都不敢上的地方，他常一人攀藤附葛，直达绝顶。舍身崖，一般都是佛地名山的最高最险处，只有舍身敬佛的教徒，为表虔诚才肯冒险一试。你看他是这样登上鸡足山舍身崖的：“余攀蹑从之，顾仆不能至。时罡风横厉，欲卷人掷向空中。余手粘足踞，幸不为舍身者。”半空绝壁，大风能把人抛向谷中。他“手粘足踞”，像壁虎一样爬了上去。而遇风景优美处，则如在仙境。水帘洞“垂空洒壁，历乱纵横，皆如明珠贯索”，石上绿苔“若绚彩铺绒，翠色欲滴”，崖畔“巨松夹陇，翠荫分流”。他去探一个壁上的奇洞，没有路，“见一木依崖直立，少斫级痕以受趾，遂揉木升崖……足之力，半寄于手；手之力半无所寄，所谓凭虚御风，御无所御也”。你看，这简直是练杂技。仅靠在一根直木上砍出的几个印子，只能容下脚趾，就敢攀岩。而且，你再细细品读“揉木升崖”的那个“揉”字，用得多好。他只能全神贯注地体会脚下之力，反复试踏、揉挪脚趾，如履薄冰。我们现代人开车，碰到难停的车位，或需小心地掉头、倒车、错车时，就常用“揉车”这个词。原来在三百年前徐霞客就早有发明。遇有风景好的时候，他则心情大好。“(楼) 前瞰重壑，左右抱两峰，甚舒而称。楼前以杪松连皮为栏，制朴而雅，楼窗疏灵明静。度除夕于万山深处，此一宵胜人间千百宵。”

他几乎每天都在这样冒险、享受，其乐无穷。他的日记就是一部旅游词典。类似的妙语还有：蚁附虫行、悬峻梯空、涧水泠泠、乔松落落，等等。登山时“作猿猴升”，民俗的热闹“鼓吹填街”，除夕夜举火朝山的人群“彻夜荧然不绝”。他登上鸡足最高峰，看东北方向，雪山皑皑，金沙江明灭一线，蜿蜒东来。徐霞客终于完成了中国地学的新发现，金沙江才是长江的源头：“雪山之东，金沙江实透腋南注。”只有登临绝顶，俯视大千，揽山河于怀中，才会溢出“透腋南注”这样的词句，真巨笔如椽，气达乾坤。连毛泽东都很佩服他。1958 年 1 月 28 日毛泽东在最高国务会上说：“他（徐霞客）跑了那么多路，找出了金沙江是长江的发源。‘岷山导江’，这是经书上讲的，他说这是错误的，他说是‘金沙江导江’。”毛泽东一直有一个梦想，说过多次要做一回徐霞客，步行走一次长江、黄河。

徐霞客是大学问家，他的旅行自然不在游玩山水，而是游学山水，把文章写在大地上和山水之间。晚年的徐霞客已经名声远播，粉丝如云。许多人争相为他提供考察线索，而地方上也常以能接待他为荣。这就应了马克思的那句话，人是各种社会关系的总和。他早不是一个自然的个体人，而是一个社会的人，他的行走也成了文化上的穿针引线。徐霞客在西行前，先由当时的大学者陈继儒分别写介绍信给滇中名士唐大来、丽江土司木增和鸡足山上的住持弘辨、安仁二僧。而这二僧当年曾在江浙一带修行，木增土司又很向往汉文化。宗教成了各方文化交流的纽带。他人还未到，消息就不胫而走，僧俗人等翘首以盼。徐到后的第一件事情就是安顿好静闻和尚的后事。上山当天他先进的是大觉寺，一进山门就解下包袱，献上血经，将静闻和尚的骨灰挂于院中的一株宋梅上，商议如何修塔将其归葬，而他也好像有了回家的感觉。

云南的宾川县为金沙江南岸之干热河谷，海拔从一千四百米至三千三百米不等，是典型的立体气候，植物品种极为丰富。感谢徐霞客在三百多年前就穿行在这片丛林里，给我们留下了生物多样性的记录。《徐霞客游记》中详细描写了鸡足山从山下到山顶的松树、胡桃、栗树、桂子、竹、草、兰等，记录了二十多种草木，并记录了从山脚到山顶的植被变化。他总是以一种好奇、喜悦的心情观察自然，山水多情，草木有灵。鸡足山上长着一种云南松，为松科松属的常绿乔木。松树是一个大家族，世界上的松树种类有八十余种，分布于我国华北、西北的有油松、樟子松、黑松和赤松，华中有马尾松、黄山松、高山松，川滇地区有云南松、思茅松。松树以其耐旱、抗寒、长寿和树形高大而常被赋予人格上的意义，受人喜爱。松树因每束针叶的数量不同而分为二针、三针、四针、五针，云南松通常三针一束。它还有一个特点是松针柔软而细长，是普通油松的三四倍，颜色鲜嫩青翠，一穗穗地披拂在枝，如观音手中的拂尘。更奇特的是，春天这鲜嫩的松针是可以做成菜吃的，二十多年前我来云南时就曾尝过。在《游记》中徐霞客详细描绘了传衣古寺前的一株云南松，主干一丈五尺以上，三人合抱，而横枝却比树干还大，已经开裂，只好筑了一个台子，撑起木桩来保护。它的枝叶从四面披散倒悬下来，在空中如凌空飞舞的凤凰。松后的石坊上有一副对联："峰影遥看云盖结，松涛静听海潮生。"山中有寺，寺前有坊，坊上有联，而这一切又掩映在一株不知年月的古松之中，这是何等有人文气息的丛林。亦幻亦真，亦树亦文。他一生踏寻山水，遍访名刹，现在又沉浸在大自然与历史文化相融相映的气氛之中，慢慢品着这副对联，竟推敲起文字来，"涛潮二字连用，不免叠床之病，何不以'声'字易'涛'字乎?"后来他修《鸡山志》时，又特为这棵"传衣寺古松"立此存照："鸡山之松以五鬣（五鬣，即云南松古称，其针穗长如动物毛发）见奇，参霄蔽陇，碧荫百里，须眉尽绿，然挺直不虬，巨润而不古，而古者常种也。龙鳞鹤氅，横盘倒垂，缨珞千万，独峙于传衣之前，不意众美之外，又独出此一老。"可惜现在这松与寺都已不复存在了。

如欧洲早期的教会一样，中国的佛教寺院也是一块精神和文化的高地。明万历年间，鸡足山上逐渐形成了一个青烟缭绕、钟鼓相闻的佛国世界。最盛时有三十二寺七十二庵，两千僧人。而寺庙的兴建，香客云集，又拉动了建筑业、商贸业与民间文化交流。徐霞客在山上，记山水，考寺院，研究文学，收集诗文，编《鸡山志》。每日不是荡漾在山风绿树间，就是浸润在精神的丛林中，足行手记，为我们留下了那个时代的人文写真。虽远在深山，却情趣多多。徐曾记某日寺里的早点："先具小食，馒后继以黄黍之糕，乃小米所蒸，而柔软更胜于糯粉者。乳酪、椒油、蔓油、梅醋，杂沓而陈。"他在山上考察十分辛苦，跋山涉水，汗流浃背，抄录碑文，冻僵手指。寺里就请他去洗热水澡。这是一个长丈五，宽八尺，深四尺的大池，连着一口烧水大锅，要一天才能烧热。他与四个长老同浴。先在池外洗擦，再入池浸泡，“浸时不一动，恐垢落池中”，再擦，再泡，类似现代的桑拿浴。他自觉有趣，“如此番之浴，遇亦罕矣”。大觉寺里居然还有一个人工喷泉，池中置盆，“盆中置一锡管，水自管倒腾空中，其高三丈，玉痕一缕，自下上喷，随风飞洒，散作空花。”他一颗童心，饶有兴趣地去分析研究，终于弄清是将对面崖上的水用管子从地下暗引过来，水压形成喷泉。这恐怕是有记载的中国最早的人工喷泉。

僧人们与他的关系很好，争抢着邀他到自己的寺、庵、静室里去住。真有点“米酒油馍炕上坐，快把亲人迎进来”的感觉。山上僧众也有派系，徐甚至还为他们解决矛盾，排解纠纷。他常住在悉檀寺。悉檀者，梵语，普度之意。这是明王朝敕封的皇家寺院，宏伟庄严“为一山之冠”。日记载，那年腊月二十九他在寺里吃过早饭，到街上去买了一双鞋，仆人买了一顶帽子，逛街，中午吃了一碗面。又上行二里，到兰陀寺，寺主热情出迎。见院内有一块残碑，就细考并笔录。神情专注，不觉天黑，“录犹未竟”，寺主备饭留宿。他就让仆人回悉檀寺取自己的卧具，仆人带回悉檀长老的话说，别忘了明天是除夕呀，让你的主人早点回来，“毋令人悬望”。你看，多么温馨的画面，好一个暖暖的丛林。有时回来晚了，寺里就派人举灯到路边或“遍呼山头”。正月十五那天，寺里与民间一样张灯结彩，铺松毛坐地，摆各种果盒，饮茶谈笑，山上居然还有外国僧人。

他的日记，随意记来，山风扑面，涧水有声，僧俗人物等都跃然纸上。

我不知道徐霞客在其他地方是如何游历的，想来别处也不可能一地而集中这两种高档的丛林，有这么多奇绝秀美的山、涧、瀑、树，还有许多从皇家寺院到个人的茅庵、静庐。他是真正来做文化修行的啊，丛林复丛林，何处是归程，徐霞客找到了自己的归宿。而佛祖也觉得他已功德圆满，该招他回西天去了。他那双跋涉了大半生的赤脚疲倦了，一日忽生足疾，渐次不能行走。明崇祯十二年（1639）九月十四日，他写完了《游记》的最后一篇。在山上边休养边修《鸡山志》，三个月后丽江知府派来了八个壮汉，用竹椅将他抬下山去，一直送到湖北境内上船，一百五十天后回到江阴老家。不久便去世了，享年五十四岁。

我在山上沿着徐霞客考察的路线走了一遍，努力想找回他当年的影子。顺着一条深涧的边沿，我们折进一片林子，约行二里，即是他曾住过的悉檀寺。当年的皇家寺院已毁于“文化大革命”之中，没膝深的荒草荆棘里依稀可辨旧时的柱础、房基和片片的瓦砾。唯有寺前的一棵古杉有两抱之粗，笔挺着伸向蔚蓝的天空，随着时间潮水的退去，已长成一个顶天立地的汉子。这棵杉树该命名为徐霞客杉。当年八位壮士就是从这个路口抬他下山的。他示意绕树而过，再看一眼涧边的飞瀑。平时他最喜在这里观瀑，日记中写道，“坠崖悬练，深百丈余”，“绝顶浮岚，中悬九天”。其时正当冬日，叶落满山，飞瀑送客，呼声切切。他这次可不是平常出游之后的回乡，而是客居人间一回，就要大辞而别了。徐霞客从怀中掏出一支磨秃了的毛笔，挥手掷入涧中，凝望良久，他想听一听生命的回声。那支笔飘摇徐下，化作一株空谷幽兰，依在悬崖之畔，数百年来一直静静地绽放着异香。人们把它叫作《徐霞客游记》。

正是：

霞落深山晚照明，客居人间归期近。
掷笔幽谷我去也，文章万卷留后人。

2019 年元旦

《北京文学》2019 年第 5 期

青山不老

十五年啊，绿化了八条沟，造了七条防风林带，三千七百亩林网。这是一个多么了不起的奇迹。

《三国演义》里有一个故事，写庞德与关羽决战，身后抬着一副棺材，以示此行就是我死了也没什么了不起，埋了就是。真一副堂堂男子汉大丈夫的气概。这种气概大约只有在战争中才能表现出来，只有在书本上才能见到。但是当我在一个小山沟里遇到一位无名老者时，我却比读这段《三国演义》还要激动。

窗外是参天的杨柳。院子在沟里，山上全是树，所以我们盘腿坐在土炕上谈话就如坐在船上，四围全是绿色的波浪，风一吹，树梢卷过涛声，叶间闪着粼粼的波。

但是我知道这条山沟以外的大环境，这是中国的晋西北，是西伯利亚大风常来肆虐的地方，是干旱、霜冻、沙暴等与生命作对的怪物盘踞之地。过去，这里风吹沙起，能一直埋到城头。县志载："风大作时，能逆吹牛马使倒行，或擎之高二三丈而坠。"可是就在如此险恶的地方，我对面的这个手端一杆旱烟的瘦小老人，竟创造了一片绿洲。

我还知道这个院子里的小环境。一排三间房，就剩下老者一人，还有他的棺材。那棺材就停在与他一墙之隔的东屋里。老人每天早晨起来抓把柴煮饭，带上干粮扛上锹进沟上山，晚上回来，吃过饭，抽袋烟睡觉。他是在六十五岁时组织了七位老汉开始治理这条沟的，现在已有五人离世。他现在已八十一岁，他知道终有一天早晨他会爬不起来，所以那边准备了棺材。他可敬的老伴，与他风雨同舟一生；一天他栽树回来时，发现她已静静地躺在炕上过世了。他没有儿子，独生女在城里工作，三番五次地回来要接他去享清福，他不走。他觉得自己生命的价值就是种树，那边的棺材就是这价值结束时的归宿。他敲着旱烟锅不紧不慢地说着，村干部在旁边恭敬地补充着……十五年啊，绿化了八条沟，造了七条防风林带，三千七百亩林网。这是一个多么了不起的奇迹。但他还不满意，还有宏伟设想，还要栽树，直到自己爬不起来为止。

我们就在这样的环境中谈话，像是站在生死边界上的谈天，但又是这样随便。主人像数家里的锅碗那样数着东沟西坡的树，又拍拍那堵墙开个玩笑，吸口烟……我还从没有经历过这样的采访。

在屋里说完话，老人陪我们到沟里去看树。杨树、柳树，如臂如股，劲挺在山洼山腰。看不见它们的根，山洪涌下的泥埋住了树的下半截，树却勇敢地顶住了它的凶猛攻击。这山已失去了原来的坡形，依着一层层的树形成一层层的梯，老人说："这树下的淤泥有两米厚，都是好土啊。"是的，保住了这黄土，我们才有这绿树；有了这绿树，我们才守住了这片土。

看完树，我们在村口道别。老人拄着拐，慢慢迈进他那个绿风荡漾的小院。我不知怎么一下又想到那副棺材，不觉鼻子一酸。作为一个山野老农，他就这样来实现自己的价值。一个人如果将自己的生命注入一种事业，那么生与死便不再有什么界限。他活着已经将自己的生命转化为另一样东西；他死了，这东西还永恒地存在。他是真正与山川共存、与日月同辉了。达尔文和爱因斯坦都说过，生死于他们无所谓了，因为他们要发现的都已发现。老人是这样坦然，因为他的生命已转化为一座青山。

老人姓高，名富。这位普通的老人让我领悟到：青山是不会老的。

1987 年 12 月

天山脚下一棵松

绿不像红那样热，不像蓝那样冷，她柔和美好，给人安静，叫人思索。你让我知道，这柔情之色是有铁石心肠、牺牲精神的人生产出来的，这树木的绿是人的火红青春转化而来的。

自从在大西北的那次相见，你的形象，不，你所代表的一种信念，便植入我的脑海，像夜空里的一颗星，时时在闪光。这是一种思想，一种意志，一种思索，一种信息。只要一有绿色这个媒介，她便会释放出来，在我心里翻腾不已。

我见到你是在采访约定的招待所里。你敲门进来，坐在沙发上。你已五十岁，皮肤黧黑，手背上青筋突起，脸上已爬上皱纹。我脑际本装着你传闻中的英姿，你动人的歌声，爽朗的笑语。我心里一顿，没有想到你会是这个样子。你对我笑笑，坐在沙发里，等我先问话。窗外柳绿花红。

你开始叙述往事，双眸中重又闪出青春的火花。1950年，你随军进疆时还是一个十八岁的姑娘。炎热的麦收时节，你在南疆的农场里，在维吾尔族老乡的杏树下看场。在这沙子能烤熟大饼的夏日西北，绿荫比金子还宝贵。你心里萌生起一个念头，学林业去，要让绿色染满戈壁。毕业后你来到石河子，这一片黄沙之野，正是涂抹绿色的广阔天地。报到的第一天，这里还没有房子，晚上你就睡在工棚厨房的大锅台上。白天你扛着标杆去测量，去规划。冬天，没膝的深雪将鞋子、裤脚冻成一个冰壳；春天，风沙开始在你秀气的脸上刻磨皱纹；夏天，烈日开始将你嫩白的皮肤晒红、晒黑。你这位水乡姑娘，执着地追求着自己的理想。

当地没有合适的绿化树种，你横跨半个中国，到东北深山里去寻找。白天打树籽，晚上在招待所里搓籽皮。树籽还湿，你带在火车上，走一站，风干一点，搓一点，两只手搓红了，搓肿了。籽皮、荚壳从列车窗口飘出，一路撒去。有这样的出差者吗？啊，难怪你有双青筋暴突的手。绿色是生命的象征，生命需要人去培育。现在这个戈壁新城已拥有两百多种树，一百五十四万株，城外还有三十公里长的林带，生命之绿已战胜了荒漠的死寂。但是，你的青春年华已无可奈何地悄悄退去。不过，她不是消失在灯红酒绿中，不是消失在大城市的菜市场上，不是消失在小家庭的热炕头上。你挺立在戈壁滩上，将青春的信息，融进雨，抛向风，化作了一座绿城。窗外柳丝织帘、白杨遮阴。

大凡有生命之物，总会有什么东西要来对她进行一点折磨。要成长，就有压制；要生存，就有毁灭。只有战胜了这些，才会有生命。正当你用红肿的双手从兴安岭采回的树籽，靠瘦小的腰身从天山上扛来的树苗，已在这戈壁滩上发芽、生根，漾出一片绿云时，“文化大革命”开始了。极左者认为栽树是为了打扮城市（他们当然不懂什么生态学），爱打扮就是资产阶级。这些树也在“革命”之列。好可怜的树苗啊，她们像刚断奶的孩子，身子骨还弱，胳膊腿还细，平日里还要靠你起早贪黑地遮风挡雪，可现在，几天内便一起惨死在斧锯之下。她们没有一点抵抗力啊，任人砍剁，根露枝弃。你躲在家里不忍看这个场面。

一天晚上，一个好心的老园林工给你送来一车树枝：“队长，你辛苦了这么多年，树都给人家砍光了。我给你送把烧火柴吧。”你冲出门外一头扑在车上，哭成个泪人。你不让卸车，你不忍心烧这些青枝绿叶，你半天爬不起来。孩子过来拉你，劝你：“妈妈，何必这样伤心。”你说：“你哪里知道，这树和你一样，都是妈心头的肉。”昨天，我采访时听人给我讲你的这段故事，我忍不住流下眼泪，泪珠滴在采访本上。这以后，有人说你疯了，像祥林嫂那样到处奔走，见人就说：“还我的苗圃，还我的小树。”林业队解散了，你被调到工厂，调到副业队，但你的心没有走，你还是见人就说：“还我的苗圃，我要回去。”满城人都同情你啊，你那一下子就瘦了一圈的脸庞，那颤抖的声音，那青筋暴突的手背，那已流不出泪的眼睛。

但你终于挺过来了。生命总是“野火烧不尽，春风吹又生”，苗圃终于要回来了，林业队恢复了，一切从头开始。你又挺起胸到天山上去挖树，到兴安岭去采种。那天我到苗圃参观时，放眼又是一片绿烟。新绿啊，满园关不住的新绿。但有一棵樟子松很特殊，很高，孤立着，树皮糙裂，枝挺如盖，已有几分苍色。阴差阳错，它是“文化大革命”中唯一的幸免者。它来自你 1960 年从东北带回的第一批树种。我在树下站了很久，你也站了很久。我不再问什么，你也不再说什么。这树下的沉默，深深地嵌入了我的记忆。此后，无论走到哪里，只要一见到绿树，不管是路边的青杨，还是村前古槐、河边翠柳，我都会想起这棵松树，和站在松下的你。我想，一棵树的生命难道只是叶，是枝？人的生命难道只是血，是肉？树和人一样，也有希望，有信念，有意志。

女性，总是和母爱联系在一起。但你心里只有树，你的时间全让树占去了。为赶上采种、育苗的季节，你长年出差，总是将孩子托与别人照顾。那天，林业队的一位大婶告诉我，你的孩子直到十几岁了，还在叫她妈妈，而把你当作阿姨。你十八岁就离开家，是偷着报名参军，跳上汽车就走的。当母亲追来送行时，你站在飞奔的卡车上，透过烟尘，只依稀看到了一个老母拭泪的影子。几十年了，你没有回家。几乎年年春季出差归来，车过宝鸡，你遥望秦岭那边，心想老母这时又在倚门盼女。但怀抱里的树种又正是播种期，硬硬心，不下车，又回到了住地。就这样，一年一年，一次一次。戈壁滩绿了，石河子街上的树高了，母亲的头发白了。终于老母等不及了。我去采访时正赶上她千里迢迢前来寻你。她本想痛骂你一顿的啊，这个无情女！但是，她走在街头看着这满城的绿色，她原谅了你。绿色如水润万物，绿色含情暖人心。

绿不像红那样热，不像蓝那样冷，她柔和美好，给人安静，叫人思索。你让我知道，这柔情之色是有铁石心肠、牺牲精神的人生产出来的，这树木的绿是人的火红青春转化而来的。从那以后，我每见到绿色，不由就想起你，想你是怎样用泪水、汗水，深情地去调制这深深的绿，用绿色洇染千里黄沙戈壁。

在我的采访生涯中，不知遇到过多少个人物，但只有你常常让我忆起。天涯何处无绿色，每一片绿叶里都有你。

三十五年后的补记

以上是我在三十五年前第一次去新疆采访时写的一篇文章。那里土地广袤，雪山、戈壁、沙漠，更需要绿色。三十五年来，我一直记挂着那里的生态，也记挂着造林英雄王效英。特别是在我开始了“人文森林”专题创作后，更想知道王效英和她的树的近况。因为我有一套书在新疆人民出版社出版，其中也收录了写她的这篇文章，我就请他们打听一下。这套书的制作者胥玉英，专门开车从乌鲁木齐到石河子去看望老人。她已病重，躺在医院里。胥代我在病床前做了补充采访。

1950 年 10 月，王效英从四川成都应征入伍，1952 年 8 月入新疆八一农学院林学系学习。1956 年 8 月毕业后到石河子造林养路队任技术员。1957 年至 1960 年，她先后四次只身一人前往黑龙江、吉林、辽宁三省收集林木种子，进行良种引进驯化工作。1960 年任造林养路队队长。“文化大革命”开始，树毁人散，王效英被下放到公社劳动，至 1982 年才重回绿化处，一直为石河子的绿化奋斗到 1992 年退休。她曾先后两次获得“全国绿化劳动模范”称号，被授予“全国三八红旗手”称号，在新疆维吾尔自治区和兵团内也获得众多荣誉。她和她的战友们共为石河子栽种了一千多万株树木。全兵团到 2016 年年底，林地面积已达三千万亩，森林覆盖率达百分之十九，百分之八十的农田林网化，林果收入与粮棉平分秋色。这在风沙、严寒、酷暑肆虐的大西北，是多么伟大的奇迹。

万里之遥，我们连通了电话，老人声音暗哑，我顿觉岁月沧桑，不免黯然神伤。一个朝气蓬勃的十八岁的兵团女兵，变成了一个躺在病床上的老人，她用自己的青春和生命染绿了这片黄沙土地。在整个兵团、整个大西北有多少个王效英啊。我问起“文化大革命”劫难中幸存的那棵樟子松，她说在全市大绿化活动中它早被移出苗圃，即现在的石河子军垦博物馆前北三路斑马线以南的第五棵树。我惊异于她的记忆力，一个八十五岁又是躺在医院里的老人，还这样清楚地记着一棵树。那树真是她的孩子！

我托胥玉英看过老人后再去看一下那棵树，并拍一张照。她说那棵树除了稍高一点也没有什么特殊，在望不到头的林带中，真的是一棵极普通的树。

《中国绿色时报》2017 年 9 月 11 日，原题《看见绿色就想起了你》

杜寿鹏——要堵贺兰山缺

他手里握着一把修枝剪子，在烈日下，皮肤黝黑，顺着田埂匆匆走来。我们真不敢相信，眼前一千二百亩的大苗圃是他个人兴建的。

贺兰山在宁夏银川之西，绵延一百五十公里，挡住了东进的腾格里沙漠。但是，银川市正西有一山口——苏峪口，宽约五公里，每年春天风沙由此长驱直入，风大时昏天黑地，沙子常压倒庄稼，埋了公路。

我6月11日在宁夏采访时，自治区党委负责人说，他们这里出了一个奇人，名叫杜寿鹏，先后筹资九百六十万元，发誓要造一道绿色屏障，堵住贺兰山风口。

第二天下午，经过一番周折，我在沿山公路旁的苗圃里终于见到了杜寿鹏。他手里握着一把修枝剪子，在烈日下，皮肤黝黑，顺着田埂匆匆走来。我们真不敢相信，眼前一千二百亩的大苗圃是他个人兴建的。杜寿鹏说，这是宁夏最大的苗圃。

一眼望去，苗圃从公路边向贺兰山伸延，干硬的沙地上泛出一层嫩绿。他领着我们一畦一畦地边走边看，侧柏挺立如扇，国槐细叶如梳，垂柳尺许已显出婀娜风姿。还有杨、榆、松、杉、桐及观赏类的红梅、紫藤、合欢、海棠等，共有三十五种六百零五万株。大规模经营要靠资金，杜寿鹏腰包鼓，胆子壮。他下海二十年，有所积蓄，一下就拿出六百九十万元。他说："留下钱干什么？给子女，没必要。我今年五十六岁，剩下的日子就想干成一件事，堵住这风口。就是失败了，也为后人积累点经验。"

杜寿鹏性子急，主意一定就上手大干。去年 6 月刚拿到土地租赁证，十九台拖拉机就开进沙窝里平地、打坝，然后是架线、埋管。他说："要干就干大的，干个最新最好的。"他指着远处的小红房说："你数数，共八个水房，八口深水井。我这地下像蜘蛛网一样埋着一万一千二百米水管，地上有一百五十八个出水阀门，要灌要喷，随时都行。"说着他扳开一个阀门，小碗粗细的水柱急涌而出。我弯下腰猛吸一口，这地下五十九米深处的贺兰水清凉沁人。杜寿鹏笑嘻嘻地说："好水，我们工人干活都喝这水。"

整好地后，杜寿鹏亲自开上卡车到江苏买来树苗。不想，今春老天有意作对，多年少见的沙尘暴连刮十几场，树苗发一次芽被打掉一次。好在他的水利设施大起作用，不停地灌水。风太大，人站不住，蹲不稳，老杜和工人们几乎是斜躺在地里扶苗平茬，新苗就这样顽强地长了出来。杜寿鹏说，从我这风口出去的苗子，走到哪里都能活。现在树苗大多一尺高，杜寿鹏说，到秋天就能蹿到两米，贵的一棵就值二三百元。我们问："这一千多亩，你能增值多少钱？"他说："不卖！"随手一指远处的贺兰山："你们看见那个山口了吗？那片山坡少说也有十万亩，我这苗子是给那里预备的。我算了一下，我还能干十五年，在山口堵上一片林子，留一半在这公路边，建一座旅游森林公园，这辈子就够了。"

杜寿鹏日思夜想着那个山口。他几次考察，见山口过度放牧，破坏植被，就说服山口的金山乡乡民迁下来。他还出资为乡民在山下修了一所小学。在杜寿鹏的影响下，现在已有北京、银川的几个企业来这里投资造林。特别是金山乡乡民也跟着他平沙大办苗圃。杜寿鹏笑呵呵地说："农民开窍不得了，现在他们舍不得卖荒地了。金山乡一年就多出八千亩苗圃。"他现在也成了那里的高级义务顾问。

我们告别时，他递上一张写有"寿鹏苗木有限公司"的名片，上面的地址很怪——"贺兰山沿山公路一百零二公里处"。他说："真对不起，我这个公司连个办公室也没有，让你们在太阳下站了一个多小时。"又一再说："你们不要宣传我，事还没干成，万一不成，丢人哩。请多宣传一下韩县长，他听说我要办苗圃，带上土地局局长到沙窝里现场办公。还有县银行，怕我资金不够，找上门送来二百七十万元贷款。"

《人民日报》2000 年 6 月 18 日

这里有一座古树养老院

我一生不知看过多少天然林、人工林、植物园，但还从未见过这样一座古树养老院。园内有五百多棵古树，每棵树都是一本大书，在诉说着不同的经历。

万物平等，物竞天择。树有生的权利，也有生存的能力。只要有土、有水、有阳光，树木就生长，就繁衍。专家说每一平方米土壤中就有上万粒植物的种子，每一棵树下能共生一百五十种植物。它们为大地所厚爱，为雨露所滋润，在阳光下成长。

但是树却常为人所抛弃。本来人类是从森林中走来，森林是人类的家。遗憾的是，正如社会上有对老人的虐待，也有对老树、古树的遗弃。所幸，爱心不绝，在我对古树的探访中，竟意外地发现了一处古树养老院。园子的主人叫王相泽，是烟台市莱山区的一名企业家。他生在农村，小时家有大树，粗如圆桌，绿荫满院。那是童年最美好的记忆，也种下了爱树情结。他大慈大悲，爱吾老以及树之老，企业稍有余钱便开始收养古树。

那天在园子里，我边走边听他讲救死扶伤收养古树的故事。十八年前的一天，他到外地出差，车子在公路上走，远处正在开山取石，山上隐隐有树。他就绕路来到山下，只见一棵大树有合抱之粗，满树白花，灿若霜雪，屹立于石崖之畔。那粗壮的老根如老人青筋暴突的手指，顽强地插入石缝，抓住每一处可借力存身的石块。但是脚下炮声隆隆，烟尘已经淹上树身，它的绿叶白花几近窒息。眼看就要地动山摇，扑身倒地。此地名黄巢关，据传当年黄巢起义曾驻兵于此，还在树上拴过马。王相泽上去说："反正你们要开山，这棵树也存不住了，不如卖给我。"结果他花了六千元把树带回了家。后来一查，是棵毛梾树，山茱萸科，果可榨油，木质极硬，传说孔子周游列国时就用这种树做车梁，所以又名车梁木。现在这棵老树就舒舒服服地挺立在园中的一个小坡上，正时维6月，序属初夏，满树白花笑得十分灿烂。老王收树有几条规矩。一不收山上野生的大树，二不收正常生长的树，三不收小树。反正一个原则：不干预树的正常生活。他只扶孤助老，做绿色慈善。

人往往看重现实的物质利益，而树却不同，它除了供人物质享受外还帮人记录历史、寄托精神。可惜我们目光太浅，只讲实用，对树用之则植，不用则弃。园中有一棵柿子树十分惹眼，浑身堆满大大小小的疙瘩，像一个长满老年斑的老人。它来自陕西，树上的瘤体是一种病，主人早已将它遗弃。老王收来后仔细调理，现在树头已生出五尺长的新枝，去年又重新结果，挂满了一树的红灯笼，疙瘩树身倒显得更加古拙可爱。在园子里我看到一棵刚移来的老槐，根下一抔新土，通身还缠着保湿的薄膜，但是树顶已绽出嫩绿的新枝。老王说："附近有个社区正在改造，我四年前就盯上这棵树了，十五米高，通体溜直，这在刺槐中实在少见。你看，刚到，还没挂牌呢。"这园中的每一棵树都有一块身份牌，注明树名、科属、树龄、何年何月移自何处。王相泽的爱树之心早已超出市界、省界，名声在外，于是常有热心人来给他通报树情。一次某司机告诉他某村有遗弃之树，他急去察访。只见一处院内有两棵三百年的老紫薇，墙颓草长，满目荒凉。一棵已经枯死，还有一棵也被垃圾埋到半腰，奄奄一息。经辨认树下废弃的井台上的刻字，知道这是一处姓高人家的旧祠堂。但现在村里已无一人姓高，高家早不知迁居何处。他找到村委会，谈好三千元的价格。他人和树还未离村，就听见村委会主任在大喇叭里喊话："各家派人到村委会来领钱，每户十元。"这真是物有其值，所见不同。紫薇，又名百日红。干粉白，叶翠绿，花朵繁密，娇红明艳，百日不谢，向为名花奇树。现在这棵紫薇成了老王的镇园之宝，每有客来必领至树下，奇树共欣赏，花好相与析。

在园中看树是一种欣赏，听老王讲育树经更是一种享受。他说移树最怕露根透气，所以每移之时必先将树根蘸满泥沙各半的糊浆，再小心培土。对有的树则要在外围斩根一次，如是三年，为的是刺激新根的生长。别人移大树要剃树冠，他却尽量不剃，免伤元气。他指给我看两行可对比的樱花树，那剃过头的竟十年不长，愈来愈瘦。但柳树移栽时则必须剃头。那年他从福建漳州买得两棵大榕树，时已入冬，车进山东界时已飘起小雪。到家后他急挖一暖窖暂埋，唯留少许枝叶透气，又放进一个电热器加热，一过了年就为它们建了个二十米高的保温大棚。现在这两棵榕树气根如林，枝繁叶茂，一派南国风光。

我一生不知看过多少天然林、人工林、植物园，但还从未见过这样一座古树养老院。园内有五百多棵古树，有来自河南的乌桕、安徽的黄连、山西的皂角、陕西的苦楝、山东的木瓜……每棵树都是一本大书，在诉说着不同的经历。有一棵古槐交了钱正要拉树走人，主人是个老太太，追了出来，说当年孙女有病，是在这树下烧香救命的，死活不放树走。有一棵树运来时在半路上受到刁难，他去找当地领导说情，这位领导反大受教育，下令加速绿化，保护古树，老树再不得出境。凡来到这里的树或因修路，或因城建，或因兄弟分家，或因迁坟，各有各的故事。它们虽然都是被逼无奈，远走他乡，但来时都不忘随身带了自己的身份证——年轮，这是数百年来的活记录啊，是一部中国生态史、文化史。老王爱树，但并不小气。区里要建一座三千亩的大植物园，老王说，没有古树算什么植物园，顶多是个大苗圃。他一下就捐出了一百零八棵古树。他爱吾园以及人之园，要让树文化普及，让更多的人爱树。

这个园子，我头天去了一次没有看够。第二天又去了一次，用手摸，用身子抱，用脸贴。我想如果那迁居远走的高家有知，那些分家卖树的弟兄有悟，那些扩城砍树者醒来，都能到这个园子里来走一走，他们一定会感恩于老王在遥远的地方为他们本乡本族存了绵绵一脉。我能体会到老王对树的那一种爱。

《人民日报》2013 年 6 月 26 日

万里长城一红柳

它挺立在一座古寺旁，深红的树干，遒劲的老枝，浑身鼓着拳头大的筋结，像是铁水或者岩浆冷却后的凝聚。而在这些筋结旁又生出一簇簇柔嫩的新枝，开满紫色的小花，劲如钢丝，灿若朝霞。

中国北方最明显的地理标志就是长城。从山海关到嘉峪关，逶迤连绵穿行在崇山峻岭之上，将秦汉到明清的文化符号一一镌刻在苍茫的大地上。如果是夕阳西下的时候，一抹红霞涂染了曲曲折折的石墙，又为烽火台、戍楼勾勒出金色的轮廓。这时，你遥望天边的归雁，听北风掠过衰草黄沙，心头会不由泛起一种历史的苍凉。可是谁也没有注意到万里长城由东向西进入陕北府谷境内后，轻轻地拐了一个弯。这个弯子很像旧时耕地的犁，此处就叫犁辕山。这气势浩大，如大河奔流般的长城，怎么说拐就拐了呢？现在能给出的解释，只是为了一座寺和一棵树，一棵红柳树。

那天，我沿着长城一线走到犁辕山头，一抬眼就被这棵红柳惊呆了，心中暗叫：好一个树神。红柳是专门在沙漠或贫瘠土地上生长的一种灌木，极耐干旱、风沙、盐碱。因为生在严酷的环境下，它长不高，也长不粗。当年我曾在乌兰布和沙漠的边缘工作，常与红柳为伴。它大部分的枝条只有筷子粗细，披散着身子，匍匐在烈日黄沙中或白花花的碱滩上。为减少水分的流失，它的叶子极小，成细穗状，如不注意你都看不到它的叶片。这红柳自己活得艰苦，却不忘舍身济世。它的枝叶煮水可治小儿麻疹。它的枝条鲜红艳丽，韧性极好，是农民编筐、编篱笆墙的好材料。我大约有一年多的时间，就住在红篱笆墙的院子里，每天挑着红柳筐出入。如果收工时筐里再装些黄玉米、绿西瓜，这在一色黄土的塞外真是难得一见的风景了。但它最大的用途是防风固沙，防止水土流失。红柳与沙棘、柠条、骆驼刺等，都是黄土地上矮小无名的植物，最不求闻达，耐得寂寞，许多人都叫不出它的名字。但是眼前的这棵红柳却长成了一株高大的乔木，有一房之高，一抱之粗。它挺立在一座古寺旁，深红的树干，遒劲的老枝，浑身鼓着拳头大的筋结，像是铁水或者岩浆冷却后的凝聚。我知道这是烈日、严霜、风沙、干旱九蒸九晒、千磨万击的结果。而在这些筋结旁又生出一簇簇柔嫩的新枝，开满紫色的小花，劲如钢丝，灿若朝霞。只有万里长城的秦关汉月、漠风塞雪才能孕育出这样的精灵。它高大的身躯摇曳着，扫着湛蓝的天空，覆盖着这座乡间的古寺，宛如一幅古典的风景画。而奇怪的是，这庙门上还挂着一块牌子：长城保护站。

站长姓刘。我问保护站怎么会设在这里。他说：这是佛缘。说是保护站，其实是几个志愿者自发成立的团体。老刘当过兵，在部队上曾是一个营教导员，他给战士讲课，总说军队是长城，从部队回来后到了长城脚下，看着这些残破的戍楼土墙，心里说不清是什么味道，就想保护长城。府谷境内共有明代长城一百公里，上有墩台一百九十六个，这寺正好在这段长城的中点。他每次走到这里，就在这棵红柳树下歇歇脚，四周少林缺树，就只有这么一点绿色。放眼望去，茫茫高原，沟壑纵横，万里长城奔来眼底。他稍一闭眼，就听到马嘶镝鸣，隐隐杀声。可再一睁眼，只有残破的城墙和这株与他相依为命的红柳。一开始为了巡视方便，他就借住在寺里。后来身边慢慢聚集了五六个志愿者，就挂起了牌子。

人们常说“天下名山僧占尽”，可这里并不是什么名山，黄土高原，深沟大壑，山穷水枯。也可能就是那“犁镶”一弯，这里才被先民视为风水宝地。犁弯子就是粮袋子，象征着永远的丰收。在这里盖寺庙是寄托生存的希望。寺起于隋代，几毁几修，仍香火不绝。最后一次毁于“文化大革命”，被夷为平地。但奇怪的是，这寺虽然毁了很多次，墙边的那棵红柳却顽强地生存了下来，于是就成了重新起殿建寺的标记。从树的外形判断它当在千年以上，明长城距今也只有六百来年。就是说当初无论是修城的将士，还是修寺的僧人，都在仰望着这棵树工作。长城，这抵御战争、保卫和平生活的万里长墙，在这里拐了个弯，轻轻地把这寺庙、这红柳搂在怀里。这是生命的拥抱、信仰的倾诉和文化的传递。而这棵红柳，为怕长城太孤寂，年年报得紫花开，花开香满院，又成了寺庙的灵魂。红柳实现了从灌木到乔木的飞跃，算是修成了正果。它与长城、寺庙相伴，俯视人间，那密密的年轮和丝绕麻缠的筋结里不知记录了多少人世的轮回。

如果说长城是人工的智慧，红柳是自然的杰作，那么这寺庙就是人们心灵的驿站。先民日出而作，日入而息，面朝黄土背朝天，他们疲倦的灵魂也需要歇息。这寺庙不大，除了僧房就是佛堂。堂可容六七十人，地上一色黄绸跪垫，前面供着佛像并香烛、水果。可以说，这是我见过的国内最安静的佛堂。堂内窗明几净，无一尘之染，窗外是蓝天白云，人坐室内如在天上。这里既没有烟火缭绕的喧闹，也无求报心切的俗气。我少留片刻便返身出来，不忍扰其安宁。

我问，这座寺庙真的灵验？老刘说屡毁屡修总是有一定的道理，反正当地人信。最近一次发起修寺的是一位煤老板，煤矿总出事故，寺一起，事立止。还有，寺下有一村，村里一对小夫妻刚结婚时很恩爱，后渐渐反目。妻子恨丈夫如仇敌，打骂吵闹，凶如母虎，家无宁日。公婆无奈，求之于寺。托梦说，前世女为耕牛，男为农夫。农夫不爱惜耕牛，常喝斥鞭打，一次竟将一条牛腿打断。今世，牛转生为女，到男家来算旧账了。公婆闻之半信半疑，遂上寺上香许愿。未几，小夫妻和好如初，并生一子。这样的故事还可讲出不少。我不信，但教人行善总是好事，借神道设教也是中国民间的传统。就问，怎么不见僧人？答曰，现在不是做功课的时间，都去山下栽树去了。村民信佛，寺上的人却信树。欲要香火旺，先教树木绿。也是，没有那株红柳，哪有这寺里千年不绝的香火？

保护站已成立五六年，慢慢地与寺庙成为一体。连僧带俗共十来个人，同一个院子，同一个伙房，同一个账本。志愿者多为居士，所许的大愿便是护城修城；僧人都爱树，禅修的方式就是栽树护树。早晚寺庙里做功课时，志愿者也到佛堂里听一会儿诵经之声，静一静心；而功课之余，和尚们也会到寺下的坡上种地、浇树、巡察长城。不管是保护站还是寺上都没有专门经费。他们自食其力，自筹经费维持生活并做善事，去年共收获玉米两千斤，春天挑苦菜卖了六千元，秋里拾杏仁又收入八百元。这使我想起中国古代禅宗“一日不作一日不食”的农禅思想，一切信仰都脱离不了现实。

正说着，人们回来了，几个和尚穿着青布僧袍，志愿者中有农妇、老人、学生，还有临时加入的游客。手里都拿着锄头、镰刀、修树剪子，一个孩子快乐地举着一个大南瓜。有一个年轻人戴着眼镜，皮肤白皙，举止文雅，一看就不是本地人。我问这是谁，老刘说是山下电厂的工程师，山东人。一次他半夜推开院门，见寺外一顶小帐篷里一人正冷得打哆嗦，就邀回屋过夜，遂成朋友。工程师也成了志愿者，有时还带着老婆孩子上山做义工，这院子里的电器安装，他全包了。大山深处，长城脚下，黄土高原上的一所小寺庙里聚集着一群奇特的人，过着这样有趣的生活。佛教讲来世的超度，但更讲现世的解脱：多做好事，立地成佛，心即是佛，佛即是我。山外的世界，正城市拥堵、恐怖袭击、食品污染、贪污腐化、种族战争，等等，这里却静如桃源，如在秦汉，只有长城、古寺、志愿者和一棵红柳。我突然想起马致远的那首名曲《天净沙·秋思》，不觉在心里叹道：

> 长城古寺戍楼，蓝天绿野羊牛，栽树种瓜种豆。红柳树下，有缘人来聚首。

老刘说，其实单靠他们几个志愿者，是保护不了长城的。也曾当场抓获过偷城砖的，甚至还有公然用推土机把长城挖个口子的，但是都不了了之。对方眼睛瞪得比牛眼还大，说："你算个球！县长都不管呢。"确实，他们一不是公安，二不是警察，遇到无赖还真没有办法。但是现在可以"曲线护城"了，这就是来借助树和佛。目前虽还没有一个管用的"护城法"，却有详细的林业法，作恶者敢偷砖挖土，却不敢偷树砍树。保护站就沿长城根栽上树，无论人砍、牛踏、羊啃都是犯法。而同样是巡城、护城，志愿者出来管，对方也许还要争执几句，僧人双手一合十，他就立马无言。头上三尺有神明，人人心中有个佛呀。这真是妙极，人修了寺，寺护了树，树又护了长城。文物保护、治理水土、发展林业、改善生态等，无论从哪一方面来说这都是个很好的典型。就像那棵无人问津、由灌木变成乔木的红柳，在这个古老的犁辕弯里也有一个少为人知，亦俗亦佛，既做环保又做文保的团体。县长下乡调研，见此很受感动，随即拨了一笔专项经费给这个不在册的保护站。县长说，这笔钱就不用审计了，我知道他们花钱比政府还仔细。两年来老刘用这钱打了一眼井，栽了三百亩的树，为站里盖了几间房。寺不可无殿，城不可无楼。他还干了一件大事，率领他的僧俗大军（其实才十来个人）走遍沿长城的村子，收回了一万多块散落在民间的长城砖，在文物局指导下修复了一个长城戍楼。

那天采访完，我在寺上吃晚饭，大块的南瓜、土豆、红薯特别的香。他们说，这是自己种的，只有地里施了羊粪才能这样好，山外是吃不到的。饭后，我要下山，老刘送我到寺门口。香客走了，志愿者晚上回城去住，寺里突然冷清下来。

晚风掠过大殿屋脊的琉璃瓦，吹出轻轻的哨音。归鸟在寺庙上空盘旋着，然后落到了墙外的林子里。夕阳又给长城染上一圈金色的轮廓。人去鸟归，万籁俱寂。我突然问老刘："这么多年，你就这样守着长城，守着寺庙，是不是有点孤寂?"他回头看了一眼红柳，说："有柳将军陪伴，不孤单，胆子也壮。"这时，夕阳已经给红柳树镀上一层厚重的古铜色，一树紫花更加鲜艳。

《人民日报》2014 年 10 月 11 日

编后记

梁衡先生是著名学者、散文大家。我们大多数人是在学生时代的语文教科书里认识梁衡先生的，《晋祠》《觅渡，觅渡，渡何处》《跨越百年的美丽》《壶口瀑布》《夏感》《青山不老》等，他先后有六十多篇次文章入选大、中、小学教材。那些优美的文字和文字所承载的思想，带给我们阅读愉悦和人生感悟的同时，也使我们不禁想去找寻他更多的作品来一睹为快。

近些年来，梁衡先生渐渐把写作的关注点转移到人文古树，他的足迹踏遍全国各地，去寻找那些承载着人文元素的树，与它们进行了一次又一次跨时空的对话，并诉诸笔端。

《梁衡人文森林散文》就是梁衡先生这些年所写的有关人文古树的文章的结集，是美丽文字与深邃思想的结合。在这本书里，梁衡先生以散文的笔法记录下自己有关人与自然关系的观察与思考。他选取自然界中有代表性且与人类生活密切相关的物象——树来观察与抒写，以深厚的人文情怀和优美的笔触，探讨人与自然的文化关系，引发读者的深入思考，从文化的层面促进生态保护教育和生态文明建设。

由此，书中的文章，已不能简单地定义为一般的散文，而是带有了学术研究的性质，这就使得文章的价值得到了进一步的提升，意义得到了进一步的延展。

这本书中的文章，大多在篇末标注了发表的报刊及时间，但这仅起到信息参考的作用，其中的文字，与发表时相比，做了不同程度的修改。

为了更好地体现书中文章所表达的内容，我们特别约请知名青年画家、作家汤成难女士为本书精心绘制了插图。

为了使本书能够早日出版，天津市委宣传部出版处、天津出版传媒集团出版部的相关负责同志，均做出了很多努力，在此，一并致谢。